● 首都师范大学文学院 主编

唳天学术
LITIAN XUESHU
15

学苑出版社

图书在版编目（CIP）数据

唳天学术．第 15 辑/首都师范大学文学院著．—北京：学苑出版社，2021.7
ISBN 978-7-5077-6219-8

Ⅰ.①唳… Ⅱ.①首… Ⅲ.①文学理论-文集②语言学-文集 Ⅳ.①I0-53②H0-53

中国版本图书馆 CIP 数据核字（2021）第 149200 号

责任编辑：乔素娟
出版发行：学苑出版社
社　　址：北京市丰台区南方庄 2 号院 1 号楼
邮政编码：100079
网　　址：www.book001.com
电子邮箱：xueyuanpress@163.com
销售电话：010-67601101（销售部）、010-67603091（总编室）
印　刷　厂：北京建宏印刷有限公司
开本尺寸：787mm×1092mm　1/16
印　　张：11.75
字　　数：255 千字
版　　次：2021 年 9 月北京第 1 版
印　　次：2021 年 9 月北京第 1 次印刷
定　　价：68.00 元

前　　言

《唳天学术》是由首都师范大学文学院主编，以首都师范大学文学院学科研究方向为主要内容，以在校博士研究生和硕士研究生为基本作者队伍，面向青年读者的学术性辑刊。

作为主办单位的首都师范大学文学院，已有 50 多年的历史。现有六个专业，分别是汉语言文学（师范）、汉语言文学（非师范）、秘书学、戏剧影视文学、文化产业管理、汉语国际教育，并有中国语言文学一级学科博士学位授予权。拥有一个国家级重点学科，三个北京市重点学科，还拥有中国语言文学博士后流动站。此外，还设有教育部重点文科研究基地——中国诗歌研究中心。首都师范大学文学院目前已形成了比较完整的学科群体、开放性的学术氛围和良好的学术传统，涌现出一批在国内外学术界享有较高声望的学者，以及在学术界有一定影响的中青年学术骨干，与此同时，研究生教育也取得了长足发展，研究生质量得到稳步提高。

为检阅我院研究生的学术成果，为鼓励和引导同学们积极投身科学研究，为加强与兄弟院校及学术界的交流，并希望通过我院同学们的一得之见，推进相关学科的发展与建设，我们特创办《唳天学术》辑刊，每年出版。作者队伍以首都师范大学文学院的博士研究生和硕士研究生为主，今后我们也将适当选发兄弟院校研究生的优秀论文。

本刊之所以被命名为"唳天学术"，是因为首都师范大学文学院原有的学生社团多是以"唳天"为名，包括唳天剧社、唳天文学社、唳天诗社等。"唳天"二字本是指仙鹤、鸿雁等鸣禽在辽阔的天空中自由地鸣叫，我们用它来作为这本学术辑刊的名字，意在为同学们的科学研究提供一个广阔的领域，同时也是为了强调一种学术自由的精神。

波兰天文学家哥白尼在公布他的日心说的时候，曾在扉页上引用了阿尔齐诺斯的一句名言："一个人要做一个哲学家，必须有自由的精神。"其实不只是做一个哲学家，做一个语言文学研究者，也一样要有自由的精神。有了自由的精神，才可能有健全的、独立的人格，才敢于敞开自己的心扉，不怕世俗的嘲笑和冷眼，在任何情况下都敢于说真话，不欺世盗名，不迎合流俗，不装神弄鬼。有了自由的精神，才能超越传统的认识，摆脱狭隘的思维方式的拘囿，让思维在广阔的时间和空间中流动，才能调动自己意识和潜意识中的积累，才能有卓尔不群的发现。

《唳天学术》强调自由的精神，同时强调严谨的学风和严格的学术规范。为使我们培

唳天学术

养的研究生适应国家对高层次人才的需要，为强化他们独立的科研能力，我们注重加强学术环境的营造，聘请多位国内外著名学者来院讲学，为学生打开眼界。我们还制订了研究生课程规划和有关毕业论文写作的措施，对开题报告、论文指导以及论文答辩等环节都提出了比较严格而又切实可行的要求，以不断提高首都师范大学文学院研究生的培养质量，这从根本上保证了《唳天学术》的学术水准。

"晴空一鹤排云上，便引诗情到碧霄。"科学研究是最富于独创性的精神劳动，愿年轻学子的心灵毫无拘束地在广阔的宇宙中遨游，《唳天学术》将成为你们腾飞的踏脚石。

吴思敬

目 录

·中国古代文学·

《江南》"田田"音义新考 ……………………………… 许　飞（3）
《乌夜啼》本事考论 ……………………………………… 程　露（11）
"求女"情节的直觉与自觉 ………………………………… 艾　欣（21）

·中国现当代文学·

"妥协"还是"抵抗"？
　　——略论《苦竹》场域中张爱玲小说的改写现象 ………… 苏丽杰（33）

·比较文学与世界文学·

"民族共同体"观念在晚清的引入及其嬗变 ……………… 曾子芙（49）

·文艺学·

梦的叙事与梦的转述：布朗肖的夜梦与写作 ……………… 苏　丹（59）
绵延与差异
　　——从柏格森到德勒兹的反辩证法 ……………………… 董克非（70）
人何以为人
　　——略论《别让我走》中的悖论叙事 …………………… 徐媛媛（79）

·汉语言文字学·

《郭店楚墓竹简·老子》中的异体字分析 ………………… 万云舒（89）

·汉语国际教育·

对于"权力距离"指数变化情况的横向比较研究
　　——基于对波兰、韩国留学生的调查 ………………………… 张天骄（103）
对中高级汉语学习者易混淆词偏误情况分析
　　——以《小青蛙，你在哪里?》为例 ……………………………… 黄秀丽（113）
浅析离合词 ………………………………………………………………… 蒋晓彤（120）
外国学生复合趋向补语（上去、起来、下去）的偏误分析 ……… 崔　誉（131）

·文化产业、影视文学·

新媒体时代粉丝群体名称研究 ………………………………………… 高梦伟（143）
自媒体时代下的"三农"短视频与乡村传播
　　——基于"华农兄弟""李子柒"等案例分析 ……………… 裴华秀（151）
从《可爱的中国》到《厉害了，我的国》
　　——试论爱国欲望的文化产业化嬗变 ……………………………… 孙　琦（160）
空间建构、消费城市和东方"文化共同体"
　　——以三部中印合拍片中的印度形象为例 ………………………… 涂　画（168）
中国古典花木兰形象与迪斯尼影片《花木兰》形象对比 ……… 陈永欣（174）

·中国古代文学·

《江南》"田田"音义新考

许 飞

摘 要：在乐府古辞《江南》中，"莲叶何田田"被誉为形容莲叶满塘秀丽生动情态的经典之句，乃至其语辞"田田"亦成为后世无数诗人描写莲叶的固定搭配。近年来，学界对"田田"音义的讨论颇为热烈。"田田"之音义是我们正确把握此类诗歌艺术特质的关键，笔者拟在梳理综合近现代以来学界对"田田"之音义各类解读的基础上，从字源与乐府歌诗之韵律角度出发，否定学界以陈斌、王福利等学者为代表的"'田''陈'之义假借"说，并在字音问题上针对王福利先生提出之观点，认为"田"字之音义应回归本音本义，且解释为"荷叶秀茂、盛密之感"更为合理贴切。

关键词：田田；音；义；韵律；本义

乐府古辞《江南》收录于郭茂倩《乐府诗集》卷二六《相和歌辞一·相和曲上》中，这首古辞歌咏汉代江南地区采莲活动，且反映了采莲人自由愉悦的欢乐之感和江南秀丽的风光景色，语言简易浅俗、清新隽永。千百年来，《江南》以其经久不衰的咏唱主题、含蓄深厚的意象和独特的诗歌演唱形式，成为乐府古辞或五言诗的经典之作。

乐府古辞《江南》在后世流传过程中，首先以其歌唱内容的经典性引起了以"采莲"为吟咏对象的乐府曲辞拟作或新曲的创制，甚至形容语辞"田田"构成了魏晋以来诗歌中形容"莲叶"的固定搭配。如梁武帝根据西曲所制《江南弄·采莲曲》云"发花田叶芳袭衣"[1]，"田叶"即出自"莲叶何田田"。后世诸多以采莲或荷花为意象的文人诗歌中直接挪用"田田"以状荷叶之情态。南北朝时期，描写江南山水风光的诗歌兴盛，以"田田"状荷叶之诗句大量出现，如谢朓《江上曲》曰"莲叶尚田田，淇水不可渡"[2]，诗中用到语辞"田田"的有19句诗，用以描写荷叶的就有13处之多。再如权德舆《侍丛游后

---

[1] （宋）郭茂倩撰. 乐府诗集 [M]. 聂世美，仓阳卿校点. 上海：上海古籍出版社，1998：561.
[2] （宋）郭茂倩撰. 乐府诗集 [M]. 聂世美，仓阳卿校点. 上海：上海古籍出版社，1998：851.

湖宴坐》中"中流有荷花，花实相芬敷。田田绿叶映，艳艳红姿舒"①，赵嘏《秋日吴中观贡藕》中"叶乱田田绿，莲馀片片红"②，等等。明清时期更是数不胜数，如桐城人孙临有《江南曲》："春日长、春水深，田田荷叶南湖阴"③，清代赵松雪《万柳堂观荷赠歌伎解语花诗》的描绘也是"十里城南绿满川，春风春柳自年年……已见田田好荷叶，风流忆杀赵王孙"④。直至现代散文家朱自清在其散文名作《荷塘月色》中，引用"田田"二字以描写荷叶："曲曲折折的荷塘上面，弥望的是田田的叶子，叶子出水很高，像亭亭的舞女的裙……"⑤后被选入高中语文教材，"田田"之意才引起了学界更多的讨论与关注。

学界对"田田"的解释说法不一，各持己见并有一定理据。"田田"音义的准确解读，不仅有助于我们体味乐府古辞《江南》的情感，把握其艺术特色，更有益于我们理解引用"田田"语辞的众多后世诗歌。对正在获取准确知识的中小学生而言，其义的准确性更是不言而喻。

一、"田田"音义各家概说

近年来，学界亦出现求证"田田"音义的各家新说，关于"田田"之音，学界并无争议，以王福利先生近来提出"田"应与"陈"音同的观点为主。有关"田田"之义，学界有六种不同的解释，包括字典与各家诗歌注本的注释，后又有专门对"田田"之义进行考证的文章发表。

（一）"田田"之音

在王福利先生提出新看法之前，有关"田田"之音，学界并无争议，但作者在其《"莲叶何田田"中的"田田"音义为何》一文中说道："各种选本、总集对《江南曲》中'莲叶何田田'的'田田'一词均未见有注音，于是按照常规，人们皆读作'田田'注音，以上所举各种工具书及选本莫不如此。但今天看来，这种读法有可能是不确切的。段玉裁《说文解字注》：田，敶也。各本作陈，今正。敶者，列也。'田'与'敶'古皆音'陈'，故以叠韵为训，取其敶列之整齐谓之田。凡言'田田'者，即陈陈相因也，陈陈当作敶敶。"⑥ 王福利先生结合古辞《江南》的产生时代和地域将田田音义的解读都等同于"陈陈"，认为其以江南方言诵读时是押韵的，在意义上也具有真实性和生动形象性，从而打破了千百年来我们对"田田"之音的传统诵读与理解。

---

① （清）彭定求等编. 全唐诗 [M]. 第十册卷三二零. 北京：中华书局，1980：3608.
② （清）彭定求等编. 全唐诗 [M]. 第十册卷三二零. 北京：中华书局，1980：6364.
③ （清）卓尔堪选辑. 明遗民诗（下册）[M]. 北京：中华书局，1961：634.
④ （清）吴长元辑. 宸垣识略（卷十三）[M]. 北京：北京古籍出版社，1981：258.
⑤ 朱自清. 朱自清精选集 [M]. 王任主编. 济南：齐鲁书社，2016：30.
⑥ 王福利. "莲叶何田田"中的"田田"音义为何 [J]. 古典文学知识，2016（4）：147-152.

（二）"田田"之义

第一种解释为荷叶浮于水面的情态，如《辞源》（修订本）解释曰："叶浮水上貌。"在引用了《江南》本诗句后，又引《唐诗纪事》五八李郢《江亭春霁》诗云："江篱漠漠荇田田，江上云亭霁景鲜。"① 辛志贤所著的《汉魏南北朝诗选注》（北京出版社，1981年版）同主此说。

第二种解释重在强调"荷叶挺拔、饱满之感"。如《中国历代诗歌选》注为"荷叶挺出水面、饱满劲秀之意"②，袁行霈《中国文学作品选注》注为"挺拔的样子"③。

第三种解释主要形容荷叶颜色新鲜碧绿之貌。陈涛、董治国的《学生常用汉字浅释》如是说，木者在《〈江南〉"田田"义说》一文中也同意此说法，并举了诗句为例证之一："如江淹《水上神女赋》中有'野田田而虚翠'，这大约是最早用'田田'来描写原野碧绿苍翠的例证了。"④

第四种解释为"形容荷叶相连、茂盛之貌"，这种解释被学界普遍认可。人教版新编高中语文教材课文朱自清的《荷塘月色》中正是此意，此前许多诗歌的选本与注本的解释也都以此为主。如《中国历代文学作品选》注云"田田，莲叶茂密貌"⑤，余冠英《乐府诗选》解释为"莲叶盛密的样子"⑥。此义项是如何而来的呢？有文指出："'田田，意为莲叶相连之貌，为什么田田具有这种意义呢？深思之，仍然是从字形生义的：'田'字是一个大口字中间四个小口字。每个小口字象一片圆圆的荷叶，四个相连的口字即'田'字，犹如四片密密相连的荷叶。四，谓之多；两个'田'字迭用，一方面谓之更多，另一方面乃诗的字数及构成双音形容词的需要。"⑦ 此义项是由"田"字的字形出发，再结合荷叶之形状来理解而得。

前面三种说法从围绕荷叶的形状、情态、颜色等展开，第四种解释如当年胡适等人的讨论与后来的研究皆从字形角度解读"田田"而得，近几年来又有学者从字源层面重新探讨其义。第五种解释以陈斌、何世英、张清华和王福利等学者为代表，他们同以段玉裁的《说文解字注》对"田"的训释为基础，认为"田"的解读应等同或者结合"陈"来理解。陈斌、何世英在《释"田田"》中梳理了历来学界关于"田田"的解释，并阐释"田田"为"陈陈相因，一层覆盖着一层的意思"⑧。张清华的《莲叶何"田田"》也在段说

---

① 广东、广西、湖南、河南辞源修订组，商务印书馆编辑部编. 辞源［M］. 北京：商务印书馆，1983：2102.
② 林庚，冯沅君主编. 中国历代诗歌选（上编一）［M］. 北京：人民文学出版社，1964：107.
③ 袁行霈主编. 中国文学作品选注（第一卷）［M］. 北京：中华书局，2007：410.
④ 木者.《江南》"田田"义说［J］. 绵阳师范高等专科学校学报，1996（4）：71-72+80.
⑤ 朱东润主编. 中国历代文学作品选（上编第一册）［M］. 上海：上海古籍出版社，1958：364.
⑥ 余冠英选注. 乐府诗选［M］. 北京：人民文学出版社，1953：8.
⑦ 具体论述详见发表于广西教育学院《中学文科教学》1982年第5期的《一种值得研究的修辞方法》和发表于广西大学《语文园地》1983年第8期的《值得研究的一种修辞形式》。
⑧ 陈斌，何世英. 释"田田"［J］. 内蒙古师大学报（哲学社会科学版），1986（1）：117.

的基础上认为"田"是"陈"的假借字,将"田"还原为"陈",意思则豁然开朗。① 王福利先生亦同意此说。

除此之外,近年来有关"田田"之义的讨论仍有歧说,笔者列第六种解释以贾雯鹤先生的《〈江南〉"田田"解》为代表,可备一说。贾先生认为,"田田"为南方楚声中常用的拟声词。此说他以《诗经·周颂·有瞽》《孟子·梁惠王上》《释名·释地》等对"田"的训释为证,又结合《楚辞集注》《楚辞补注》对"田"的音训认为"田""填"通用,"田"有一义项为"大鼓"之意,因此由"填填"可以拟声而推导出"田田"是拟声词,在《江南》中则具体表示青年男女采莲戏水的欢快声和热闹场面导致了莲叶轰隆隆的声响②。但此说被木者在《〈江南〉"田田"义说》中反驳,同时,木者认为,"田田"既可以指荷叶盛密的样子,又有"碧绿貌"之意。

二、"田田"音义新考

针对上述学界各种观点,笔者在重新考察梳理之后认为,部分字典与诗歌注本对其义解释稍为笼统,以胡适、钱玄同、黎锦熙等先生为代表的象形形近之说法也无确切依据,对"田田"之音义的训诂首先应结合这首乐府古辞的具体诗意与原意进行理解,继而从字源出发追寻其音义以求解释的可靠性。另外,笔者在前代以来各家注本解释的基础上,拟对"田田"之义进行准确界定与补充。

(一)"田田"之音

1. 押韵格律

自《诗经》起,中国诗歌就以押韵为正格,《江南》古辞以其独特的诗歌格律与押韵方式引起了后世研究者的许多探讨。从押韵的格律来看,研究者往往认为《江南》古辞之独特之处就在于它的破韵(破韵即为前三句押韵,后四句不押韵)。许多研究者只注意到了其后四句破韵的独特性,忽略了前三句押韵的内在整齐性。清代冯班在《钝吟杂录》卷五言:"有古诗全不押韵者,古《采莲曲》是也,按云:'江南可采莲,莲叶何田田,鱼戏莲叶间。''田''莲'是韵,'间'字古韵通,何言全无韵也。"③ 冯班认为,该诗中"莲""田"押韵,"间"为古韵,与前两句亦形成押韵。既然同押一韵,则"莲"与"田"属同一韵部,《康熙字典》中对"莲"的训诂如下:

《唐韵》落贤切《集韵》、《韵会》、《正韵》灵年切,从音连。先韵;《尔雅疏》北人以莲为荷。又《说文》芙蕖之实也。《尔雅·释草》荷,芙蕖。其实莲。《注》

---

① 张清华. 莲叶何"田田"[J]. 咬文嚼字, 2001 (12): 45.
② 贾雯鹤.《江南》"田田"解[J]. 文史知识, 1995 (5): 114–115.
③ (清) 冯班. 钝吟杂录[M]. (清) 何焯评. 北京:中华书局, 1985:72.

莲谓房也。①

从《康熙字典》上述解释看，"莲"在先韵部。再看"田"字训诂：

  《唐韵》待年切《集韵》《韵会》《正韵》亭年切，丛音阗。（先韵）；又莲叶貌。《江南曲》江南可采莲，莲叶何田田。又《集韵》地因切。（眞韵）树谷曰田。又《正韵》荡练切，音电。（霰韵）《诗·齐风》无田甫田。《朱注》田，谓耕治之也。《释文》无田，音佃。又《字汇补》池邻切，音陈。（眞韵）《晋语》佞之见佞，果丧其田。《释文》田音，与陈同。②

"田"字音为tián时，属先韵，在此音训之下的义项之一以《江南》中的"莲叶何田田"句为例，可知"莲"同在"先"韵部；当"田"读chén时，属真韵部，音与"陈"同。

据《康熙字典》之训释可看出"莲""田"二字作为"江南可采莲，莲叶何田田"之韵脚，首先在音韵上属同一韵部才符合诗歌之同押一韵的规律。且后世文人在诗歌中也普遍以"田田"二字状荷花，如李商隐的律诗《碧城三首》其二中"对影闻声已可怜，玉池荷叶正田田"句。晚唐时期，律诗已发展成熟。李商隐的律诗《碧城三首》其二整首诗如下："对影闻声已可怜，玉池荷叶正田田。不逢萧史休回首，莫见洪崖又拍肩。紫凤放娇衔楚佩，赤鳞狂舞拨湘弦。鄂君怅望舟中夜，绣被焚香独自眠。"③ 在这首律诗中，韵脚分别为"怜""田""肩""弦""眠"，都在先韵部，且"对影闻声已可怜，玉池荷叶正田田"句乃是首句入韵。律诗押韵的特点之一为一般只用平声韵，整首诗是符合律诗押韵规则的。④ 又如此前《辞源》解释"田田"时所引《唐诗纪事》五八李郢《江亭春霁》诗中一句"江蓠漠漠荇田田，江上云亭霁景鲜"，其中"鲜"亦属先韵部。再看整首诗的押韵情况，全诗如下："江蓠漠漠荇田田，江上云亭霁景鲜。蜀客帆樯背归燕，楚山花木怨啼鹃。春风掩映千门柳，晓色凄凉万井烟。金磬泠泠水南寺，上方僧室翠微连。"⑤ 押韵情况同上。在这两首律诗中，"田"字都作为韵脚出现，而古体诗用韵比律诗宽，不受近体格律的束缚，既可押平声韵，又可押仄声韵，与其通押的韵部为"文"，仍与其他句不构成押韵，"田"若读"tián"，则在先韵部，这样整首诗就如冯班所言，是符合诗韵的，由此也可知"田"音读为"tián"，比读"chén"更符合诗歌之韵律标准。

2. 传唱情况

《乐府诗集》卷二十六《相和歌辞》解题引《晋书·乐志》曰："凡乐章古辞存者，并汉世街陌讴谣，《江南可采莲》《乌生十五子》《白头吟》之属。其后渐被於弦管，即相

---

① （清）张玉书等编订. 康熙字典 [M]. 王引之等校订. 上海：上海古籍出版社，1996：1091.
② （清）张玉书等编订. 康熙字典 [M]. 王引之等校订. 上海：上海古籍出版社，1996：758.
③ 郑在瀛编. 李商隐诗全集 汇校汇注汇评 [M]. 上海：崇文书局，2015：93.
④ 王力. 诗词格律 [M]. 北京：中华书局，2009：23.
⑤ （清）彭定求等编. 全唐诗 [M]. 第十册卷三二零. 北京：中华书局，1980：6849.

和诸曲是也。魏晋之世，相承用之。承嘉之乱，五都沦覆，中朝旧音，散落江左。后魏孝文宣武，用师淮汉，收其所获南音，谓之清商乐，相和诸曲，亦皆在焉。所谓清商正声，相和五调伎也。"① 从创调时间看，《江南》是产生于汉代的相和旧曲，从汉魏到两晋直至北魏，都被用作宫廷音乐歌唱，经久不衰。清代陆世仪《思辨录辑要》卷三十五载："商周雅颂朝庙之歌，象功昭德，光扬盛美，故能合洽神人，格于上下，垂典则为经制，汉以后郊庙之歌，但言鬼神祥瑞奇怪幽眇之谈，无关典要；至于朝享多采里巷讴谣，如《江南可采莲》《乌生十五子》《白头吟》之类，奏之金石，被之管弦，甚无谓也。"② 表明《江南》古辞长期被用作廊庙之音。同时《乐府诗集》卷七十四《杂曲歌辞》载陈代江总之《内殿赋新诗》："遍着故人织素诗，愿奏秦声《采莲》调。"③ 这里显示六朝时代《采莲》之调，亦有秦声的唱法，或已成为秦地民歌。同书卷七十七《杂曲歌辞》施肩吾《古曲》五首其一："可怜江北女，惯唱《江南》曲。"④ 说明《江南》唱法为南北人士所共习，南北都熟悉《江南》曲唱法。既然作为一首流行于大江南北的乐曲，那么《江南》不说有统一的调，至少要有统一的音。王福利认为"田"音读 chén 时，即使在江南方言中是押韵的，依旧不能证明北方的唱法也读此音，若按其传唱地域之广来看，"田"读为本音"tián"更符合歌诗押韵规律，且更符合南北人士共习此曲之况。

（二）"田田"之义

1."田田"之义不等同于"陈陈"

段玉裁《说文解字注》曰："田，敶也。各本作陈，今正。敶者，列也。'田'与'敶'古皆音'陈'，故以叠韵为训，取其敶列之整齐谓之田。凡言'田田'者，即陈陈相因也，陈陈当作敶敶。"⑤ 其又在《六书音韵表·今古韵分十七部表》中"古假借必同部说"一条提及："古音有正而无变，故如借田为陈，借荼为舒，古先韵之田音如真韵之陈，模韵之荼音如鱼韵之舒也……"⑥ 东汉许慎《说文解字》这样解释"田"："田，陳也。樹穀曰田，象四口。十，阡陌之制也。"⑦《康熙字典》音训"田"时与《说文解字》同，段玉裁进一步将"田田"以叠韵训为"陈陈"，即"敶列之整齐"意，表明"田"音 chén 时与"陈"因古音相同而假借了"陈"之"布列"这一义项。而《康熙字典》中释"陈"时如下："又《广韵》故也。《诗·小雅》：'我取其陈，食我农人。'《史记·平准书》：'太仓之粟，陈陈相因。'"⑧ 这里"陈"为"旧、故"之意，"因"是"沿袭"之意，"陈陈相因"语出《史记·平准书》，原意为京都仓库的粮食逐年增加，陈粮加上

---

① （宋）郭茂倩撰. 乐府诗集 [M]. 聂世美, 仓阳卿校点. 上海：上海古籍出版社, 1998：310.
② （明）陆世仪撰. 思辨录辑要（三十五卷）[M]. 清文渊阁四库全书本.
③ （汉）许慎撰. 说文解字 [M]. （宋）徐铉校订. 北京：中华书局, 2013：789.
④ （汉）许慎撰. 说文解字 [M]. （宋）徐铉校订. 北京：中华书局, 2013：822.
⑤ （汉）许慎撰. 说文解字注 [M]. （清）段玉裁注. 上海：上海古籍出版社, 1981：694.
⑥ （汉）许慎撰. 说文解字注 [M]. （清）段玉裁注. 上海：上海古籍出版社, 1981：1386.
⑦ （汉）许慎撰. 说文解字 [M]. （宋）徐铉校订. 北京：中华书局, 2013：290.
⑧ （清）张玉书, 等编订. 康熙字典 [M]. 王引之等校订. 上海：上海古籍出版社, 1996：1426.

陈根，后来引申为形容文辞陈旧，明代王世贞《艺苑卮言》卷五云："丘仲深如太仓粟，陈陈相因，不甚可食。"清代延君寿《老生长谈》又云："谈诗者每言不可刻意求新，此防其入于纤巧，流于僻涩耳，非谓不当新也。若太仓之粟，陈陈相因，作者无意绪，阅者生厌恶矣。"①"陈陈相因"后来也作为成语比喻因袭旧套，没有革新和创造，并非"一层覆盖一层之意"，因而不能如此前陈斌、王福利等学者所言，将"田田"的解读等同于"陈陈"，用"陈陈相因"形容荷叶一层覆盖一层的茂密之感稍欠妥当。

2. "荷叶秀茂、盛密之感"更符合古辞原意

"田"首先作为象形字其本义为"树谷曰田"，即今'麦田'"农田"，《江南》中将"田"作状语用，并非定要取其本义，或以两字叠音来状植物相连在一起的茂密之感也未尝不可，同时作为一首乐府诗歌在诵读或演唱时也具有缠绵、情韵兼胜之效果。

如《乐府诗集》卷五十一清商曲辞载南朝梁陆罩《采菱曲》曰："参差杂荇枝，田田竞荷密。转叶任香风，舒花影流日。戏鸟波中荡，游鱼菱下出。不与文王嗜，羞时比萍实。"②该曲描写江南人采摘菱角的美妙之景，首句从荇枝和荷叶写起，参差不齐的荇枝交杂在水面与菱花之间，密密麻麻的荷叶铺在菱花之下，"田田"描绘出盛密的荷叶竞相舒展姿态、随波荡漾的生命美感。再如南朝梁王筠《北寺寅上人房望远岫玩前池》诗有句曰："莲叶蔓田田，菱花动摇漾。"③"蔓"为"蔓延"之意，此句以"田田"状荷叶蔓延伸展，且密密挨在一起的茂盛之感，再生动不过。宋代苏轼亦有《菡萏亭》诗云："日日移床趁下风，清香不尽思何穷。若为化作龟千岁，巢向田田乱叶中。"④"田田"在这作形容词以状写形容荷叶之貌，在意义上若取段玉裁所训诂之"陈列整齐"之意，则不符合"田田"后面"乱叶"二字之况，因而这里"田田"解释为繁盛茂密之意更贴切。

此外，中唐诗人姚合有诗《和李补阙曲江看莲花》，其中"露荷迎曙发，灼灼复田田"句在《姚合诗集校注》中"田田"亦被解释作"荷叶鲜碧盛茂貌"，且此条解释下又引《江南》古辞"江南可采莲，莲叶何田田"句作为佐证⑤。如《现代汉语大词典》亦释作"莲叶盛密的样子"，引"莲叶何田田"本诗句后，又引南朝谢朓《江上曲》中"莲叶尚田田，淇水不可渡"⑥，以及朱自清《荷塘月色》中的描写片段"曲曲折折的荷塘上面，弥望的是田田的叶子"，因而不论是学界的各家诗歌选本或注本，还是各大辞书或字典，对"田田"解释作"莲叶盛密秀茂"之意都是符合《江南》中"田田"之意和引用"田田"描写荷叶的其他诗歌或诗句之意的。

---

① 朱祖延编著. 引用语大辞典 [M]. 增订本. 武汉：武汉出版社，2010：604.
② （汉）许慎撰. 说文解字 [M]. （宋）徐铉校订. 北京：中华书局，2013：571.
③ 逯钦立辑校. 先秦汉魏晋南北朝诗 梁诗卷（二十四）[M]. 北京：中华书局，1988：2009.
④ （宋）苏轼. 苏轼文集编年笺注 诗词附（十一）[M]. 李之亮笺注. 成都：巴蜀书社，2011：124.
⑤ （唐）姚合撰. 姚合诗集校注（下）[M]. 上海：上海古籍出版社，2012：516.
⑥ 《现代汉语大词典》编委会编. 现代汉语大词典（下）[M]. 上海：汉语大词典出版社，2000：2614.

结 语

通过论证，在前文所梳理的学界对"田田"的六种解释中，从字源角度出发的"田""陈"假借之说并非"田"之本义。从诗歌韵律角度和乐府歌辞的传唱情况来看，在《江南》中，田之音也不读"chén"，仍读本音。综上，"田田"状荷叶连在一起的"繁盛秀茂"之情状最被普遍认可，符合古辞原意，也更加贴切。

参考文献

[1] （宋）郭茂倩撰. 乐府诗集 [M]. 聂世美，仓阳卿校点. 上海：上海古籍出版社，1998.
[2] （清）彭定求等编. 全唐诗 [M]. 第十册卷三二零. 北京：中华书局，1980.
[3] （清）卓尔堪选辑. 明遗民诗（下册）[M]. 北京：中华书局，1961.
[4] （清）吴长元辑. 宸垣识略（卷十三）[M]. 北京：北京古籍出版社，1981.
[5] 朱自清. 朱自清精选集 [M]. 王任主编. 济南：齐鲁书社，2016.
[6] 广东、广西、湖南、河南辞源修订组，商务印书馆编辑部编. 辞源 [M]. 北京：商务印书馆，1983.
[7] 林庚，冯沅君主编. 中国历代诗歌选（上编一）[M]. 北京：人民文学出版社，1964.
[8] 袁行霈主编. 中国文学作品选注（第一卷）[M]. 北京：中华书局，2007.
[9] 木者. 《江南》"田田"义说 [J]. 绵阳师范高等专科学校学报，1996（4）.
[10] 朱东润主编. 中国历代文学作品选（上编第一册）[M]. 上海：上海古籍出版社，1958.
[11] 余冠英选注. 乐府诗选 [M]. 北京：人民文学出版社，1953.
[12] 陈斌，何世英. 释"田田"[J]. 内蒙古师大学报（哲学社会科学版），1986（1）.
[13] 张清华. 莲叶何"田田"[J]. 咬文嚼字，2001（12）.
[14] 贾雯鹤. 《江南》"田田"解 [J]. 文史知识，1995（5）.
[15] 王福利. "莲叶何田田"中的"田田"音义为何 [J]. 古典文学知识，2016（4）.
[16] （清）冯班. 钝吟杂录 [M]. （清）何焯评. 北京：中华书局，1985.
[17] （清）张玉书等编订. 康熙字典 [M]. 王引之等校订. 上海：上海古籍出版社，1996.
[18] 郑在瀛编. 李商隐诗全集 汇校汇注汇评 [M]. 上海：崇文书局，2015.
[19] 王力. 诗词格律 [M]. 北京：中华书局，2009.
[20] （明）陆世仪撰. 思辨录辑要（卷三十五）[M]. 清文渊阁四库全书本.
[21] （汉）许慎撰. 说文解字注 [M]. （清）段玉裁注. 上海：上海古籍出版社，1981.
[22] （汉）许慎撰. 说文解字 [M]. （宋）徐铉校订. 北京：中华书局，2013.
[23] 朱祖延编著. 引用语大辞典 [M]. 增订本. 武汉：武汉出版社，2010.
[24] 逯钦立辑校. 先秦汉魏晋南北朝诗 梁诗卷（二十四）[M]. 北京：中华书局，1988.
[25] （宋）苏轼. 苏轼文集编年笺注 诗词附（十一）[M]. 李之亮笺注. 成都：巴蜀书社，2011.
[26] （唐）姚合撰. 姚合诗集校注（下）[M]. 上海：上海古籍出版社，2012.
[27] 《现代汉语大词典》编委会编. 现代汉语大词典（下）[M]. 上海：汉语大词典出版社，2000.

（许飞 首都师范大学 2017 级硕士生 指导教师：郭丽）

《乌夜啼》本事考论

程 露

摘 要：《乌夜啼》被学界认为因刘义庆妓妾夜闻乌啼而知明日有赦的故事而创调，本文考察了《乌夜啼》本事①及其流变情况，并对其争议进行分析。《乌夜啼》本事或与何晏有关，或与刘义庆有关，何晏事很可能是后人附会，刘义庆事经历了由简至繁的变化。刘义庆事是不是《乌夜啼》的本事依旧存疑，主要因为《乐府诗集》所载的《乌夜啼》本事内容与所录歌辞不符。据现有资料还无法对《乌夜啼》本事下定论，但可以从其本事演变中看到唐人的奉乌习俗。

关键词：西曲；琴曲；刘义庆；奉乌

自南朝以来，《乌夜啼》便是有名的乐府诗题，有西曲、舞曲、琴曲三种形态。不少文献载有关于其本事的记录，这些记录或与刘义庆有关，或与何晏有关，其中又以刘义庆故事占主导地位。学界对《乌夜啼》本事一直存有争议，但讨论不多，可分为两个主要方面：第一，何晏事与义庆事哪个是本事？这一点又有三种看法，一是认为二者都是，二是认为义庆事为本事，三是对二者存疑，可能都是传说。第二，认为义庆事不可信，《乌夜啼》是民间乐歌。本文首先对《乌夜啼》本事进行梳理，考察其流变情况；然后对争议进行分析，对各家之说进行补充和说明；最后基于其本事的流变，分析乌鸦在唐代民间文化中的形象。

一、《乌夜啼》本事流变及其争议分析

《乌夜啼》本事最早见于初唐徐坚《初学记》第十六卷"琴第一"，"《琴历》曰：琴曲有《蔡氏五弄》《双凤》……《风入松》〈乌夜啼〉"，《乌夜啼》后附有小注："宋临川

---

① 本事，指文学作品所依据的故事的情节或原委。

王义庆为江州刺史，为文帝所征，家人大惧，妓妾夜闻乌啼，忧思而成曲"①。《乌夜啼》本事既然见载于初唐文献，至少说明最迟在初唐时期其本事已经与刘义庆相关联了。现将《初学记》之后记录《乌夜啼》本事的两种重要文献列举如下。

《教坊记》云：

> 《乌夜啼》者，元嘉二十八年，彭城王义康有罪，放逐，行次浔阳；江州刺史衡阳王义季，留连饮宴，历旬不去。帝闻而怒，皆囚之。会稽公主、姊也，尝与帝宴洽，中席起拜。帝未达其旨，躬止之。主流涕曰："车子岁暮，恐不为陛下所容！"车子，义康小字也。帝指蒋山曰："必无此！不尔，便负初宁陵。"武帝葬于蒋山，故指先帝陵为誓。因封余酒，寄义康，且曰："昨与会稽姊饮，乐，忆弟，故附所饮酒往。"遂宥之。使未达浔阳，衡阳家人扣二王所囚院曰："昨夜乌夜啼，官当有赦。"少顷，使至，二王得释，故有此曲。亦入琴操。②

《通典·乐五》云：

> 《乌夜啼》，宋临川王义庆所作也。元嘉十七年，徙彭城王义康于章郡。义庆时为江州，至镇，相见而哭，为文帝所怪，征还。义庆大惧，妓妾闻乌夜啼声，扣斋阁云："明日应有赦。"其年更为衮州刺史，因作此歌。故其和云："笼窗窗不开，乌夜啼，夜夜望郎来。"今所传歌似非义庆本旨。辞曰："歌舞诸少年，娉婷无种迹。菖蒲花可怜，闻名不相识。"③

如上述材料，初唐时期，《初学记》所载本事十分简略，没有明确的时间，《乌夜啼》是妓妾"忧思而成曲"，非义庆所作。到了中晚唐时期，从《教坊记》和《通典·乐五》的记录中便可以看出，《乌夜啼》本事在原有的框架内补充了很多细节，看起来更加具体、真实。但我们也发现，二者对细节的补充不尽相同。《教坊记》有"元嘉二十八年"、"行次浔阳"、会稽公主事，看起来更有戏剧性；《通典》有"元嘉十七年""徙彭城王义康于章郡""衮州刺史"。二者的细节有多处不同，然而最大差异是：故事的主角之一，一个是刘义庆，一个是刘义季。后世文献《旧唐书》《通志》《文献通考》秉持着史家精神，采用《通典》的说法。《乐府诗集》虽将二者同列，但先列《旧唐书》再列《教坊记》，且在《教坊记》后补充"按史书称临川王义康为江州，而云衡阳王义季，传之误也"④。郭茂倩的态度是明显的，他认为《旧唐书》的记载更为可信。但这同时也引出了一个问题：为什么郭茂倩认为故事的主角之一是刘义庆而非刘义季呢？

根据《宋书》可知，《教坊记》的说法有明显两处错误：一是"元嘉二十八年"，刘

---

① （唐）徐坚. 初学记 [M]. 北京：中华书局，1962：386.
② 任半塘. 教坊记笺订 [M]. 北京：中华书局，1962：178.
③ （唐）杜佑. 通典 [M]. 王文锦，王永兴等点校. 北京：中华书局，1988：3703.
④ （宋）郭茂倩. 乐府诗集 [M]. 聂世美，仓阳卿点校. 上海：上海古籍出版社，1998：535. 此处"临川王义康"有误，临川王应是刘义庆。

义季死于元嘉二十四年（447），刘义康死于元嘉二十八年正月，崔氏言"历旬不去"，因而时间上有抵牾；二是"江州刺史衡阳王义季"，刘义季从未做过江州刺史，但刘义康和刘义庆都曾任过江州刺史一职。先不论《乌夜啼》本事是否可信，《通典》的说法在细节上要比《教坊记》更真实、准确。比如这一段描写："元嘉十七年，徙彭城王义康于章郡。义庆时为江州，至镇，相见而哭，为文帝所怪，征还。"据《宋书》，刘义庆在元嘉十六年（439）任江州刺史，刘义康因罪在十七年改授江州刺史，原先的江州刺史刘义庆变成了南兖州刺史①。章郡在当时受江州管辖②，《通典》所记的时间和地点与《宋书》没有抵牾之处。虽然史书并没有记载刘义庆与刘义康在元嘉十七年的会面，但这期间的留白正好给了人们想象的空间。

《教坊记》所记被认为"率鄙俗事，非有益于正乐也"，《四库全书总目提要》也认为"《唐志》列之于经部'乐类'，固为失当"③，四库馆臣将其归入子部小说家杂类之属。因《教坊记》所记《乌夜啼》本事有明显舛误，学界的关注集中在了其与史书记载的抵牾之处，忽略了其本身价值的挖掘。《教坊记》虽是"小说家"言，其《乌夜啼》本事记载亦有可取之处，并非空穴来风。首先，会稽公主一事源自《宋书·彭城王义康传》，原文如下：

> 会稽长公主，于兄弟为长，太祖至所亲敬。义康南上后，久之，上尝就主宴集甚欢，主起再拜稽颡，悲不自胜。上不晓其意，自起扶之。主曰："车子岁暮，必不为陛下所容，今特请其生命。"因恸哭。上流涕，举手指蒋山曰："必无此虑。若违今誓，便负初宁陵。"即封所饮酒赐义康，并书曰："会稽姊饮宴忆弟，所余酒今封送。"车子，义康小字也。④

崔氏将此段材料引入，不但增强了故事的戏剧性，也提高了可信度。其次，刘义季嗜酒，符合"留连饮宴，历旬不去"的描写，《宋书》有记："义季素嗜酒，自彭城王义康废后，遂为长夜之饮，略少醒日。太祖累加诘责，义季引愆陈谢。"⑤刘义季一向爱喝酒，自刘义康被废后，更是长醉不醒。将这一条史实和《教坊记》所载放在一起，崔氏所言的可信度又增了几分。如果我们把《教坊记》中的"元嘉二十八年"变成"元嘉十七年"，把"江州刺史衡阳王义季"变成"荆州刺史衡阳王义季"，那么崔氏所言就没有明显舛误，可信度大大提高。

《乌夜啼》本事的另一记载与何晏有关。《乐府诗集》在《乌夜啼引》的解题中引李勉《琴说》："《乌夜啼》者，何晏之女所造也。初，晏系狱，有二乌止于舍上。女曰：

---

① （南朝梁）沈约. 宋书 [M]. 北京：中华书局，1974：1427，1791.
② （南朝梁）沈约. 宋书 [M]. 北京：中华书局，1974：1068. 章郡即豫章，"江州刺史，晋惠帝元康元年，分扬州之豫章、鄱阳、庐陵、临川、南康、建安、晋安，荆州之武昌、桂阳、安成十郡为江州"。
③ （清）纪昀. 四库全书总目提要 [M]. 石家庄：河北人民出版社，2000：3569.
④ （南朝梁）沈约. 宋书 [M]. 北京：中华书局，1974：1493.
⑤ （南朝梁）沈约. 宋书 [M]. 北京：中华书局，1974：1655.

'乌有喜声，父必免。'遂撰此操。"① 郭茂倩发现了《乌夜啼》两个本事的不同，有按语附于《琴说》引文之后："清商西曲亦有《乌夜啼》，宋临川王所作，与此义同而事异。"② 何晏和刘义庆的两个故事虽不同，但主旨却相同，都是在罹祸时家中人听见乌叫而认为是吉兆，这就是郭氏所说的"义同而事异"。任半塘先生认为："不仅事异，其曲亦异。"③ 因为《乌夜啼》在清商曲辞，《乌夜啼引》在琴曲歌辞。有人认为李勉所记是琴曲，与有关刘义庆的《乌夜啼》不同，正如朱权在《神奇秘谱》中说："盖临川王所作，古乐府耳，非琴操也。"④ 王立增认为这种观点不符合事实，因为《乌夜啼》在中古时期是琴、歌、舞一体的。庾信《乌夜啼曲》可证该曲既是琴曲又是歌曲、舞曲，在琴者便是琴曲，而且说郭本《教坊记》还有《乌夜啼》亦入琴操的记载。所以李勉所记也是《乌夜啼》的本事。⑤ 这种论断有值得商榷之处，何江波对此做了五点论述："第一，清商曲大多使用琴作为伴奏乐器，但不能以此推断皆可为琴曲，所谓'其在琴者便为琴曲'，有失妥当。第二，西曲舞曲大多诗、乐、舞三位一体，而非琴、歌、舞一体，将琴作为单独的乐器与歌、舞并列，割裂了清商曲的用乐形制。第三，既然庾信诗曰'促柱繁弦非子夜'，则说明所用乐器并非琴，而是筝、瑟一类乐器。所以庾信所作歌辞是西曲《乌夜啼》，而非琴曲《乌夜啼》。第四，说郭本《教坊记》'亦入琴操'正说明西曲《乌夜啼》与琴曲《乌夜啼》有所不同，故而注明。'既是琴曲，又为歌曲、舞曲'的论断将其等同一物。第五，琴曲多有托古之事，《乌夜啼》如若果真为何晏所作，则不至于《琴说》之前不见记载。"⑥ 故而得出《乌夜啼》本事为刘义庆之故事的结论。

　　王立增的论证意在说明《乌夜啼》既是琴曲也是歌曲、舞曲，所以琴曲《乌夜啼》和西曲《乌夜啼》的本事可以并在一起。但王氏忽略了西曲《乌夜啼》和琴曲《乌夜啼》的不同，如果郭茂倩认为《乌夜啼》的本事有两种说法，为何不在解题中并列两说？就像清商曲辞的《阿子歌》一样⑦。正是因为郭氏认为西曲《乌夜啼》和琴曲《乌夜啼》存在不同，所以才分别著录，才会在发现两个故事的相似性之后说"义同而事异"。任半塘认为二者不同，《琴历》所记将二者混淆，"徐坚《初学记》一六引《琴历》语，不言《乌夜啼引》，而言《乌夜啼》，且叙宋临川王家妓制曲之事，是《琴历》之混淆也"⑧。

---

① （宋）郭茂倩. 乐府诗集 [M]. 聂世美，仓阳卿点校. 上海：上海古籍出版社，1998：668.
② （宋）郭茂倩. 乐府诗集 [M]. 聂世美，仓阳卿点校. 上海：上海古籍出版社，1998：668.
③ 任半塘. 教坊记笺订 [M]. 北京：中华书局，1962：179.
④ （明）朱权. 臞仙神奇秘谱 [M]. 续修四库全书. 上海：上海古籍出版社，1995：218.
⑤ 王立增. 《乌夜啼》本事考 [J]. 贵州文史丛刊，2008（1）：66.
⑥ 何江波. 《乌夜啼》音乐形态研究 [J]. 乐府学，2015（2）：159-160.
⑦ （宋）郭茂倩. 乐府诗集 [M]. 聂世美，仓阳卿点校. 上海：上海古籍出版社，1998：513. 原文是："《宋书·乐志》曰：'《阿子歌》者，亦因升平初歌云"阿子汝闻不"后人演其声为《阿子》《欢闻》二曲。'《乐苑》曰：'嘉兴人养鸭儿，鸭儿既死，因有此歌。未知孰是。'"
⑧ 任半塘. 教坊记笺订 [M]. 北京：中华书局，1962：180.

或许《琴历》没有混淆，它只是记录了琴曲《乌夜啼》的渊源所在。① 另外，王立增没有辨别何晏事的真假便下了结论，失之粗率。何江波意识到了西曲《乌夜啼》和琴曲《乌夜啼》的不同，也对何晏事存疑，但其对王立增立论的驳斥也亟待补充。现针对王氏提出的五点再仔细分析。

第一，据《隋书·乐志》记载，清商曲使用的乐器有钟、磬、琴、瑟、箜篌、筑、筝等十五种，其中很多乐器可作为独奏乐器单独使用，比如琴、箜篌。《教坊记》记载《乌夜啼》"亦入琴操"，"唐教坊谢大善歌，尝唱《乌夜啼》，明皇亲御箜篌和之"②。《乌夜啼》是琴曲，其他使用琴伴奏的歌曲不是都如《乌夜啼》一般分化出了琴曲流传。"其在琴者便为琴曲"这一论断，何氏认为有失妥当是正确的。第二，王氏说"《乌夜啼》在中古时期是琴、歌、舞三者合一的"，这一论述过分强调琴的地位，而《乌夜啼》的演奏乐器不只有琴，西曲舞曲大多是诗、乐、舞三位一体，何氏所评妥当。第三，何氏根据庾信《乌夜啼》"促柱繁弦非子夜"想说明庾信所作歌辞是西曲《乌夜啼》，但其表述"所用乐器并非琴，而是筝、瑟一类乐器"略失妥当。此句诗只能说明《乌夜啼》使用乐器有筝、瑟一类，而不能否认琴也参与其中。第四，何氏看到了西曲《乌夜啼》和琴曲《乌夜啼》的不同，此处补充一下二者的相同之处：西曲《乌夜啼》是由多种乐器演奏，琴是西曲《乌夜啼》演奏乐器之一，琴曲和西曲《乌夜啼》之间存在某种联系。琴曲《乌夜啼》很有可能是由西曲《乌夜啼》衍生变化而来。③ 第五，何氏所说有待补充，琴曲《乌夜啼》若真是何晏所作，不至于《琴说》之前不见记载，且《琴历》所记并非何晏事，而是义庆事。

另外，琴曲《乌夜啼》和西曲《乌夜啼》唐时并行，见载于唐朝典籍。其实，在唐朝之前，琴曲《乌夜啼》就存在，庾信《弄琴诗》其一："雉飞催晚别，乌啼惊夜眠。"④ 雉飞指《雉朝飞》，乌啼指《乌夜啼》。又萧悫《听琴诗》："掩抑朝飞弄，凄断夜啼声。"⑤ 而琴曲《乌夜啼》的歌辞最早在中晚唐出现，即张籍的《乌夜啼引》，且此诗中提及的人物是夫妻而不是父女。元稹的《听庾及之弹乌夜啼引》提到的也是夫妻而不是父女。⑥ 再加上琴曲多有托古之事，何晏事的记录晚于义夫事。因此，何晏事有很大可能是

---

① 当时文献记录琴曲《乌夜啼》时不一定记作《乌夜啼引》"引"字可能省略，如李勉《琴说》："《乌夜啼》者，何晏之女所造也。"
② 任半塘．教坊记笺订[M]．北京：中华书局，1962：179．
③ 王小盾．隋唐五代燕乐杂言歌辞研究[M]．北京：中华书局，1996：301．据王小盾先生的说法，"吟""引"意味着琴曲同人声的接近，"引"往往由歌唱之调转变而成，琴曲《乌夜啼》是由西曲《乌夜啼》的歌调改造变化而来。
④ 逯钦立．先秦汉魏晋南北朝诗[M]．北京：中华书局，1983：2407．
⑤ （唐）段成式．酉阳杂俎[M]．上海：上海古籍出版社，2012：2274．
⑥ 向回．乐府诗本事研究[M]．北京：北京大学出版社，2013：193．关于张籍和元稹诗中涉及的是夫妻关系，而不是《乌夜啼引》的解题何晏事的父女关系，有学者认为，张籍诗只是挖掘本事中的"乌啼则有喜"这一民俗层面的意义，在这一层面上结合时事或其他传说进行的再度创作。元稹诗以文帝征临川王刘义庆事为《乌夜啼引》的本事，只因其更合于表达夫妻之间的情感。

人们附会的。何氏看到了琴曲《乌夜啼》和西曲《乌夜啼》不同，且何晏事很可能出于附会，故而得出《乌夜啼》的本事是刘义庆故事的结论。诚然，二者是不同的，何晏事很可能出于伪造，但这不能直接导致此结论成立，何氏并未进一步分析刘义庆事是否为西曲《乌夜啼》的本事。

通过上文分析可以看出，刘义庆事不见于正史记录，若刘义庆事真是本事，那么为何《宋书·乐志》《古今乐录》等文献不见记载，直到初唐文献才有寥寥几笔的记录？同属清商曲辞的《读曲歌》是见录于《宋书·乐志》和《古今乐录》的，而且与刘义康和元嘉十七年有关。另外，从《琴历》记载的刘义庆妓妾"忧思成曲"到后来定型的妓妾闻乌啼、知喜讯，刘义庆作曲之事，可以看到明显的演变痕迹。而且，任半塘在《教坊记笺订》中认为《琴历》混淆了《乌夜啼》和《乌夜啼引》，如果真是这样便意味着《琴历》所记是西曲《乌夜啼》的本事。虽然乐府本事很多都经过了演变、积累，但追根溯源，西曲《乌夜啼》的本事就有很大可能不是刘义庆之事（刘义庆作），而是妓妾"忧思而成曲"之事。

对于刘义庆事是西曲《乌夜啼》本事的怀疑还来自歌辞和本事内容的不符。杨生枝在《乐府诗史》中说："《乐府诗集》所载的《乌夜啼》八曲，都是诉说对恋人的深切思念，与夜闻乌啼报赦书的传说毫无关系。《旧唐书·乐志》所传义庆作此歌，其和云：笼窗窗不开，乌夜啼，夜夜望郎来。今所传歌，并非义庆本旨。我以为，《乌夜啼》乃是民间乐歌。"① 杨氏注意到了八首曲辞内容与本事无关，对于《旧唐书·乐志》的说法难以确信。持相同看法的还有曹道衡的《乐府诗选》，其《乌夜啼》诗下脚注云："旧说以为是宋临川王刘义庆或衡阳王刘义季作，说是与彭城王刘义康被贬事有关，不可信。此曲当是民歌。"② 杨氏和曹氏都看到了《乌夜啼》歌辞与本事内容的不符。的确，《乐府诗集》记载的《乌夜啼》八曲都是诉说男女之间的相思别离，虽然其中多有乌啼，但与报喜之意绝不相干，所以《通典》才说："今所传歌似非义庆本旨。"后面有主名的歌辞也是延续同样的主题，也是相思别离。总之，《乌夜啼》的歌辞读起来有一种凄凉悲伤的情绪，与乌鸦报喜的喜悦无关。针对此种情况，有三种解释。

其一，《乌夜啼》的本事就是刘义庆事，可能更早的与报喜有关的诗佚失了，我们现在只能看见与报喜无关的诗。要分析这个问题，还需要把《乌夜啼》放在西曲的背景中谈论。西曲歌主要产生于湖北中西部和河南西南部一带，长江中游和汉水两岸不乏一些大城市，西曲歌中充满了水上船边的情调及商人游女的生活③，这也是为什么西曲歌多写相思别离且风格缠绵婉转。即使存在佚失的《乌夜啼》歌辞，其风格恐怕也不会是与乌鸦报喜有关的轻快。

---

① 杨生枝. 乐府诗史 [M]. 西宁：青海人民出版社，1985：270.
② 曹道衡. 乐府诗选 [M]. 北京：人民文学出版社，2000：304.
③ （清）彭定求. 全唐诗 [M]. 北京：中华书局，1960：264.

其二，乌鸦啼叫与托信报喜有关，歌辞可以从反面描写，即乌不啼便没有消息，或乌啼却没有消息，这样，诗的风格便可以是悲伤婉转的。王立增认为，这八首辞曾多次提到乌鸦啼叫，含有寄托信息之意，如"此日无啼音，裂帛作还书"，女主人没有听到乌鸦啼叫，预示着没有喜事，即思念的人不会到来。这些迹象表明该曲在最早出现时就与乌鸦托信报喜有关。在当时乌鸦的确具有祥瑞、团圆的象征意义，如"生离无安心，夜啼至天曙"，就像月亮代表团圆，但与月亮有关的诗大多抒发着离愁别恨。从这一方面看，歌辞是有可能从反面进行描写的。向回《乐府诗本事研究》也有相似看法，他认为《乌夜啼》的今存歌辞多是世俗化的情歌，虽然闺怨的情感"不是《乌夜啼》本事中主人公情感的主要体现，但就宋临川王刘义庆的妓妾而言，如果夫君系狱，带给她们的必将是一种闺中愁怨的情感体验。也就是说，以《乌夜啼》本事作为典故来深化闺怨主题，实际上是对本事情感的局部扩大"①，他认为后世《乌夜啼》歌辞中的闺怨情感，是对本事局部情感的扩大和深化。

其三，《乌夜啼》的本事记载可信，歌辞不需符合本事，仅利用歌曲的声调即可。王运熙在《乐府诗述论》中对《旧唐书·乐志》"今所传歌，似非义庆本旨"做出的解释是："似非本旨，这是现存吴声、西曲各曲调歌词的共通现象"，王先生认为吴声、西曲的歌词与本事不符是普遍现象。他之后的解释虽不是针对《乌夜啼》而阐发，但从更宏观的角度解释了这一"共通现象"，他说："吴声、西曲每一曲调的本事，是说明它创始时候的事实背景；而现存歌词，却不一定是创始时候的作品；每一曲调的后来拟作，不需要在内容上符合于原始的本事，仅仅利用着改歌曲的声调便已足够了。"② 据此我们可以推知，《乌夜啼》的本事很可能是刘义庆事，但是现存的歌词不一定是创始时的作品，后来的拟作不需要符合本事，仅利用歌曲的声调便可。

以上三种说法针对《乌夜啼》本事内容与歌辞不符的现象做出解释，三种说法中的两种倾向于刘义庆事是本事，但都出于推测，缺乏进一步的、更有力的证据。并且，《琴历》所记的义庆妓妾作曲之事是不是西曲《乌夜啼》的本事和其可信程度，则需要更多证据才能进一步探讨。虽然刘义庆妓妾作曲之事和刘义庆作曲之事是否为《乌夜啼》本事和二者哪一个是其本事依旧存疑，但这两事并非毫无根据、胡乱附会。刘义庆曾任江州刺史，据《宋史》记载，江州刺史的管辖范围是"晋惠帝元康元年，分扬州之豫章、鄱阳、庐陵、临川、南康、建安、晋安，荆州之武昌、桂阳、安成十郡为江州。初治豫章，成帝咸康六年，移治寻阳；庾翼又治豫章，寻还寻阳"③。《乐府诗集》在西曲歌的解题中说："西曲歌出于荆、郢、樊、邓之间。"④ 杨生枝在《乐府诗史》中解释道："荆，即湖北江陵；郢，即湖北宜昌；樊，即湖北襄樊；邓，即河南邓县等地，这些都是长江中游和汉水两汉

---

① （唐）段成式. 酉阳杂俎 [M]. 上海：上海古籍出版社，2012：237-238.
② 王运熙. 乐府诗述论 [M]. 上海：上海古籍出版社，2012：423.
③ （明）朱权. 臞仙神奇秘谱 [M]. 续修四库全书. 上海：上海古籍出版社，1995：1068.
④ （宋）郭茂倩. 乐府诗集 [M]. 聂世美，仓阳卿点校，上海：上海古籍出版社，1998：534.

的大城市。"① 刘宋时期,江州刺史的辖地与西曲歌的产生地有交叉,刘宋国土涵盖了吴歌西曲产生地,且西曲歌开始产生的时代正是晋、宋之际,这两点为刘义庆或其妓妾作《乌夜啼》提供了可能性。

二、《乌夜啼》本事与唐人奉乌习俗

刘义庆事和妓妾作曲之事是不是西曲《乌夜啼》的本事?由于现有资料的不足难以得出确切结论,但我们可以从这两件事的演变中窥见唐人的奉乌习俗。

《初学记》引《琴历》语:"家人大惧,妓妾夜闻乌啼,忧思而成曲。"② 到了《通典》和《教坊记》就变成了刘义庆的妓妾夜闻乌啼,知道明日有赦,而作者也由妓妾变成了刘义庆。本事在流传的过程中存在不断被人添砖加瓦的可能,《乌夜啼》故事中由闻乌啼而忧思到闻乌啼而知赦的转变,与唐人的奉乌习俗有关,尤其是在南方,乌鸦代表了吉祥、团聚、孝慈。

首先,乌鸦代表着吉祥。唐段成式《酉阳杂俎》云:"人临行,乌鸣而前行,多喜。"③ 钱珝《江行无题》诗云:"飞上危樯立,啼乌报好音。"④ 元稹在《听庾及之弹乌夜啼引》中说"唯说闲宵长拜乌"⑤,他在贬官时,其妻也曾拜乌祈福。其次,乌啼表示远人将归。白居易《答元郎中、杨员外喜乌见寄》有云"疑乌报消息,望我归乡里"⑥,如果乌啼不能使人团聚,离别愁绪便产生了。唐诗中也常以乌啼表示相思,如施肩吾《不见来词》中"乌鹊语千回,黄昏不见来"⑦,张祜《乌夜啼》中"不妨还报喜,误使玉颜低"⑧。最后,乌鸦还代表孝慈,如白居易《慈乌夜啼》中"慈乌失其母,哑哑吐哀音……声中如告诉,未尽反哺心"⑨,杜甫《题桃树》中"帘户每宜通乳燕,儿童莫信打慈鸦"⑩,这些都说明乌鸦是孝慈之鸟。

正是因为乌鸦被视为祥瑞,唐代敬乌奉乌的风气很盛。这一点从很多诗歌中可得到证明,如元稹《大嘴乌》中"巫言此乌至,财产日丰宜"⑪,白居易《和大嘴乌》所云"老巫生奸计,与乌意潜通。云此非凡鸟,遥见起敬恭"⑫,任半塘《教坊记笺订》中"唐诗

---

① 杨生枝. 乐府诗史 [M]. 西宁:青海人民出版社,1985:264.
② (唐) 徐坚. 初学记 [M]. 北京:中华书局,1962:386.
③ (唐) 段成式. 酉阳杂俎 [M]. 上海:上海古籍出版社,2012:94.
④ (清) 彭定求. 全唐诗 [M]. 北京:中华书局,1960:2679.
⑤ 周相录. 元稹集校注 [M]. 上海:上海古籍出版社,2011:252.
⑥ 谢思炜. 白居易诗集校注 [M]. 北京:中华书局,2006:843.
⑦ (清) 彭定求. 全唐诗 [M]. 北京:中华书局,1960:5589.
⑧ (清) 彭定求. 全唐诗 [M]. 北京:中华书局,1960:271.
⑨ 谢思炜. 白居易诗集校注 [M]. 北京:中华书局,2006:95.
⑩ (清) 仇兆鳌. 杜诗详注 [M]. 北京:中华书局,1979:1119.
⑪ 周相录. 元稹集校注 [M]. 上海:上海古籍出版社,2011:22.
⑫ 谢思炜. 白居易诗集校注 [M]. 北京:中华书局,2006:227.

《乌夜啼引》辞内,每见当时奉乌之迷信"①。但是到了宋代,乌鸦的象征意义却发生了变化,乌鸦变成了不祥的征兆,发生变化的原因虽不甚明了。但习俗发生变化本就是常有之事。且乌鸦作为不祥之鸟并不仅是从宋朝开始,只是宋之前乌鸦代表祥瑞占主流。有学者论述,如屈原在《楚辞》中称乌鸦为"恶禽",而且在占卜活动中乌鸦大多"凶多吉少",汉乐府民歌《战城南》中"野死不葬乌可食",范浚《杂兴诗》云"鹊噪得欢喜,乌噪得憎慎"②。

通过以上分析,我们可以看到乌鸦在唐朝时的正面内涵是占主流的。因此,无怪乎《乌夜啼》的本事加入了乌鸦报喜的情节。

结　语

综上所述,尽管相关文献对于《乌夜啼》本事的记载有限,根据现有资料无法得出确切结论,但通过对相关文献进行梳理,我们可以发现,何晏事有很大可能性出于附会,刘义庆事虽然依旧存疑,但其最早记录——《琴历》所记却比通行的义庆作曲事更有可信度。另外,从《乌夜啼》本事记录的流变中,还可发现其深受唐人奉乌习俗的影响。

参考文献

[1] (唐)徐坚.初学记[M].北京:中华书局,1962.
[2] 任半塘.教坊记笺订[M].北京:中华书局,1962.
[3] (唐)杜佑.通典[M].王文锦,王永兴等点校,北京:中华书局,1988.
[4] (宋)郭茂倩.乐府诗集[M].聂世美,仓阳卿点校,上海:上海古籍出版社,1998.
[5] (南朝梁)沈约.宋书[M].北京:中华书局,1974.
[6] (清)纪昀.四库全书总目提要[M].石家庄:河北人民出版社,2000.
[7] (明)朱权.臞仙神奇秘谱[M].续修四库全书.上海:上海古籍出版社,1995.
[8] 王立增.《乌夜啼》本事考[J].贵州文史丛刊,2008(1).
[9] 何江波.《乌夜啼》音乐形态研究[J].乐府学,2015(2).
[10] (唐)魏征.隋书[M].北京:中华书局,1973.
[11] 王小盾.隋唐五代燕乐杂言歌辞研究[M].北京:中华书局,1996.
[12] 逯钦立.先秦汉魏晋南北朝诗[M].北京:中华书局,1983.
[13] 向回.乐府诗本事研究[M].北京:北京大学出版社,2013.
[14] 杨生枝.乐府诗史[M].西宁:青海人民出版社,1985.
[15] 曹道衡.乐府诗选[M].北京:人民文学出版社,2000.
[16] 王运熙.乐府诗述论[M].上海:上海古籍出版社,2012.
[17] (唐)段成式.酉阳杂俎[M].上海:上海古籍出版社,2012.
[18] (清)彭定求.全唐诗[M].北京:中华书局,1960.

---

① 任半塘.教坊记笺订[M].北京:中华书局,1952:180.
② 王二杰,周舒娟."乌鸦"象征意义的流变[J].四川教育学院学报,2012(8):50.

[19] 周相录. 元稹集校注 [M]. 上海：上海古籍出版社，2011.
[20] 谢思炜. 白居易诗集校注 [M]. 北京：中华书局，2006.
[21] （清）仇兆鳌. 杜诗详注 [M]. 北京：中华书局，1979.
[22] 王二杰，周舒娟. "乌鸦"象征意义的流变 [J]. 四川教育学院学报，2012（8）.

（程露 首都师范大学2017级硕士生 指导教师：郭丽）

"求女"情节的直觉与自觉

艾 欣

摘 要：本文通过讨论《离骚》中"求女"情节的历史根源以及这一情节背后的深层含义，并进一步探讨这个情节对于战国时期楚国在国与国的斗争之中处于劣势地位的意义何在。本文认为，"求女"情节中不仅包含屈原对国家政治关怀的直觉，更深层次的含义是他对远祖的怀念的直觉。

关键词：求女；追寻；个体精神；原型

《离骚》是屈原的代表作之一，也是我国古代诗歌史上最长的一首浪漫主义抒情诗，可以将其视为屈原心灵的倾诉和自我的宣扬。《离骚》中有四次神游、三次求女和两次占卜，其中"求女"的部分是最为独特的一个情节。《离骚》中的这一情节常常被视为后世作品中人神恋爱的滥觞，历来也不乏前辈学者对这个奇异情节进行解释。但是再一次审视它时，笔者不禁思考一个问题：《离骚》中的"求女"情节是后世作品中大规模使用的开端，但是它是在《离骚》中被首次运用的吗，它是不是脱胎于某种叙述模型呢？

《离骚》中的抒情主人公借用想象的方式与古代世界的人物并行，他用所遇到的困难映照在现实中给他带来种种阻碍的人。这层象征意义很容易理解，历来争论较多的是关于"求女"这一动作的目的。想要弄清楚这个问题，只需要厘清屈原追寻的这几个神女的身份、他对这几个帝王的态度是什么，以及屈原在谈到他们时自我定位是什么。如果帝王们的影子是隐匿在现实背后不可见的，那么重点则是在"女"上，反之则在"王"上。

一、《离骚》中的"求女"情节

屈原在《离骚》当中共有三次求女的经历，所求之人分别是宓妃、有娀之佚女、有虞之二姚。这三次求女的经历均以失败告终。求女历程是在抒情主人公的第二次神游受到帝阍的阻挠之后的第三次神游时经历的，即"朝吾将济于白水兮，登阆风而绁马"之后一段。朱熹对《离骚》中的抒情主人公欲求女之前的"哀高丘之无女"中的"女"解释为：

"女,神女,盖以比贤君也。于此又无所遇,故下章欲游春宫、求宓妃、见佚女、留二姚,皆求贤君之意也。"① 其中能够看出在朱熹意下,以此"女"字笼罩的所求三女的性质是相同的,她们三人都借以指代贤君。但是笔者认为,三者之间是有着细微差异的。虽然三次求女都以失败而告终,但是失败的原因是不一样的。求宓妃的失败,是因为在这个过程中,宓妃所居之处深僻,难以寻觅,加之她的"骄傲",使抒情主人公失败而下。关于"骄傲"的意思,王逸的解释为"倨简曰骄,侮慢曰傲"②,并说道:"言宓妃用志高远,保守美德,骄傲侮慢,日自娱乐,以游戏自恣,无有侍君之意。"③ 这里提及的"美德"和"无有侍君之意",所反映出来的道德标准似乎是相冲突的。观及屈原的作品中的"德"的含义,基本上是围绕着民众的道德,圣人领导臣子的英明品行("何圣人之一德")等去谈的。从这个角度去看,有"德"的体现是"侍君"而不是"无有侍君之意"。王逸有这样的言论,也许是受到东汉时期初现苗头的隐逸与求仙之风的影响,如此看来,他认为"美德"和"无有侍君之意"二者付诸实践的做法是相背离的也是可以理解的。但是笔者认为,如此理解宓妃的性格恐有些许不妥,而且原文在介绍宓妃的行踪"夕归次于穷石兮,朝濯发乎洧盘"与"日康娱以淫游"之间,言及她的政治主张略显突兀。故笔者认为,"骄傲"一词应与上下文呈顺承关系,应作纵情山水、不受羁绊讲,而这也是抒情主人公求女第一站受到挫折的原因。

接下来被追求的对象为"有娀之佚女"和"有虞之二姚"。二者与宓妃相比,她们的出现是以夫君为依傍的,一为帝喾之妻,一为少康之妻,她们夫君的身份也都同为古帝。作者在现实中处处碰壁,流放汉北之后,对自己的仕途前景几乎陷入了绝望,满心愁苦的他虽胸中有理想,在朝中也有为数不多的同人,但是在屈原刚直的态度遭到如此下场之后,吸取屈原的前车之鉴的昭滑、陈轸等人的立场开始动摇,再加之在小人作乱、昏君当政、强秦虎视眈眈的情况之下,被迫选择明哲保身。所以,在这种处处潜伏着对自己不利的处境中,屈原在现实中可谓无路可走,只好在历史中去寻找评判,并把在古代圣贤领导下的治世作为自己的理想,把古代圣贤作为自己的榜样。所以在后半部分目标为"有娀之佚女"和"有虞之二姚"的求女过程中,与前半部分出现了分层,这里的终极目标不再是"女"了,而是她们背后的男人们,他们在人格上是屈原心中"中正"的代表,在政治上也有楚国应该汲取营养的地方。

> 帝喾高辛者,黄帝之曾孙也……高辛于颛顼为族子。高辛生而神灵,自言其名。普施利物,不于其身。聪以知远,明以察微。顺天之义,知民之急。仁而威,惠而信,脩身而天下服。④

---

① (宋)朱熹. 楚辞集注 [M]. 上海:上海古籍出版社,1979:17.
② (宋)洪兴祖撰. 楚辞补注 [M]. 黄灵庚点校. 上海:上海古籍出版社,2015:47.
③ (宋)洪兴祖撰. 楚辞补注 [M]. 黄灵庚点校. 上海:上海古籍出版社,2015:47.
④ (汉)司马迁. 史记 [M]. 北京:中华书局,2006:2.

后两次求女不得的原因，是媒介不能完美地称合自己的心意，而导致抒情主人公追求的失败或者干脆放弃。文中"理弱而媒拙兮"一句就概括的非常好，抒情主人公在几个不太称心的媒介中犹豫徘徊，他在追求时既害怕媒介的不妥，又担心托付给媒介所说的导言不足以说服人。就在此刻，凤凰收到了高辛的委托，去充当他的媒人。《山海经·南山经》记载："有鸟焉，其状如鸿，五采而文，名曰凤皇，首文曰德，翼文曰义，背文曰礼，膺文曰仁，腹文曰信。是鸟也，饮食自然，自歌自舞，见则天下安宁。"[①] 高辛有了如此强大的神鸟相助，抒情主人公只好望而却步了。即使在第三次求女时他抢先于少康，但还是有着与前一次相同的理弱的困扰。

关于求女目的的探讨，比较有说服力的解释有两种，即"求通君侧之人"和"求贤君"。但仔细分析，第一种叙述模式之下遗漏了一个因素，那就是"媒"；而第二种说法则隐匿了一个因素，那就是"古代帝王"。既然这两种说法都不够通融，就不妨寻找一种新的解释方法。

在笔者看来，"求贤君"一说相对更有说服力。前文分析了古代先贤所领导下的国家之治象，才是屈原所真正向往的，再看后文与之相对应的描述——"两美其必合兮，孰信修而慕之？思九州之博大兮，岂惟是其有女？""勉远逝而无狐疑兮，孰求美而释女？何所独无芳草兮，尔何怀乎故宇？"以及求巫咸时，巫咸是围绕着君臣关系来回答的，即在针对"两美之合"与"求矩矱之所同"的目标之下，巫咸给出的答案是以明君与贤臣为出发点来展开的，如汤与伊尹、禹与皋陶、武丁与傅说、周文王与吕望、齐桓公与宁戚，并且用"又何必用夫行媒"否定了媒介的作用，而这个媒介刚好是沟通抒情主人公与三女之间关系的。由文内关系，求女应该为"求贤君"，而这个"求贤君"不是独立的或有局限的。从文内能够分析出，抒情主人公追求的贤君只有一个条件，那就是能够匹配得上古代先王。从比兴意义上讲，就是自己想要辅佐的君王是能够重现古代治世的君王。尽管这一想法最终在文末"陟升皇之赫戏兮，忽临睨夫旧乡。仆夫悲余马怀兮，蜷局顾而不行"之处被自我否定了，但是在行文中确实可见，屈原内心曾经有过远去别国辅佐异姓君主的挣扎。

二、个人情结的展现

有些文章将《离骚》中抒情主人公的形象看得太过绝对，认为文中的虚拟形象就是屈原本人，若持有这样的观点，就无法解释屈原本人何以时而上天入地、时而穿越古今了。《离骚》的浪漫性是毋庸置疑的，而虚构和想象本身就是浪漫的表现，所以屈原虽然是在表现自己的内心世界，但是完全可以不用自己的个人形象作为作品中的主人公。在此基础之上，笔者认为这个虚构的抒情主人公的形象也是流动的，这一点最突出地体现在性别

---

① 笠翁. 全注全译山海经[M]. 北京：中国华侨出版社，2018：44.

上。有时抒情主人公是女性,如"日月忽其不淹兮,春与秋其代序。惟草木之零落兮,恐美人之迟暮",其中的"美人"指代抒情主人公,而主人公早出晚归采摘木兰和宿莽来装饰自己的动作,明显就是女性的专属。除了用芳草做装饰,他还喜爱以花草为制作衣服的材料,如"制芰荷以为衣兮,集芙蓉以为裳"。这样还不够,芳香的花草还被他当作信物赠与他人,或者当作食物来看待。诸如此类,女性的特点在以上部分均有体现。这一观点在游国恩的《楚辞女性中心说》中有深入的论述。但有时抒情主人公又是男性,笔者认为这种叙事是脱离了以男女喻君臣的比喻体系的,而脱离此种体系的情况分为两点。

其一,《离骚》的第一部分以女性角度抒情,此时屈原以女性自比,期间还穿插着为了自身清白与党人斗争的寻求正道的男性形象:

> 彼尧、舜之耿介兮,既遵道而得路。何桀纣之猖披兮,夫惟捷径以窘步。惟夫党人之偷乐兮,路幽昧以险隘。岂余身之惮殃兮,恐皇舆之败绩!忽奔走以先后兮,及前王之踵武。荃不查余之中情兮,反信谗而齌怒。

同时,抒情主人公还是一个想要与时间抗衡、想要在政治上有所成就的大夫的形象,"忽驰骛以追逐兮,非余心之所急。老冉冉其将至兮,恐修名之不立"。上述情况不见抒情主人公背后隐藏的女性形象的影子,也不属于"男女之比"的范畴之内,笔者认为这部分只是起到直白地表明心迹的作用。朱熹在《楚辞集注》中对"彼尧、舜之耿介兮……反信谗而齌怒"四句的判断分别是赋而比、赋而比、赋而比、比而赋。这里"比"的系统是抒情主人公——"我",古代先王——楚王。而在此句的上一句"固众芳之所在"中出现的最常用来指代女性的"芳草"意象,王逸和朱熹均明确地解释为"群贤"①。

其二,《离骚》的第二个部分即神游求女部分,如果还按照理解前文的惯性思维去思考这部分的话,就会出现前后比喻系统不一致的现象。男女恋爱的惯性思维下,求女部分的比喻系统为:女性,即三神女——屈原;男性,即古代君王——楚王。或女性,即抒情主人公——屈原;男性,即古代君王——楚王。无论哪种情况都会缺少一个环节,所以想要将求女部分解释通融,就必须打破前文遗留的思想桎梏。前文论证了屈原将自身映射在《离骚》文章当中的形象有男有女,所以在求女部分,当抒情主人公为女性的假设行不通时,抒情主人公的形象可以暂定为男性。文中"及少康之未家兮,留有虞之二姚"一句也显示出屈原想做的是与少康比肩,与他争夺有虞之二姚。"凤皇既受诒兮,恐高辛之先我"也是同义。

所以求女的内在寓意想要表现的,应该是屈原在宗国理念影响下的政治意图。屈原在抱负难以伸展的情况之下选择的排解心中苦闷的方式,并不是就职于他乡,而是选择在作品中先飞向远古,一解心中的犹豫。但是他在精神上出走,到达沅湘、苍梧、悬圃和白水等地,并不是为了逃离,其实是为了追寻一个更加合适的道路,抑或是给自己所选择的道

---

① (宋)洪兴祖撰. 楚辞补注 [M]. 黄灵庚点校. 上海:上海古籍出版社,2015:5-6.

路一个坚持下去的理由。因为他并非消极的逃离，也不是随波逐流，而是一种带有目的性的逃离，这是一次带有积极性的精神旅程，代表的是屈原在自己身处仕途的低谷之时，外界不断对自己施加压力时表现出来的顽强和坚韧的人格态度。作为一个刚正不阿甚至于刚烈的生命个体来讲，他不愿选择懦弱地飘荡在世界中，而是向远祖的居所进发，来寻求那一丝一毫的归属感，进而去思考个人甚至国家的命运。在抒情主人公多次追寻的时候，他并不是一个与英雄般的先祖并肩的角色，而是一个有着执着信念的追求者。也许探求到的结果对抒情主人公来讲并不是最重要的，重要的是他所经历过的过程，因为他反复升天游历的目的地都是他神话谱系内之故乡。

三、原始思想的遗留

上文分析了《离骚》之中的"求女"是指求贤君，这种想法体现了屈原自身的个体意识，是一种求女的自觉。在当时的社会之中，拥有这种主张的人少之又少，如果不是这样，屈原也不会被所有人排挤。但笔者认为，这个情节体现的并不完全是自我意识，"求女"动作同样融合了他的独立于自我意识能控制的范围之外的部分。屈原在表现个体意识的形式上，选择了一条"复古"之路，也正是这种形式能够解释屈原在这篇文章里为何采用如此奇特的艺术呈现方式，为何设计如此模棱两可的人物关系。这种形式的中心是虚拟的性恋，通过抒情主人公性别的流动，追求对象的不断变换，借以抒发对不同目标的态度以及情感。多层的性恋的框架下纳入"男女－君臣"的独特比兴系统，使得屈原能够更好地呈现自己的心理状态及变化。"诗亡而后春秋作"在后世的研究当中经常引申为春秋之言《诗》之正声衰亡①。

在笔者看来，不仅《诗》随着贵族王者们引用次数的变少而"亡"，随之亡去的还有以之为载体的带有远古记忆的比兴系统，但是在《离骚》的叙事当中依然存在着古老的原型。原型，从字面上讲就是预先存在的形式，并不是孤立的现象，而是某种在其他知识领域中已被认可和命名了的东西，而"人神恋爱"就是一个在宗教氛围里被认可并在形式上被广泛实践的诗歌中的原型。

一般来讲，学者们普遍认为《九歌》当中的巫风的遗留更多一些，胡适甚至认为："屈原与《九歌》的传说绝无关系，细看内容，这九篇大概是最古之作，是当时湘沅民族的宗教歌舞。"② 胡适对于《九歌》的作者判断还有可商榷的余地，但是《九歌》当中的特点确实如胡适的判断，当为宗教性极强的歌乐舞曲。宗教传统不仅影响了《九歌》的诞生，同样也对《离骚》的创作产生了影响。过常宝将《九歌》体现的"人神恋爱"的表达模式总结了出来，并以《离骚》中的模式进行比对，发现《离骚》之中所采用的模式

---

① 葛晓音. 试论春秋后期"《诗》亡"说 [J]. 中华文史论丛，2004（78）：1.
② 胡适. 胡适谈读书 [M]. 南昌：百花文艺出版社，2016：171.

与作为祭歌的人神交接的《九歌》十分相似。① 并进一步指出，其中爱情的表白是"楚民根据自己的日常体会，根据交感巫术的思维原则所采取的一种取媚神灵的祭祀手段"。楚民娱神是有身份分配的，一般情况下是求神方与其对应的被求方的性别是相反的，"巫之男女和神的阴阳，以及在迎祀歌舞中，依着彼此不同的性格而有怎样的配置"②。这就更加印证了前文所提到的性别流动的问题，为了与女神形成对应，此段的抒情主人公形象也必为男性。

弗雷泽有过更深入的论述："我们未开化的祖先把植物的能力拟人化为男性、女性，并且按照顺势的或模拟的巫术原则，企图通过以五朔之王和王后，以及降灵新娘、新郎等等人身表现的树木精灵的婚嫁，以促使树木花草的生长。因此，这样的表现就不仅是象征性的，或比喻性的戏剧，或用以娱乐和教育乡村观众的农村游戏。它们都是咒法，旨在使树木葱郁，青草发芽，谷苗着装，鲜花盛开……我们还很可以假定，那些习俗的放荡表现并不是偶然的过分行为，而是那种仪式的基本组成部分……"③ 这是一种在生产力极其原始，并且对自然社会认识还比较初步的背景下，认为可以通过人代模仿孕育的方式达到植物繁荣生长的目的。在巫风盛行的楚国也有类似的祭祀礼俗，"与世界其他民族的神的恋爱神话不同的是，楚国巫风艺术不是一种纯口头相传延续的神话虚构，而是一种真切的神的恋爱场景与爱情关系的表演。在表演过程中，男巫（wizard）和女巫（witchcraft）饰演男神和女神，但他们也不只是描绘神与神的关系，还表演神与人的恋爱"④。

战国时期人们虽信神敬神，但已初步摆脱了对神灵的无限崇拜，并且也离开了图腾崇拜的时期。此时屈原的目的不再是通过祭祀对自然有所要求，而是想要通过这一原型的使用达到更社会化的理想。只不过在巫风盛行的文化中成长的屈原，无意识地抑或说依照直觉，选择了"人神恋爱"的手段来象征着君臣的离合。体现在屈原作品中，就是一种直接的无意识，他并不想拒绝或背叛这种无意识，而是将自己所掌握的知识都作为它的"后援"，从而扩大这种直觉的力量，使其得到发展。这种体现就是上文提到的"追寻"的母题，在屈原的手中详细化成了追求三个神女的情节，是潜意识里面的经验发出命令让他去反复地完成这个动作，让他凭借这种对于先民来说自然而然的活动去实现他的目的。

前文已经论证了求女情节既是屈原个人思想的展现，也是楚地原始思想的遗留，这两方面可以分别概括为屈原的自觉与直觉，也可以称之为个体意识与集体意识。集体意识与个体意识是来源和内容绝不相同，但不会互相矛盾的两种经验。集体无意识不像个体无意识那样依赖个体经验而存在，因而不是个人的心理财富。"个体无意识主要是由那些曾经被意识但又因以往或抑制而从意识中消失的内容所构成的，而集体无意识的内容却从不在

---

① 过常宝. 楚辞与原始宗教 [M]. 北京：东方出版社，1997：115.
② 陈子展. 楚辞直解 [M]. 上海：复旦大学出版社，1996：460.
③ 鲁瑞菁. 楚辞骚心论 讽谏抒情与神话仪式 [M]. 上海：上海书店出版社，2016：101.
④ 梅琼林.《离骚》：原型追索——兼论求女之本真意涵 [J]. 学术月刊，1998（5）：111.

意识中，因此从来不曾为个人所独有，它的存在毫无例外的要经过遗传"①。由祖先遗传下来的集体无意识，虽然与个体的意识来源不同，但是在内容上并不是完全没有联系的，"无意识不仅影响着，而且事实上指导着意识"②。荣格并进一步举例说明了存在两种情况会影响人们的意识：直接的和间接的。

在"人神恋爱"的主题中以失败作为每一次求索的结局，笔者认为对上文所分析的"直觉"与"自觉"两个方面都可以形成照应。首先，人神恋爱的失败结局是祭祀文化在文学中的投影，其次，这样的结尾也是屈原的遭遇在作品中的反映，在虚拟世界中神游的抒情主人公与在现实社会中的流浪是相同的，也许我们还不能将屈原在现实中的遭遇梳理清楚，但是从悲剧性的恋爱中就能寻找到答案。屈原通过"人神恋爱/求婚"的故事，丰富了追寻的内容，形成了一个以不同对象为目标的追寻故事，而《离骚》当中的抒情主人公的形象，虽然在性别上是流动的，但是在追求目标的模式上达到了统一。

从《离骚》的第二部分开始，抒情主人公陈词重华、灵氛占卜、巫咸降神都是通过去不同的地点求索不同的人，来达到寻求自己失信于君王后，渴望重新辅佐帝王实现楚国昔日的强大的理想。在屈原的犹疑和自我否定当中，他追寻的目标究竟是什么呢？笔者认为，是他心中的家园。对于屈原来说，"家园"一词并不只是有边界有局限的自然中的实体，而是具有更广阔的空间和维度的。"家园"对于屈原来说是精神上的，也可以是历时性的。例如他在上天求女的时候与"高辛"较量，就多了一层向祖先致敬、向远古的理想皈依的意味。《史记》中说："高辛于颛顼为族子"，而我们知道"帝高阳之苗裔兮"中透露出来的屈原与颛顼的关系。此外，姜亮夫教授在《说高阳》一文中，对高阳是楚国至上神一点有很深入的论述③。除此之外，"楚文化是在江汉东部商文化的影响下孕育产生的"④。

也许这就是屈原追求二姚的原因吧。昆仑——他的目的地所在，也体现了远祖留给他的精神烙印。我们确知的是，在《离骚》当中无论是飞天、求女还是求占都是浪漫之谈，都是一种比喻和象征，这一系列的追寻都是为了寻找理想或幻想中的那片栖息之地。先祖的家园对屈原来说，是跻身的场所，也是施展拳脚的圣地，并且一旦找到了家园，他就能够回答很多内在的、实质性的问题。这也就是屈原漫游时考虑的因素，也是笔者在前文论述古代圣贤是指代屈原理想的原因之一。

屈原坚信自己的祖先是道德最为"中正"的代表，也坚信自己的飞天求女的结果能求来清明的政治。所以笔者认为，这一情节的设置以及让它反复出现，是因为屈原在现实的家园里深感忧愤，所以只能在死亡之后通过对精神家园的追寻来实现希望，这种做法是对远古家园的神往、对远古精神的皈依，从这里能够体现出的是在精神极度痛苦的情况下的

---

① 叶舒宪选编. 神话——原型批评 [M]. 西安：陕西师范大学出版总社，2011：99.
② 荣格. 心理学与文学 [M]. 冯川，苏克译. 上海：上海三联书店，1987：113-114.
③ 姜亮夫. 姜亮夫全集 [M]. 沈善洪，胡廷武主编. 昆明：云南人民出版社，2002：91-100.
④ 高崇文. 古礼足征 礼制文化的考古学研究 [M]. 上海：上海古籍出版社，2015：427.

价值归属，这个情节给屈原提供了一个走向精神家园的路，而这条路是亘古不灭的。

屈原的几次精神远离国土的行为，包括求女的动作，实则是贯穿全文的一个思路，这就是追寻。虽然在全文当中，抒情主人公的形象前后有所改变，包括比兴的主体也有所变化，但其中唯一贯穿始末的中心就是不断追寻。本文在前文将《离骚》分为了三部分，第一部分是在俗世间寻道，只不过有小人和众女让屈原带领君王寻道而不得。"指九天以为正兮，夫惟灵修之故也。曰黄昏以为期兮，羌中道而改路！初既与余成言兮，后悔遁而有他。余既不难夫离别兮，伤灵修之数化。"朱熹的解释是："黄昏，古人迎亲之期，《仪礼》所谓'初昏'也。""中途而改路，则女将行见弃。"笔者认为在第一部分采用"夫妇君臣说"的解释方法是合适的，第二部分是神游与求女的结合，第三部分灵氛占卜、巫咸降神，也是为了求得坚定下去自己选择的路的信念。

结　语

综上所述，屈原是在表达自己的当下想法时，将笔向历史的空间中一挥，不仅在历史中寻找到了提供他游历的家园，而且还找到了独特的诉说方式。当这一问题的两个方面都体现出他向自己心灵家园皈依的时，我们能够看出，他确实是想尽自己所能保住楚国的安稳。

> 从母题的性质来看，可以说，凡是有文化传统的地方，就有母题的存在……文化传统表现为某些文化因子一旦产生，就在其所属的群体中不断复制和在线，并伴随着历史的延伸代代相传。人们常常把文化传统中那些具有传承性的文化因子称为"母题"。[①]

"求女"是在各种艺术体裁中被不断重复的母题，在《离骚》当中就出现了三遍。众所周知，文学当中出现的内容因为不同的背景内涵有着独特的表意功能，尽管同样的叙述方式会重复出现，也不一定代表的是完全相同的意义。但是在有限的篇幅之内出现了结构清晰且相同的模式，在笔者看来，这是一种通过极端的方式来达到申诉自己内心的作用，达到递进的作用。"在那些可作为鉴戒的事情中有一种'重复发生'的因素，在规则或是关于应当做什么的表述中，有一种强烈的'愿望'因素，也就是所谓'意愿思维'（wish-thinking）。"[②]《离骚》中出现的反复追求所爱之人的模式，在后世如宋玉的《神女赋》《高唐赋》曹植的《洛神赋》司马相如的《美人赋》王粲的《神女赋》和陶潜的《闲情赋》等作品中也被不断重复。此后，以求女为题材的文学作品蔚为大观。

[①] 陈建宪．神话解读：母题分析方法探索［M］．王先霈主编．湖北：湖北教育出版社，1997：20．
[②] 叶舒宪选编．神话——原型批评［M］．西安：陕西师范大学出版总社，2011：160．

参考文献

[1] (宋) 朱熹. 楚辞集注 [M]. 上海：上海古籍出版社, 1979.
[2] (宋) 洪兴祖撰. 楚辞补注 [M]. 黄灵庚点校. 上海：上海古籍出版社, 2015.
[3] (汉) 司马迁. 史记 [M]. 北京：中华书局, 2006.
[4] 笠翁. 全注全译山海经 [M]. 北京：中国华侨出版社, 2018.
[5] 葛晓音. 试论春秋后期"《诗》亡"说 [J]. 中华文史论丛, 2004 (78).
[6] 胡适. 胡适谈读书 [M]. 南昌：百花文艺出版社, 2016.
[7] 过常宝. 楚辞与原始宗教 [M]. 北京：东方出版社, 1997.
[8] 陈子展. 楚辞直解 [M]. 上海：复旦大学出版社, 1996.
[9] 鲁瑞菁. 楚辞骚心论 讽谏抒情与神话仪式 [M]. 上海：上海书店出版社, 2016.
[10] 梅琼林.《离骚》：原型追索——兼论求女之本真意涵 [J]. 学术月刊, 1998 (05).
[11] 叶舒宪. 神话—原型批评 [M]. 西安：陕西师范大学出版总社, 2011.
[12] 荣格. 心理学与文学 [M]. 冯川, 苏克译. 上海：上海三联书店, 1987.
[13] 姜亮夫. 姜亮夫全集 [M]. 沈善洪, 胡廷武主编. 昆明：云南人民出版社, 2002.
[14] 高崇文. 古礼足征 礼制文化的考古学研究 [M]. 上海：上海古籍出版社, 2015.
[15] 陈建宪. 神话解读：母题分析方法探索 [M]. 王先霈主编. 湖北：湖北教育出版社, 1997.

（艾欣 首都师范大学2017级硕士生 指导教师：傅道彬）

·中国现当代文学·

"妥协"还是"抵抗"?
——略论《苦竹》场域中张爱玲小说的改写现象

苏丽杰

摘 要：本文通过张爱玲的小说进入沦陷区杂志《苦竹》内部，并结合相关史料分析张爱玲的其他文本与《苦竹》杂志的对话关系，以及同时期发表于《苦竹》杂志作品之间的关系。进而把小说《桂花蒸 阿小悲秋》刊本和单行本的校勘结果放入这种对话关系中，讨论张爱玲在《苦竹》场域中的改写现象和文学行为。

关键词：张爱玲；《苦竹》；沦陷区文学；改写现象；文学行为

从20世纪80年代大陆掀起"张爱玲热"之后，学界对张爱玲的研究就逐渐步入正轨。纵观张爱玲研究史不难发现，很多学者已经认真勾勒出了张爱玲的后期作品，对张爱玲早期研究却有着一种"似有似无，暧昧不明"的状态。早期研究者中如傅雷、谭正璧、柳雨生、胡兰成、李君维、关露、章品镇等，都对张爱玲的作品做过初步评价。而当下只有重回报刊语境中，才能充分理解张爱玲的早期作品。在张爱玲发表文章的众多杂志里，《苦竹》杂志是最容易被人忽略的。它的早夭和附逆身份，让不少学者避而远之。围绕《苦竹》杂志，张爱玲周围聚集了一批年轻作家，并以此形成了一个与"老作家"相异的"新进作家"集团，来宣传另类的个人主义和乱世生存哲学。当然，他们的这种生存哲学不可避免地受到老作家的批判。张爱玲本人在经历了沦陷期的沉浮之后，也在不断思考自己的文学创作。对文学创作的探索，表现在作品的反复"改写"上。本文从张爱玲的小说进入沦陷区杂志《苦竹》内部，并结合相关史料分析张爱玲其他文本与《苦竹》杂志的对话关系，以及同时期发表于《苦竹》杂志的作品之间的关系。进而把小说《桂花蒸 阿小悲秋》刊本和单行本的校勘结果放入这种对话关系中，讨论张爱玲在《苦竹》场域中的改写现象和文学心理。

一、《苦竹》空间里的文学对话

《苦竹》是胡兰成在沦陷区创办的杂志，研究《苦竹》就回避不了胡兰成的政治生涯。胡兰成本就是个野心极大的人，仗着颇有点才气，一度在上海搞出许多名堂。起初在浙江、广西等地做教师，1936年转向新闻界，受到汪精卫赏识，调任香港《南华日报》总主笔后开始政论投机生涯。1938年汪精卫发表"主张和平"的"艳电"，胡兰成立即附和，成为最早拥护"和平运动"的汉奸文人之一。汪伪政权建立之后，胡兰成又当上了中央宣传部副部长，兼任《中华日报》主笔，稳坐政论界第一把交椅。后来却与汪精卫决裂，投靠了日本人。① 关于胡兰成如何被汪伪逮捕，以及怎样转到日本人阵营，有很多种说法。据解志熙老师考证，胡兰成在担任中央宣传部副部长的时候，野心更加膨胀，与把持中央宣传部的林柏生争权，而林柏生是汪精卫的心腹，结果就是胡兰成被逐出中央宣传部，出任一个闲职。胡兰成内心非常不满，转向日本人诌媚，所以写了一本十万字的论文，大意是"中日和善，如何使大东亚取得胜利"，"汪伪政府腐败，照这样下去，中国完了，大东亚完了！"胡兰成以为这样一定会博得日本人同情，就抄了好几份给日本人送去，结果日本大使馆先给汪伪政府看了。那时汪精卫已经病倒，其他人一看，立刻把胡兰成抓了起来。但是胡兰成这种敢于革新的行为，却得到了不满汪伪政府的侵华日军的赞赏，他们施加压力让胡兰成获释。② 胡兰成恢复自由后，马上创办了《苦竹》杂志。历经此般沉浮，《苦竹》不仅成了这个失意文人的寄托，也是他掀起一场"启蒙运动"的开始。

（一）新起点的蓬勃之气

1944年上海已经落入日本侵略者之手，文艺界陷入了前所未有的黑暗时期。日伪为了宣扬"和平运动"，扶植起来很多报刊。同年10月，胡兰成在南京石婆婆巷20号创办《苦竹》月刊，主要以政论为主，兼顾文学作品。《苦竹》前两期并没有中央宣传部批准的刊号，只在右上角标记"正在呈请登记中"，所以在上海五洲书报社总经售。到了第三期，有了刊号以后，就开始在南京中央书店卖了起来，本外埠各大书局分售。一个杂志，没有中央宣传部批准的刊号，还光明正大地发行了两期，只能说得到了其他力量的支持。关于创办苦竹的来龙去脉，胡兰成在自传性散文《今生今世》里也提到过：

> 南京政府日觉冷淡。我亦越发与政府中人断绝了来往，却办了个月刊叫《苦竹》。炎樱画的封面，满幅竹枝竹叶。虽只出了四期，却有张爱玲的三篇文章，说图画，说音乐，及桂花蒸阿小悲秋。是时日本的战局已入急景凋年，南京政府即令再要翻腾一个局面，也是来不及的了。我办《苦竹》，心里有着一种庆幸，因为在日常饮食起居及衣饰器皿，池田给我典型，而爱玲又给我新意。池田的侠义生于现代，这就使人神往，而且好处直接到得我身上，爱玲更是我的妻，天下的好都成了私情，本来如此，无论怎样的好东西，它若与我不切身，就也不能有。③

---

① 张泉主编. 抗日战争时期沦陷区史料与研究（第1辑）[M]. 南昌：百花洲文艺出版社，2007：235.
② 解志熙. 走向妥协的人与文——张爱玲在抗战末期的文学行为分析 [J]. 文学评论，2009（2）：137-149.
③ 胡兰成. 今生今世 [M]. 台北：远景出版事业公司，1986：135.

这个时候，胡兰成已经和张爱玲结婚，又有日本人相助，所以开始顺风顺水。炎樱设计的封面就体现出这种希望，受到胡兰成和沈启无的赞许。胡兰成在第二期的《给青年》里称赞封面"大红大绿很是典雅，是生命的表现"。而作家沈启无也在《南来随笔》中极为称道："封面画真画得好，以大红做底子，以大绿做配合，红是正红，绿是正绿，我说正，就是典雅，不奇不怪，自然的完全。用红容易流于火燥，用绿容易流于尖新，这里都没有那些毛病……总之这封面是可爱的，健康的，有东方纯正的美，属于秋天的气象。"①题词"夏天之夜，有如苦竹，竹细节密，顷刻之间，殖即天明"里的生命气象也正是他们人生新起点之后所希望的蓬勃气象。据沈启无所言，封面上的题词是他应胡兰成所写的一首日本诗歌。不过，这个说法后来遭到了陈子善的质疑。陈子善先生在他编辑的插图本《流言》中指出，这首日本人的诗实际上出自周作人《岛崎藤村先生》一文，是周作人翻译的西行法师的短歌。周作人翻译的原文是"夏天的夜，有如苦竹，竹细节密，不久之间，随即天明"，与沈启无、张爱玲在《诗与胡说》中所引以及《苦竹》封面所印的句子却是不同的。② 这是很巧妙的一个地方，《苦竹》似乎脱胎于周作人的《苦竹杂记》，而封面题词又跟周作人翻译的短歌有关，颇有点"新进作家"对"老作家"进行反叛的意味。

（二）"和平文学"下的早夭命运

胡兰成说《苦竹》出版了四期，但是现在看到的版本只有三期，第四期很可能没有办出来。从已经发行的三期，可以看出《苦竹》杂志的阵容。由于胡兰成的特殊身份，供稿作家只是胡兰成在圈内的好朋友。这些作家共同构成了"启蒙运动"里一个迥异于主流作家的巨大阵容。除了张爱玲、炎樱、沈启无、路易士和一些政论界人士以外，所有的文章都是胡兰成自己化名写的。敦仁、贝敦煌、王昭午、韩匀远、江梅、夏陇秀、林望、江崎进都是他的笔名，可以说是为他自己一个人办的杂志了。第一期还有点文艺气氛，发一些散文随笔。"第二期比第一期起来得齐整……表现着同人的风格，所以显得整齐，通过全书的是整个的气息，这也是可贵的地方。"③ 到第三期以后变成他的专栏，就完全是一个政论性杂志，胡兰成也发挥了他政论家的优势。从三期的编后记里能明显地感受到胡兰成办《苦竹》杂志的心情，当然这个心情跟《苦竹》命运也息息相关。第一期的"轩昂"，第二期"风沙的饥渴"，第三期直接用上巴尔扎克给拿破仑的题词，显示了胡兰成面临查禁迎难而上的决心，但《苦竹》还是"面对着毁灭而毁灭"了。

> 胡被释放，在京创办一月刊，名为《苦竹》。内容颇多抨击伪组织之文章，后遭禁止发行，不三期而夭折。其后，胡又逃命武汉，主《大楚报》笔政。④

后来，胡办《苦竹》和《大公周刊》的时候，论调略带左倾色彩。因为这时盛

---

① 沈启无. 南来随笔［N］. 苦竹，1944-11-02（第2期）.
② 张爱玲. 流言［M］. 陈子善编. 北京：十月文艺出版社，2009：4.
③ 谭凯. 书报展览室［J］. 读书青年，1945-02-01（8）.
④ 羽光. 胡兰成别记［J］. 吉普，1946-09（第16期）.

传苏联将出来调和，胡兰成利用此机会，做一个"前进"分子。①

胡由日本朋友撑腰，出版《苦竹》月刊，广告上表明"政论家胡兰成主编"。内有许多文字，又是对伪政府不满，第一期即被查禁。胡兰成在南京立不住脚，便到汉口去做《大楚报》总编辑，继续出版《苦竹》。②

从以上史料中可以看出，《苦竹》杂志的刊发内容与其命运紧密相连。虽然打着文艺作品的旗号，其中却不乏政治论断。胡兰成利用《苦竹》在沦陷后期发起"国民和平运动"，又把张爱玲的乱世生存哲学因势利导地纳入沦陷区"和平主义"的政治范畴内，浩浩荡荡地为自己重返政坛造势。这可以说是胡兰成创办《苦竹》杂志的深层目的了。他打着文艺的幌子，倡导避开中央政府，直接联络人民召开国民会议；分析抗战原因，找寻解决中日关系之道，极力促进中日和解；鼓励青年学习，发起运动，抵抗共产党的纪律与约束，字里行间里亦流露出对本民族的蔑视和对日本人的推崇；调侃慈禧太后和国共两党，抨击伪政府组织，好似在他眼中中国人都是愚笨贫乏的，日本人才有真正的人生风度。而且三期杂志里出现较多美化日本的字眼，"日本兵的斗志确是比英美的强""中国还是要利用日本的商品来启发中国的产业""只有在若干日本人的父亲和孩子之间才能看到人生风度""我很惭愧没有好好地念过日本史""明治维新前后，日本的男人像五月的蜜蜂那样工作""日本的国歌《君之伐》比法国的国歌《马赛进行曲》有更单纯、广大、悠久的感情""梁漱溟研究东方文明没有讲到日本是对于从历史考察文明的根本观点的无知"，甚至《苦竹》封面的题词也是日本人的诗，表现"日本人的朴实空气"。这种在沦陷区打着"和平文学"旗号，推进所谓"启蒙运动"的系列行为，更加坐实了《苦竹》杂志汉奸文学的性质。抨击伪政府与旧官僚，虽符合日本人的胃口，却屡次受到伪政府的打击。1944年国民党反击日军，日军在南京的形势走向下坡路，清水与池田竭力怂恿胡去武汉地区，以建立另一个伪组织政府。胡兰成雄心勃勃地转换阵地，组织自己的"大楚国"计划。日本战败之后，胡兰成逃亡避难，《苦竹》自然再也办不下去了。

二、张爱玲的"苦竹"生涯

张爱玲的"苦竹"生涯与胡兰成的交往始终连在一起。苏青《天地》创刊号上的《言语不通》和《论言语不通之故》，是张爱玲与胡兰成相识的开端，他们两人的交情是从这篇文章开始的。张爱玲因为拜读胡兰成的文章备致倾倒，想请苏青介绍认识胡兰成的真面目。但当时胡兰成写了一篇《组织战时人民委员会与大纲》遭当局拘禁于特工机关。"这消息于苏青传到张爱玲耳中，于是写了一封很长的交织钦仰与安慰情绪的信，交由苏青总寄……直到胡氏恢复自由，到了上海，苏青交出了张爱玲的信给他看，并告诉张爱玲

---

① 戊之. 左派汉奸胡兰成 [J]. 海涛，1946-06-01（第6期）.
② 佚名. 政论家胡兰成的过去与现在 [J]. 汉奸丑史，1945（03/04）：39.

的地址，希望胡氏能够对这位文坛后起的女作家多多提携。在上海不怎么受人注意的胡氏接到那封至情流露的信时，心里还是获得相当不少安慰。胡氏去拜访张爱玲之后，双方感情呈现出急激地进展。一个月以后，胡兰成又到南京，双方通过书信互谈衷曲。"① 那么在这之后，个人感情与形势激变对张爱玲的文学选择起到了什么作用呢？张爱玲和胡兰成的来往又给沦陷区文坛带来什么样的局面呢？

（一）给青年的"文学新言路"

早在 1944 年 3 月，胡兰成在《皂隶清客与来者》中就说过"二十年代革命文学作家即将没落与毁灭，新作家开辟出来的新言路将使当时的中国变得生气勃勃"②。这里面唯一提到的新作家就是张爱玲。张爱玲的作品，与胡兰成试图给青年们开辟的"文学新言路"不谋而合。所以，当 1944 年 5 月傅雷化名"迅雨"发表《论张爱玲的小说》对张爱玲进行批评的同时，胡兰成又写出了《评张爱玲》对张爱玲大加赞美。不出半月，张爱玲就发表《自己的文章》对胡兰成的评价和傅雷的批评进行了回应。在傅雷评判张爱玲《连环套》内容贫乏，陷入技巧和出名的诱惑，应该继续磨炼自己时，胡兰成则把张爱玲与周氏兄弟相提并论，而且把她乱世中求安稳的创作美学和个人主义与自己的"和平运动"联系在一起，大肆吹捧。张爱玲显然是没有听取傅雷的批评，完全吸收了胡兰成的恭维。半年之后，和胡兰成结了婚，"胡兰成与张爱玲签订终身，结为夫妇，愿使岁月静好，现世安稳"。连那份不正式的婚帖里，都彰显着两人在乱世中但求现世安稳的个人主义。一个以文学表现安稳，一个在官场首推"和运"。除了灵魂上的惺惺相惜，两人更有政治利益上的相互依存。有研究者称，超政治的人性文学论和超文学的乱世和平论是胡兰成"张爱玲论"核心的两个方面。这个看法不无道理，张爱玲给胡兰成以"启示"，同年 10 月办起了《苦竹》杂志，杂志是张爱玲和胡兰成共同付诸心血，开拓文学新路子的载体。但张爱玲可能没有料到，这条新路子被胡兰成扭曲变形，走上了歧途。

《苦竹》第一期，张爱玲发表了自己的随笔《谈音乐》，第二期转载了《自己的文章》，发表小说《桂花蒸 阿小悲秋》。《谈音乐》开篇第一句就说自己不喜欢音乐，而偏爱各种古怪的气味和颜色。关于音乐，张爱玲也有自己的看法，她并不喜欢钢琴，不喜欢慷慨激昂的交响乐，倒更钟情人间味的申曲。但是已在文坛大获胜誉的张爱玲，在这样一个小报上发表一个文学性随笔，怎么看都有点格格不入。《自己的文章》是张爱玲对傅雷的批评和胡兰成"时代纪念碑式的作品"进行的回应，也是她对自己创作方法和写作理念的首次披露。她觉得，好的作品应该以人生的安稳为底子表现人生的飞扬，用参差对照的手法给周围的现实启示。在这个时间节点上的《桂花蒸 阿小悲秋》，就仿佛在安稳的人生里去展现这个飞扬的时代，以正直善良的阿小跟吝啬虚伪的哥达对照，突出普通人之间的温情。据说张爱玲九月份写完《桂花蒸 阿小悲秋》以后，还亲自去南京把手稿交给了胡

---

① 江涛. 胡兰成离婚事件 [J]. 文编周刊，1945 - 03 (25)：3.
② 胡兰成. 皂隶清客与来者 [J]. 新东方，1944 - 09 (3)：27 - 28.

兰成。《自己的文章》原载于《新东方》杂志，再次被发表出来，也有胡兰成的用意。胡兰成在第二期编后记里说："《自己的文章》虽然已经在别的刊物上发表过了，但是因为它是近十年来的重要文章，无法不将它重印，以延揽它的读者。为读者，为我们的文章界，其中一条新路的发现，要请多数人知道。"[1] 在《给青年》里，胡兰成教给青年们成长生活的方法；而《自己的文章》则是胡兰成对文学界倡导的一种光辉之路，也是弘扬自己政治抱负的思想资源。《苦竹》第二期以后，张爱玲就不再有文章发表了。为什么呢？这当然跟《苦竹》命运和沦陷区的特殊境遇有关。柯灵曾对于张爱玲成名因果发表过一句甚为高明的论断："张爱玲的文学生涯，辉煌鼎盛的时期只有两年（一九四三年——一九四五年）是命中注定，千载一时，'过了这村，没有那店'。幸与不幸，难说得很。"[2] 柯灵的这个论断在学界颇有分量，要了解他的这个论断，势必要回到沦陷区语境中一探究竟。秉持着"出名要趁早"的观念，张爱玲不顾柯灵和郑振铎的劝告，在1944年出版了单行本《传奇》和《流言》。出版《流言》的时候，自己找纸张，跑印刷厂，遇到了不少困难。而且《苦竹》屡屡遭禁，胡兰成又不在南京，张爱玲自顾不暇，已不能撑起《苦竹》这面大旗。1945年海晏河清以后，张爱玲受到民族责难，胡兰成却在汉口结交了新欢周训德。他还跟张爱玲讲起周训德的种种好来，张爱玲表面是毫不在乎，内心却汹涌澎湃，多少受到了感情的刺激。陷入这种关系中，绝对不是胡兰成说的"爱玲糊涂得不知道嫉妒"。

（二）夹缝中求生存的文学抉择

因为与胡兰成的关系，张爱玲背上了"汉奸妻"的骂名，她的作品一经发表就被攻击为"附逆"。上海小报上各种流言蜚语风起，认为张爱玲文笔虽好，却与一批汉奸打得火热，终是耽搁了自己。甚至还有人传播谣言，说张爱玲自杀。抗战时期，报纸刊登她去日本参加第三届大东亚文学家大会的时候，已经被列为文化汉奸，与胡兰成结婚，更被套上汉奸大帽。《海派》报纸上竟然说，她因为贫困做了美国兵的"吉普女郎"[3]。可胡兰成在异乡仍旧风流倜傥，处处留情，甚至要跟护士小周谈婚论嫁。当张爱玲让胡兰成在她与小周之间做出选择的时候，胡兰成怎么都不愿意舍弃小周。日本投降以后，小周被逮捕。胡兰成辗转杭州、金华、诸暨、温州等地。1945年去温州的途中又和范秀美同居。1946年2月中旬，胡兰成以丈夫的名义住在范秀美的老家逃难，还化名张嘉仪。张爱玲历经数月辗转上海、杭州等地去温州探望胡兰成，后来把这段乡间见闻写成了《异乡记》。但是面对张爱玲的到来，胡兰成"心里即刻不喜，甚至没有感激"。他隐瞒自己与范秀美的关系，跟邻人说张爱玲是自己的表妹。张爱玲在温州待了20天又匆匆回上海。1946年4月，胡兰成离开温州回到诸暨，又在斯家躲了8个月。年底，取道上海回温州，经上海时在张爱

---

[1] 胡兰成. 编后 [J]. 苦竹, 1944-02-03 (3).
[2] 柯灵. 遥寄张爱玲 [J]. 读书, 1985 (4): 95.
[3] 彭放主编. 中国沦陷区文学研究资料总汇 [M]. 哈尔滨：黑龙江人民出版社, 2007：325.

玲的住处一宿，也将范秀美的事告诉了张爱玲，两人发生争执。等到这年6月10日，张爱玲写信与胡兰成分手，并给胡兰成寄去了30万，那是她两个剧本《不了情》《太太万岁》的稿费。1950年胡兰成借道香港逃亡日本，跟特务头子吴四宝的寡妻佘爱珍结为夫妻。①

再回过头去看看张爱玲那段时间的文学之路，面对外界的压力，她进入了一个创作低谷。在这样的夹缝中生存，又该进行什么样的文学抉择呢？1945年在《杂志》上发表了小说《创世纪》《留情》，以及几篇散文；1946年只是增订了《传奇》，用以回应文界对她的质疑："何况私人的事本来用不着向大众剖白，除了对自己家的家长之外，我仿佛没有解释的义务。"②这是张爱玲在沉寂一年多以后，准备复出的关键节点。1947年在龚之方和唐文标的帮助下，张爱玲跟《大家》杂志合作，发表了《华丽缘》和《多少恨》。接着，龚之方等人为《亦报》向张爱玲约稿，张爱玲以"梁京"为笔名连载了小说《十八春》，开始介入一种老爷、太太、阿妈之外的新质人物——真正的底层。这是一部关怀时代与国家的作品，也是处理虚构叙述与历史时代关系的一种新尝试，其中交织着"时代纪念碑式"的大历史叙述。遗憾的是，张爱玲的突围并没有成功。所以到《半生缘》中，她又把这种国家民族观念进行了修正，消退时代历史背景，重新展示《传奇》时代"乱世中求安稳"的美学追求。由乱世中的安稳和谐到为了迎合去创造斗争性新人的失败，显示出张爱玲一直徘徊在新中国门槛之外的事实，用简单的"妥协"和"抵抗"很难说清。

1950年，夏衍安排张爱玲跟着上海文艺代表团去苏北农村参加土地改革。农村生活自然与张爱玲格格不入，"写英雄""歌颂土改"也与张爱玲格格不入。无产阶级的故事她不会写，时代纪念碑式的作品她更写不来，也不打算尝试，她在写、不写、写什么之间困惑不已。在这种情况下，张爱玲与时代要求脱节，产生了难以克服的矛盾。而且在上海第一届文学艺术工作者代表大会上，别人都穿着列宁装参加，唯独她穿着旗袍。人言可畏再加上政治威胁，无论哪里，她都适应不了这个社会，又不想做出任何改变，那就只好离开。1952年，张爱玲以"继续因战事而中断的学业"为由移居香港，三年后离港赴美。到这个时候，张爱玲的"苦竹"生涯早已结束了。但是其中却有一个问题，伴随着《苦竹》杂志保留下来，甚至成为研究她这一时期文学行为的重要依据，那就是她短期内对《桂花蒸 阿小悲秋》的大幅改写。

三、《桂花蒸 阿小悲秋》的校读与改写

回到1944年8月，《杂志》复刊第三年开始，约了11位经常执笔的小说作家回答"我们该写什么"的特辑。11位作家中，谭惟翰想在通俗中求精华，疏影主张多表现真实

---

① 刘心皇. 抗战时期沦陷区文学史[M]. 台北：成文出版社，1980：217.
② 张爱玲. 有几句话同读者说[M]//传奇（增订本）. 上海：山河图书公司，1946：4.

的"龌龊"材料，朱慕松认为要写反映时代情形的小说，谭正璧主张从个人苦闷中窥出时代苦闷。身处其中的张爱玲则说道："有个朋友问我：'无产阶级的故事你会写么？'我想了一想，说：'不会。要么只有阿妈她们的事，我稍微知道一点。'后来从别处打听到，原来阿妈不能算无产阶级。幸而我并没有改变作风的计划，否则要大为失望了……像恋爱结婚，生老病死，这一类颇为普遍的现象，都可以从无数个不同的观点来写，一辈子也写不完。"① 在充满苦痛、复杂黑暗的年代里，文坛争论到底写什么的时候，张爱玲还是坚持着自己那套乱世安稳的生存哲学。一个月之后，《桂花蒸 阿小悲秋》问世。从这里可以看出，张爱玲可能尝试着去底层做出一些探索，但她接近的最下层就是阿妈们了。如果阿妈们不是无产阶级，她真的是写不了无产阶级，只能从不同的观点来看恋爱结婚与生老病死。

两个月后，《桂花蒸 阿小悲秋》发表在《苦竹》杂志第二期（1944年10月）。沈启无在《南来随笔》里赞美炎樱的那句"秋是一个歌，但是'桂花蒸'的夜，像在厨里吹的箫调，白天像小孩子唱的歌，又热又熟又清又湿"，就是这篇小说的题记。张爱玲也在《〈传奇〉增订版》序言里说："《传奇》里面新收进去的五篇《留情》《鸿鸾禧》《红玫瑰与白玫瑰》《等》《桂花蒸 阿小悲秋》，初发表的时候有许多草率的地方，实在是对读者感到抱歉，这次付印之前大部分都经过增删，还有两篇改也无从改起的，只好不要了。"② 从张爱玲的这段话里能引发出很多疑问：为什么初发表的时候是草率的呢？为什么张爱玲要把草率的作品发表在《苦竹》这个充满政治性的刊物上？为什么收入《传奇》时要一改再改？修改背后，是否有一些不同的文学指向……这些都是值得深思的问题。其实，从《桂花蒸 阿小悲秋》的改写中，颇能窥探张爱玲的文学行为，亦能从侧面研究她在《苦竹》场域，甚至是整个沦陷时期的文学选择。

（一）典型环境里的"潜历史"暗涌

李欧梵在《现代性的追求》里曾提到张爱玲的小说："表层是悲欢离合的故事，与旧小说无大差异，深层上则是前景和背景重叠交错……人物都放在前景，人的行为举止和心理变迁往往在一个特定的背景前展开，特定背景就隐藏了历史，是现当代的，不是旧戏中的古代。只有前景没有背景，会大大消减苍凉效果。"③ 这个说法完全可以用来说明张爱玲小说中关于典型环境的改写。张爱玲是不写时代纪念碑式的作品，但是她的时代、她的历史，都被隐藏在了特定背景里，这个背景就是"潜历史"。集本较刊本增加的内容，有部分环境描写就属于这种前景和背景的重叠交错，在这种交错中，"潜历史"始终在暗涌。而且也符合张爱玲的写作观点：在安稳中展现人生的飞扬。

从《桂花蒸 阿小悲秋》的校勘结果中可以看出，首先比较明显的是自然环境的改写。

---

① 谭惟翰, 疏影, 张爱玲等. 我们该写什么 [J]. 杂志, 1944-08-05: 9-18.
② 张爱玲. 传奇（增订本）[M].〈再版〉序. 上海：山河图书公司, 1946 (11): 3.
③ 李欧梵. 现代性的追求 [M]. 北京：人民文学出版社, 2010: 173.

刊本中对天气的描写大都一概而过，而集本中却极力宣染天气之热。"天太热，粥太烫，撮尖了嘴唇涸嗤涸嗤吹着，眉心紧皱，也不知是心疼自己的嘴唇还是心疼那雪白的粥。对门的阿妈是个黄脸婆，半大脚，头发却是剪了的。她忙着张罗孩子们吃了早饭上学去，她耳边挂下细细一绺子短发，湿腻腻如同墨画在脸上的还没干。"已经9月份，步入秋天，天气还是炎热，让人发痴，也让人烦躁。反复渲染的氛围，就是给下文奠定一个自然前景。天气热，又缺水，没法洗澡，没法洗衣服，让所有人都处在一个充满异味的环境里。正如《封锁》里说的"干洗一件裤子的价钱比买一件都要贵"。

其次是关于社会环境的改写。第一处是对门阿妈的改写。集本里增加了阿妈的外貌描写。"半大脚""剪头发"暗示阿妈的身世，脚包起来赶上革命，于是又放下了，最后成了"半大脚"。鲁迅曾把这样的脚称作"文明脚"，因为"从北而南，所经过的地方，招牌旗帜尽管不同，而对于这样的女人，却从不闻有一处仇视她的"①。第二处比较明显的系列改动是沦陷区上海的罢工事件。集本里增加很多处关于"水""自来水的限制"以及与水有关的生活场面，还有关于电车、物资匮乏的表述，其实就是把文本置于1944年上海沦陷区发生的自来水工人罢工事件、电车司机罢工事件和停电事件中。只不过当时提及这些问题比较敏感，到后来的1946年，才把这些背景全都植入进去。例如：增加的内容有"战时自来水限制，家家有这样一个缸，酱黄大水缸上面描出淡黄龙"，可能正是传统中国希冀龙王降水的表达；"阿小回来趁着有水，赶紧把米淘了""哥达晚上洗了澡，污水留在澡盆里，第二天早上再跳进去洗一次"，正是表现水资源的匮乏；"一个同乡的老妈妈，常喜欢来同阿小谈谈天，别的时候又走不开，又不愿总是叨扰人家，自己带了一篮子冷饭，诚诚心心爬了十一层楼上来"，去串门还要带着自己的饭去别人家，足以说明当时真正留人在家吃饭的已经不多了。张爱玲住在姑姑家时就从来不留人吃饭，也害怕朋友饭点的时候过来。刊本里阿小上街买菜，买的是"牛肉、珍珠粉、猪油"，到了集本里买的只是一些"小菜"了，也能看出沦陷后期连这些简单的生活需求都不能满足了。

除了物资匮乏，从张爱玲的改写里还能看出社会观念的变化。例如：刊本里说来找哥达的黄头发女人"仿佛年轻而下等"，并没有直接说出黄头发女人的身份。到了集本里却直接说黄头发女人"是个舞女"，言外之意就是"舞女年轻而下等"了，颇有点讽刺胡兰成的前妻应琏瑛的嫌疑。秀琴让阿小的儿子去学申曲赚大钱，到了集本里面却改成学"说书"赚大钱了。很多人都知道张爱玲喜爱申曲，这里却把"申曲"改成"说书"，不仅说明张爱玲趣味的转移，更能看出当时说书人的市场比申曲的市场要大得多，申曲逐渐没落了。"说书人"的又一次崛起，颇能彰显沦陷时期上海市民的心理变迁。

（二）心理细节与人物的参差对照

张爱玲极其注意古典小说中的心理描写，从心理细节去窥探人的内心，来达到人物的参差对照。《桂花蒸 阿小悲秋》集本中对人物"心理细节"的增改就是这个目的。与刊

---

① 鲁迅. 忧天乳 [J]. 语丝, 1927 (10): 15.

本相比，集本中有几处特别明显的增加段落。

　　首先是关于女主人公阿小的改写，这部分从阿小与主人哥达和同乡的交往对话中带出。与哥达的交往中，文章开端增加了以阿小为视角的哥达外貌描写，说哥达"脸上的肉像是没烧熟，红拉拉的带着血丝子。新留着两撇小胡须，那脸蛋便像一种特别滋补的半孵出来的鸡蛋，已经生了一点点小黄翅"①。以乡土语系来表述的哥达外貌，从脸蛋、胡须、眼睛、体态、声音全方位丑化了外国人的形象，一定程度上也消解了殖民话语赋予西方人的崇高地位。另一处是百顺吃面包被哥达误解的段落，这里把哥达的心理活动改成了阿小的视角，阿小的"脸红"与"眼睛"又是另一番状态，刚好与哥达形成对比，突出苏州娘姨在上海做佣人的善良正义。阿小跟李小姐的对话也做了改动，两个人的电话交谈中增加了一些阿小维护哥达的语句，不难推断作者的目的是突出阿小的善良、维护主人、充满正义感。在改动的过程中，阿小与哥达的关系由"中外"的层次上升到张爱玲对民族、国家的思考中。与同乡交往部分的改写，则是立足"城与乡"的矛盾展开。阿小的临水照镜、对楼上新嫁娘的"护短"、打电话时的呵斥、阿小眼中的秀琴外貌等细节的改动，都可以看到一个被婚姻仪式丧失的阴影和都市女性的人格面具所支配的女性形象。阿小一方面自卑，一方面懊悔，都市人与乡下人的双重身份激发了她向现实生活中的人发出挑战的斗志。

　　关于哥达部分的改写突出在两个方面，一个是力求扩大哥达吝啬、虚伪、私生活混乱的形象，一个是揭露哥达假装中国化的丑恶嘴脸。集本里增加了一些刊本里没有的内容：把"他立下规矩，每天煮一只三分蛋，礼拜天吃两只，煎一煎"，改成"除了一顿早饭在家里吃，其余两顿总是被请出去的时候多。冰箱里面还有半碗'杂碎'炒饭，他吃剩的，已经有一个多礼拜了。她晓得他并不是忘记了，因为他常常开冰箱打探情形的。他不说一声'不要了，你把它吃掉罢'，她也决不去问他'还要不要了？'她晓得他的脾气"，直接看出哥达的吝啬；把"事务上朋友的电话"换成跟李小姐打电话的段落，增加了大量和李小姐调情的语句，想必是为了表现哥达的虚伪自私、私生活混乱；还有一处关于哥达卧室的描写，转移增删动了很大手笔，突出"北京"红蓝小地毯、京戏鬼脸，刻画出一个假装中国化的外国人形象；代表哥达理想的裸体美女，表现哥达的爱情观；整个卧室仿佛"上等白俄妓女把中国的枝叶衔来做个窝"，讽刺又犀利。卧室里另外一些玻璃盒礼物、玻璃梳子，恰恰从反面说明哥达这种理想的"易碎性"和"幻灭性"。

　　1971年6月，水晶写了一篇文章《蝉——夜访张爱玲》，其中提到《阿小悲秋》："我又侃侃直讲下去，像《阿小悲秋》，那苏州娘姨看来像一个'大地之母'，因为自始至终，她都在那里替主人洗衣服、整理房间，仿佛有'洁癖'似的。故事结尾时，她发现'楼下一地的菱角花生壳，柿子核与皮'，还忿忿不平地想着：'天下就有这么些人会作脏，好在不在她范围之内。'写得真是好！她听到这里，爽朗地又笑了起来。她的笑声听来有点

---

① 张爱玲. 桂花蒸阿小悲秋［J］. 苦竹，1944（10）：21.

腻搭搭的，发痴嘀嗒，是十岁左右小女孩的那种笑声，令人完全不敢相信，她已经活过了半个世纪。从笑声里，我觉察到她是非常偏爱《阿小悲秋》的。"① 这段话不无道理，张爱玲是喜欢地母的，阿小刚好又是个地母般的女人。所以无论张爱玲怎样改，都可以看出她力求突出阿小和哥达的参差对照。阿小勤劳、善良、有正义感，在对自私猥琐的哥达、卑微的丈夫、看不出希望的儿子的照顾中体现自己的价值。另外，从女性立场出发，阿小的形象也表现出对传统宗法权威的突破。而哥达却吝啬、从事肮脏勾当，不难看出张爱玲以丑化西方、美化中国的策略来维护本民族尊严。一种维护中国文化不受西方人主宰的微妙姿态在改写背后凸显出来。当然，这也刚好迎合当时的读者期待。丁阿小是张爱玲经历沦陷区沉浮之后对上海文坛作出的回应，借助这个角色的改动恰恰能够剥离出小说中传统与现代、都市与乡土、西方与东方的三维较量。从主人公丁阿小深层精神指向的解读中，也可以窥探到一些张爱玲的文学尝试与文学抉择。

（三）改写背后的互文本关系

通过对张爱玲以上改写的分析，笔者试着把改写背后的动机与张爱玲其他文本和文坛上其他作家的文本进行对比，发现《桂花蒸 阿小悲秋》的改写在一定程度上与《封锁》和曹禺的《雷雨》，以及张爱玲的现实生活之间形成了"互文本"关系。②

改写后的《桂花蒸 阿小悲秋》加强了对自然环境的刻画，潮湿烦闷的秋天与"热死了"产生的压抑，不正是《雷雨》中周公馆氛围在另一个时代的再现吗？只不过这个再现以另一种环境方式，在另一空间呈现了出来。张爱玲的独特之处是在异时空对《雷雨》进行一个简单的回应。同样是经历了暴风雨来临前的烦闷和暴风雨来临时的冲突，周公馆的人被死亡的气息围绕着，一个个走进了宇宙的黑暗里。而在张爱玲的小说里，一场大雨把经历一天湿热忙碌生活的阿小跟丈夫隔在两个地方，动荡的日子容不下一对平凡的夫妻。但阿小面对这样的无奈也能坦然接受，"因为下雨他才不来"，把自己放置在一个封闭的空间里大哭一场，这是平实的无奈。经历了《雷雨》的大冲突、大动荡之后，这份平实的无奈更给人继续生活的勇气。显然，张爱玲是不赞成激烈的冲突，她隐隐约约在自己的创作实践中对"五四文学"的狂飙突进做出了回应。

另一个互文本就是《封锁》。《桂花蒸 阿小悲秋》里增加的关于电车的段落不只是对沦陷区上海生活的反映，更是在与自己最初的文本形成一种对照。阿小在去主人家里之前，经历了一段"电车生活"。"刚才在三等电车上，她被挤得站立不牢，脸贴着一个高个子人的蓝布长衫，那深蓝布因为肮脏到极点，有一种奇异的柔软，简直没有布的劲道；从那蓝布的深处一蓬一蓬慢慢发出它内在的热气。这天气的气味也就像那袍子——而且绝对不是自己的衣服，自己的脏又还脏得好些。"这段电车生活，就好比是《封锁》的再

---

① 水晶. 张爱玲的小说艺术 [M]. 台北：大地出版社，1973：27.
② [法] 朱莉娅·克里斯蒂娃. 主体·互文·精神分析——克里斯蒂娃复旦大学演讲集 [M]. 祝克懿，黄蓓编译. 北京：生活·读书·新知三联书店，2016：168.

现。同样是三等电车里，阿小被挤得脸贴在一个高个子蓝布长衫的人身上，那深蓝布肮脏到了极点。巧的是，《封锁》里的董培芝也是在三等电车里，穿着"含有僧尼气息的灰布长衫"。当董培芝看见吕宗桢，费尽心思往头等车厢挤时，大概没有料到前面还有一个苏州娘姨吧。阿小在电车上经历了封锁，所以去主人家去晚了。她到主人家里还给额前的头发梳了一个最时新的样式，一个阿妈比上过大学的翠远还要时髦。翠远的发型千篇一律，唯恐唤起公众注意。因为她是不怕唤起公众注意的，她要做的就是都市女性，不愿意从水中的镜子里照出"古美人"的样子。但翠远在电车上是"干净"的，因为她可以"天天洗澡"。洗澡在当时是一个极尽奢侈的事情，水电不正常供应，物资匮乏，天天洗澡实在不能让人信服。所以张爱玲在哥达"天天洗澡"后面新增一段，说明他怎样天天洗澡：晚上洗了澡，污水留在澡盆里，第二天早上再跳进去洗一次。或许，张爱玲经过深思熟虑之后发现这样的语境才更加符合事实。

另外，张爱玲的生活与小说改写也有很大的关联。1946年张爱玲的黄金时期已经过去，所以她这一年除了增订《传奇》之外，并没有产生多少作品。而且这一年，她的心境跟1944年已经大为不同。她想着收敛自己了，正如《桂花蒸 阿小悲秋》里"脚踏车铃声的收敛"。但上海这个孤岛"如同深海底，黑暗的阳台便是载着微明的百宝箱的沉船"，上海成了紫禁城。胡兰成逃难走了，她被禁锢在这个城市里，面临着所谓民族责任与汉奸大帽的责问。其实，《桂花蒸 阿小悲秋》里的最后一句正是她对当时社会的回应。最后一句是1946年出增订本时又加进去的，张爱玲借阿小的口吻说："天下就有这么些人会作脏！好在不是在她的范围内。"这个"天下人"不正是当时对她进行污蔑攻击的人吗？面对这些"作脏"的人，张爱玲依然秉持着自己的态度，不在自己范围之内也就没有解释的必要。由此可见，整部作品的改写，正是张爱玲经过生活洗礼之后做出的文学行为和小说技法的改动。

结　语

总而言之，《苦竹》杂志代表当时社会的一种文学生态，它的产生和灭亡跟沦陷区的特殊环境紧密相关。围绕《苦竹》杂志，研究沦陷后期张爱玲与胡兰成的交往及张、胡二人在上海孤岛时期的文学行为，能够清楚地看到沦陷区文艺的发展面貌和张爱玲的文学视野。张爱玲笔下不可能会出现五四一代知识分子与统治者的庙堂文化针锋相对的斗争。因为她写战争不直接写炮火连天，血肉横飞，只是倾力刻画出战争时期普通人的心态，着重描写人性在战争中反常扭曲的表现，这是普通市民被战争无情耗损的特殊心理状态。《桂花蒸 阿小悲秋》某种程度上是她在政治场合中进行的书写，阿小所代表的"阿妈"并不是真实的无产阶级。题目中的空白也许正是"无产阶级"这个空白的暗喻，是张爱玲对"政治"空白和"斗争"空白的暗喻，同时也是张爱玲试图表现出来的一种"潜历史"。这样的文学创作发表出来在当时肯定是有一定风险的，所以郑振铎还通过柯灵告诫张爱玲，要等海晏河清之后再发表作品。可张爱玲终究是没有听劝告，依然按照自己那一套理论活跃在文坛。她只是用一种"妥协"的外在形式，表现普通人在战争中的反抗生活。这种妥协一方面迎合了专制体制下市民有意回避政治的心理需要，一方面又开拓了文学领域的私人空间。让"抵抗文学"披上"合法外衣"，作家才能在沦陷时期取得"合法"身份，"潜历史"才有机会存留。这不仅是《苦竹》场域中张爱玲小说简单的改写现象，也是一种对"文学自立"的追求，更是对沦陷区深层历史的特殊再现。张爱玲的改写研究，仍有很大的发展空间。

参考文献

[1] 张泉主编．抗日战争时期沦陷区史料与研究（第1辑）[M]．南昌：百花洲文艺出版社，2007．
[2] 解志熙．走向妥协的人与文——张爱玲在抗战末期的文学行为分析 [J]．文学评论，2009（2）．
[3] 胡兰成．今生今世 [M]．台北：远景出版事业公司，1986．
[4] 沈启无．南来随笔 [J]．苦竹，1944（11）．
[5] 张爱玲．流言 [M]．陈子善编．北京：北京十月文艺出版社，2009．
[6] 谭凯．书报展览室 [J]．读书青年，1945-02-01．
[7] 羽光．胡兰成别记 [J]．吉普，1946-09．
[8] 戊之．左派汉奸胡兰成 [J]．海涛，1946-06-01．
[9] 佚名．政论家胡兰成的过去与现在 [J]．汉奸丑史，1945（03/04）．
[10] 江涛．胡兰成离婚事件 [J]．文编周刊，1945-03．
[11] 胡兰成．皂隶清客与来者 [J]．新东方，1944-09-03．
[12] 胡兰成．编后 [J]．苦竹，1944-02-03．
[13] 柯灵．遥寄张爱玲 [J]．读书，1985（4）．
[14] 彭放主编．中国沦陷区文学研究资料总汇 [M]．哈尔滨：黑龙江人民出版社，2007．
[15] 刘心皇．抗战时期沦陷区文学史 [M]．台北：成文出版社，1980．
[16] 张爱玲．有几句话同读者说 [M] //传奇（增订本）．上海：山河图书公司，1946．
[17] 谭惟翰，疏影，张爱玲等．我们该写什么 [J]．杂志，1944-08．
[18] 张爱玲．传奇（增订本）[M]．〈再版〉序．上海：山河图书公司，1946．
[19] 李欧梵．现代性的追求 [M]．北京：人民文学出版社，2010．
[20] 鲁迅．忧天乳 [J]．语丝，1927（10）．
[21] 张爱玲．桂花蒸阿小悲秋 [J]．苦竹，1944（10）．
[22] 水晶．张爱玲的小说艺术 [M]．台北：大地出版社，1973．
[23] [法] 朱莉娅·克里斯蒂娃．主体·互文·精神分析——克里斯蒂娃复旦大学演讲集 [M]．祝克懿，黄蓓编译．北京：生活·读书·新知三联书店，2016．

（苏丽杰 首都师范大学2018级硕士生 指导教师：李宪瑜）

·比较文学与世界文学·

"民族共同体"观念在晚清的引入及其嬗变

曾子芙

摘　要：本文旨在尝试梳理和探讨中国传统的"家国共同体"观念自晚清引入西方的"民族共同体"概念后，到五四时期以来进一步受西方思想的影响发生的变化，经历的挑战、消解、批判并逐渐被弱化的过程。

关键词："民族共同体"观念；家国共同体；嬗变

早在15世纪，英文里就有了"community"（共同体）这一词汇，其词源最初来自古法语的"communit"和古代拉丁文的"communitatem"。而community（共同体）一词作为一个说明人际关系共有性和紧密性关系的概念，最早可溯源自亚里士多德的政治共同体（kovovia），是为达到某些善之目的所形成的共同关系或团体。①

从晚清开始，洛克、孟德斯鸠、卢梭、伏尔泰、康德等为代表的西方思想家所倡导的人权理论、私人财产所有权不可侵犯、思想自由、言论自由、契约自由及主权在民等现代法制思想，经由中国知识分子译介到中国，随着这些西方思想和作品在中国被传播、学习和阐释，民族共同体的概念也随之被引入，也逐步消解、批判和动摇着传统家国共同体观念。

一、传统家国共同体

中国传统文化与农耕社会相适应，在中国农耕文明社会的长期演进中，每个人主要生活在家庭、家族与国家高度同构化的社会共同体中。中国文化传统以儒家学说为核心，主张在不对等关系的前提下，构建并保护各种以血缘为纽带的密集人际关系，以"礼"来规范人的行为。如君仁臣忠——君使臣以礼，臣事君以忠（《论语·八佾》）；父慈子孝——父在，观其志；父殁，观其行，三年无改于父之道，可谓孝矣（《论语·为政》）；兄友弟

---

① 萧高彦.爱国心与共同体政治认同之构成［M］.台北："中央研究院"中山人文社会科学研究所，1995：66.

恭——弟子入则孝,出则悌(《论语·学而》);长幼有序——贵贱有等,长幼有差,贫富轻重皆有称者也(《荀子·礼论》)等①。中国传统文化强调一种在"礼"的规范下的,对家族和国家共同体的不对等的权利与义务关系。

中国历代以家庭为基本生产单位、农业和手工业相结合的经济模式,决定了经济活动中人与人的社会关系的形成,为了维系农业生产方式的稳定性,中国古代统治阶级注重维系生产单位的严密性和稳固性,分散的小农经济的最有效的稳固方式就是以血缘关系维系生产单位,这就必须建立一个以大一统为宗旨的和谐型文化。

从秦代到晚清,从个人到家庭,从家庭到家族,从家族到皇帝,慢慢形成"一统天下"和"家天下"的局面,在"天下归于统一"的原则和权利模式中,中华逐渐形成以宗族为核心,皇权不断加强,中央权力逐渐加强的统治模式。因此,古代中国社会基本单元的发展,大致按照血缘家族阶段、父系家长家族阶段及个体家庭阶段线索而发展。每一个阶段的变化都被血缘、婚姻和生产力水平牵制,在各个形成时期产生不同原则,鲜明地反映在当时社会的各个方面,形成所谓的家国共同体的"礼"和"道德"。

中国传统的共同体观念有浓重的家国共同体特色,是一种强调人际之间的血缘和宗族间紧密型关系的团体观念,从微观来看,在单个的家族团体中,等级森严,有嫡庶长幼的区分;小家庭之外的国家,是个更大的共同体,从宏观上看,和"大一统"为主要特征的家天下国家观念联系。在中国传统文化的共同体观念中,家庭与国家的关系被高度同构化,形成密不可分的家国共同体。中国传统大一统国家体系文化是一种以家国共同体为本位的文化,以儒家为代表的王道文化和以道家为代表的倡导尊重自然的自主自在文化,共同交错影响着人们的意识形态,构建出一种由家庭、家族、民族、国家、天下组成的稳定的社会共同体意识。

二、晚清民族共同体的建立

从1840年到1910年,晚清政府从鸦片战争以后经历了被入侵、动荡、衰落的过程,古典文明在外来入侵的作用下开始被怀疑,传统的家族共同体和家天下共同体的社会结构模式,在各种外来的军事、政治、经济、文化的打击下被一次又一次地动摇。

晚清政府也尝试通过改革维护自身的统治,在这一时期,除了大量引进西方技术、科技和工业之外,以严复和梁启超为代表的学者开始尝试把西方的天赋人权、国家契约、主权在民等概念引入中国。在这个过程中,他们试图建立以社会学为基础的知识体系,尝试以"公""群"来规范知识体系。

西方的单词"community"经由日语的"kangmen nisimu"或"kangmenniste"② 翻译

---

① 杨伯峻. 论语译注. [M]. 北京:中华书局,2005.
② 刘禾. 跨语际实践. [M]. 北京:生活·读书·新知三联书店,2001.

成"康门尼斯姆"或"康门尼斯特"被介绍到中国;西文词汇"nation"经由日语词汇"minzoku"被音译成汉语词汇"民族"被介绍到中国,与此同时,"nation"又和汉语里的"国"字的意思被对等地翻译。在1903年编译的《公法新编》中,就能明确地看到"nation"和中文词汇"国"的合并①。两个外来引进中文词合并后的"民族共同体"呈现出的新的关于共同体的诠释和想象。

西方的共同体的概念,在这一时期处于一种和中国传统家国共同体交错对话的过程,西方现代共同体所蕴含的现代社会观念,与晚清正处于思想交互的大格局变化的中国社会相遇,传统与现代的政治文化认同在这一时期处于一种交互状态,中国学者们的观念也处在一种传统和西方互动交汇的过程中。

(一) 民族共同体的引入

中华民族作为一个自在民族实体,是在几千年的历史进程中逐步形成的,在晚清与西方列强的经济和政治的对抗中,中华民族的民族意识由"自在"发展到"自觉"。在旧制度的合法性被动摇,而新制度还尚未建立的晚清,建构民族国家是晚清以来知识分子思想的主要话语。严复试图建立以社会学为基础的民族共同体知识体系,他翻译了英国生物学家赫胥黎的《天演论》,宣传了"物竞天择,适者生存"的观点,《天演论》下编第十六论的标题是"群治",里面就提到了"群"的重要性——"故善保群者,常利于存;不善保群者,常邻于灭,此真无可如何之势也"。之后他也一直尝试建立以"群"或"公"的理想规范共同体知识的方向,中国近代思想逐渐开始向西方政治文化传统转型。

这种转型为中国现代知识体系的重构提供了重要理论基础,以引入西方现代性共同体观念为开端,在这样的文化转向过程中,以血缘家族维系的"家天下"传统家国共同体模式开始动摇。在外来思想影响的背景下,民族共同体观念在这一时期的中国应运而生。

严复在1898年1月2日和3日的《国闻报》上发表《论中国之阻力与离心力》,讨论影响社会发展的阻力与离心力。他认为,中国社会有个人而无群体:"离心力者,由万物极微合成,内具向心力,若失其互相吸引之性,而每点互相推拒,则可使本物失其形性,而化为乌有。"离心力之害,甚于阻力。随后他以家庭为例进行论述:"若其家之父子兄弟,互相猜忌,借助外援,自相鱼肉,以取一时之快意,则其一家所成之离心力,外侮之来未迫,而内讧之势已不可支矣。"②提出建立民族共同体在当下的时代语境中的首要之义。对于民族共同体的建立,梁启超也曾进行过论证:"国也者,非徒聚人民之谓也,亦有意志焉,亦有行为焉。"③主张建立主权国家需要有共同的意志和共同的肯定。还有他在《论近世国民竞争之大势及中国前途》里论述道:"国民者,以国为人民之公产之称也。国者积民而成,舍民之外,则无有国,以一国之民,治一国之事,一国之法,谋一国

---

① 刘禾. 帝国的话语政治. [M]. 北京:生活·读书·新知三联书店,2009.
② 王栻. 严复集(第2册) [M]. 北京:中华书局,1986:465.
③ 许小青. 双重政治文化认同的困境——解读梁启超民族国家思想 [J]. 襄樊学院学报,2000 (1):81-83.

之利，捍一国之患，其民不可得而侮，其国不可得而亡，是之谓国民。"把国民意识上升到"公"和"群"的概念上，也初见西方"民主""社会公共"思想之端倪。

（二）以"公"和"群"消解传统家国共同体观念

晚清时期在引进西方思想的同时，最初倡导"中体西用"，具体表现为改革的思想是依照着经世致用的儒学取向和托古改制的经学论证，并没有全盘否定中国传统文化。国家被侵略的意识一方面让国民对传统文化进行怀疑，但也凝固了国民间的团结性。

在当时的知识分子积极倡导建立民族共同体的过程中，梁启超给出这样的定义："各地同种族、同语言、同宗教、同习俗之人，相视如同胞，务独立自治，组织完备之政府，以谋公益而御他族是也民族共同体与近代国家的融合①"。这个定义意味着他肯定了传统文化对建立现代社会民族共同体的作用，同时他还提到"凡一国之能立于世界，必有其独具的特质，上自道德法律，下至风俗习惯、文学美术皆有一种独立之精神。祖父传子，子孙继之，然后群乃结，国乃成。斯实为民族主义之根源也"②。提出中国传统文化是建立民族共同体的纽带，无论是在古代还是现代都应发掘传统文化和弘扬传统文化。1907年创办的《大同报》的宗旨有四项：一是主张建立君主立宪政体，二是主张开国会以建设责任政府，三是主张满汉人民平等，四是主张统合满汉蒙回藏为一大国民。③

在新的民族共同体关系中，皇权、血缘和亲族的作用被彻底摒弃，而传统文化被放在一个值得被多方讨论的位置上，有持过分保守的观念，也有激进的观念。梁启超对儒家文化持肯定态度，他认为："孔子教义，其所以育成人格者，诸百周备，放诸四海而皆准，由之终身而不能尽。使中国无孔子则能否搏挽此民族以为一体，盖未可知。"④ 邹容的《革命军》是晚清时期流行最广的革命宣传，他给近代中国的国族符号"黄祸""睡狮"赋予了特定意涵，进而形塑了他心目中对"民族共同体"的想象，邹容在书写上以敌视的态度偏激地把当时清政府代表的满族丑化，把满族人也构建成为野蛮、残暴、凶狠的"他者"。这是一种更为激进的民族共同体的想象。

在对"公"和"群"的重组和建构中，晚清的思想把社会理解为一种道德的共同体的存在。这种共同体的存在，包含着一种个人在其中发现与传统家国共同体及国家相一致的人民共同体存在形式。在这种共同体中，政治、信仰、家庭与社会分工融为一体，既有世俗的社会关系，又有一种超越世俗社会关系的功能性和谐。这里存在着对个人追求利益和幸福的合理性论证，但却没有个人与国家的对立。这种共同体的理念当然为民族主义的形成创造了条件，但从文化原理上看，这种理念是和现代社会的个人与国家的对立形式有一定冲突的。

晚清到五四期间，中国社会处于一种被侵略和传统观念被激荡的时期，超越家庭概念

---

① 梁启超. 新民说·论国家思想 [M]. 郑州：中州古籍出版社，1998：4、6.
② 梁启超. 新民说·论国家思想 [M]. 郑州：中州古籍出版社，1998：4、6.
③ 莫安仁，徐惟俗. 论本报大同之宗旨 [N]. 大同报. 第153册.
④ 陆建德. "周道如砥，其直如矢"？——护国战争前后严复与梁启超的"对话" [J]. 东南学术. 2017（2）.

的"共同体"在这一时期被引入,传统的宗族式的社会文化基础被瓦解。人和人之间的关系也脱离了以家族和血缘为纽带而维系的旧有的家国共同体关系,怎样建立一个强有力的新的民族共同体是当时的首要任务,而要整合民族共同体,必然要利用中国固有的文化资源。

三、五四时期对家国共同体观念的进一步消解

五四时期,在废除了科举制,不断引进西方现代科学技术,并在教育制度中引入了西方教育体系学科后,科学在文人心目中的地位提高,科学的权威性被建立起来,在以"科学"为主导的大前提下,西方文化内部倡导的也是一种以科学为主的世界观——科学世界观。科学世界观反对几千年来沿袭的家族制度及伦理关系。这样的科学世界观不仅影响了各种政治运动的兴起,也成为新文化运动的参照,这直接影响了教育体制和知识谱系的变化,动摇着传统的家国共同体观念。新文学的发生与怎样构建"现代中国"这一议题紧密相关,国人对现代生活的感知、对民族和国家的认同,在一定程度上也是建立在民众的文学阅读与接受的基础上的,当时的文人写作和民众的阅读对"家国共同体"观念进行了前所未有的挑战。

(一)对传统家族式家庭观念的否定

外国文学和西方现代思想的传播是"五四"后中国新文化运动的重点,对旧的文学传统的批判和推翻也在所难免。我国几千年沿袭下来的传统文化被否定,凡受过新式教育的人,无不痴迷于"新学"、反传统。个人本位主义、人权、资本、私人财产、法人、言论自由、契约自由及主权在民等观念进一步在中国普及,这些观念和意识形态指导着人们生活方式的选择,动摇了传统的"家国共同体"伦理观。

先进的知识分子群体把家庭视为影响社会变革的重要因素,在揭露和批判旧式家庭的实质及其习俗的基础上,书写了很多对传统大家族制度及其习俗的揭露和批判的文章,比如陈独秀的《一九一六》、鲁迅的《我们是在怎样做父亲》、吴虞的《非孝》等,都旨在抨击封建家族制度对人性、人权的摧残。

在这一时期内,译介和研究外国文学带来了一系列超出了文学本身的问题——不仅仅摧毁了中国的文学知识体系、文学教育传统,还切实地颠覆了中国知识阶层对中国文化的深切认同。这样的颠覆,对中国由家国共同体意识过渡到民族共同体意识具有一种"断裂性"的影响,茅盾先生在之后也曾关注到这一文化断裂性问题,他曾建议在小说文体上不要太欧化,不要用太多的新术语,不要用太多的象征色彩,不要从正面说教似的宣传新思想。从茅盾先生的分析可以看出,在当时他已经敏锐地看到了文学发展的不成熟是与其不成熟的关于共同认可的"共同体"的意识分不开的。

胡适曾发表过《易卜生主义》,介绍并尝试确立易卜生话剧的思想范式,认为易卜生的戏剧就是对传统家庭、传统社会的一种对立;同时用这种范式来抨击传统家国共同体。

他说"易卜生把家庭社会的实在情形都写了出来，叫人看了动心，叫人看了觉得我们的家庭社会原来是如此黑暗腐败，叫人看了晓得家庭社会真正不得不维新革命——这就是'易卜生主义'。"同时，他还列举了易卜生戏剧中家庭的四大恶德，并把他套用到中国的普遍家庭中。这样的理解包含了对易卜生思想的诸多误读之处，把对他作品的片段解读当作新文化运动改革的思想工具，忽略了易卜生戏剧本身的戏剧艺术价值，也把易卜生戏剧在中国的传入引导到了一条误读的道路上。

在五四运动时期，兴起了大量反对封建礼教，反对旧的道德，反对旧式教育，提倡婚姻解放、个性解放的社会运动，而个性解放、个性自由、个人主义话语，则成为崛起的新文学的主流话语，成为新小说、新诗歌、新戏剧最火热的主题。在这样的文化环境的影响下，家国共同体观念遭受到巨大的打击，而刚刚初步兴起的民族共同体观念也受到很大的挑战。

（二）来自"个人本位主义"的共同体挑战

五四运动极力推崇个性自由和个性解放精神。陈独秀曾撰文用"西洋民族以个人为本位"来批判"东洋民族以家族为本位"，认为东方社会以家族为本位，国家组织，一如家族，其结果，必然会"损坏个人独立自尊之人格""窒碍个人意思之自由""剥夺个人法律上平等之权利""养成依赖性，戕贼个人之生产力"。①

鲁迅在1907年发表了《摩罗诗力说》，他在介绍西方浪漫主义作家和文学作品之余，也感叹说：中国没有精神界之战士，不是不生，而是被众人扼杀，大家都在提倡维新，可是很长的时间内都没有介绍新文化给国人的文人出现了，有，也是"舍治饼饵守图圄之术"②，他欣赏拜伦离经叛道的精神，推崇个人勇于斗争的精神。

自《摩罗诗力说》后，鲁迅先生在译介上也更偏向于对"个人"力量的肯定，推崇尼采式的"超人"，而这个"个人"可能和当时的社会是带有一定距离感的，他是同整个社会对抗的个人。五四时期的翻译作品里面比较突出个人，五四运动、新文化运动发现了个人，对个体进行强调。他们认为中国当时最大的问题是没有特别杰出的个人。"共同体"在这一时期的意义，无论是"民族共同体"还是"家国共同体"，都成了与个体相对应的一种存在，"共同体"和"个体"呈现的是一种相互对抗的状态。因为共同体要对共同体内部的个体进行认同，所以个体才能在共同体中与其他元素实现共存。

五四时期，鲁迅先生还特别主张对国民性的批判和改造，他提出中国人的国民性体现中国人在几千年传统积压下的奴性和专制性。在鲁迅先生的《祝福》《示众》《复仇》中，可以看到他在批判中国的国民性。宋剑华先生在解读《阿Q正传》中提到，《阿Q正传》除了涉及"革命话语"和"启蒙话语"之外，更意在探讨文化个体与文化共同体之间的

---

① 陈独秀. 东西民族根本思想之差异 [J]. 青年杂志，1915年第1卷第4号.
② 鲁迅. 坟 [M]. 北京：人民文学出版社，1998.

辩证关系，强调文化个体在文化共同体中的作用。① 对国民性的批判导致的后果，就是将当时政府治理危机和人在一定权力结构下的一些行为模式，渲染成社会道德的危机，从而妨害公共政策的检讨与改进，阻碍一个强有力的社会共同体的建立。

对此，梁实秋曾对五四时期的翻译过于推崇个人和浪漫的状态表示过不满："在新文学运动里可以算得一个主要的柱石"的翻译文学，"无时不呈一种浪漫的状态"，批评当时的译介者"没有目标，没有计划，没有师承"，以至于使当时的文学译介成为一种"浪漫的混乱"。②

传统儒家主张构建和维护内部不平等的各种共同体，从家、国到天下，别尊卑，定亲疏，明贵贱，数量庞大的底层人群在其中是受压抑、被排斥的。五四运动首先在知识分子和青年学生群体当中，颠覆了这个价值系统。③ 与此同时，关于现代公共社会应有的公共意识和共同体观念，却没有在新文化运动中倡导和树立起来。

结　语

从晚清到五四这一时期，我国社会结构发生巨大的颠覆，传统的家天下国家共同体分崩离析，传统的经济生产方式、国家组成结构、教育方式和知识谱系都发生了断裂性的变化，中国传统家国共同体观念也随之受到了巨大挑战，产生了由"家国共同体"观念到"民族共同体"观念的巨大变化，到五四时期对"家国共同体"观念进行彻底抨击，把个人和家国共同体放在两个完全对立的位置上。"共同体"话语的这一演变过程，往往意味着历史发展过程中社会需要和社会思潮的涌动，将会给我们带来不同的思考。

随着科技化和信息化的发展，人们的生活越来越依靠从未见过和不曾认识的人，彼此的互动被市场力量或法律制度所支配，家国共同体这种直接性的互动方式在工业社会的社会关系中被区分出来。随着五四以后家国共同体的瓦解，民族共同体概念传入，国民意识中的家国共同体的观念受到西方思想和文学的影响，渐渐地被民族共同体意识和个人本位主义动摇，把国与家的概念对立开来。但维系传统家国共同体的道德精神并不能被我们所遗忘，我们要认识到传统文化的现代价值，在树立共同体意识中重寻我国传统道德载体。

参考文献

［1］萧高彦. 爱国心与共同体政治认同之构成［M］. 台北："中央研究院"中山人文社会科学研究所，1995.
［2］杨伯峻. 论语译注［M］. 北京：中华书局，2005.
［3］梁启超. 新民说·论国家思想［M］. 郑州：中州古籍出版社，1998.

---

① 宋剑华."未庄"为何难容"阿Q"？——也谈《阿Q正传》中"个体"与"共同体"之间的关系［J］. 鲁迅研究月刊，2015（1）.
② 梁实秋. 现代中国文学之浪漫的趋势［J］. 中国现代文学研究丛刊，1987.
③ 转引自林精华. 中国主体性何以丧失：新文化运动以来外国文学译介的另一后果［J］. 中国文学研究，2017（4）.

[4][丹]戴维·格雷斯.西方及其对手的理念:从柏拉图到北约[M].黄素华,梅子满译.上海:上海人民出版社,1998.

[5]刘禾.跨语际实践[M].北京:生活·读书·新知三联书店,2001.

[6]刘禾.帝国的话语政治[M].北京:生活·读书·新知三联书店,2009.

[7]鲁迅.坟[M].北京:人民文学出版社,1998.

[8][英]托马斯·奥斯本.启蒙面面观[M].周宪,许钧主编.北京:商务印书馆,2007.

[9]王栻.严复集·第2册[M].北京:中华书局,1986.

[10]连燕堂.二十世纪中国文学翻译史(近代卷)[M].天津:百花文艺出版社,2009.

[11]林精华.中国主体性何以丧失:新文化运动以来外国文学译介的另一后果[J].中国文学研究,2017(4).

[12]陈独秀.东西民族根本思想之差异[J].青年杂志,1915年第1卷第4号.

[13]宋剑华."未庄"为何难容"阿Q"?———也谈《阿Q正传》中"个体"与"共同体"之间的关系[J].鲁迅研究月刊,2015(1).

[14]梁实秋.现代中国文学之浪漫的趋势[J].中国现代文学研究丛刊,1987(2).

[15]茅盾.从牯岭到东京[J].小说月报,1928(10).

[16]陆建德."周道如砥,其直如矢"?———护国战争前后严复与梁启超的"对话"[J].东南学术,2017(2).

[17]莫安仁,徐惟岱.论本报大同之宗旨[N].大同报,第153册.

[18]许小青.双重政治文化认同的困境——解读梁启超民族国家思想[J].襄樊学院学报,2000(1).

[19]吴祖鲲,王昆.思潮变动与学术转型:西方政治学引入与晚清社会[J].深圳大学学报(人文社会科学版).2016,第33卷.

[20]汪晖.公理世界观及其自我瓦解[J].战略与管理,1999(3).

[21]李洋.论中国译者主体性的现代嬗变[J].东北大学学报(社会科学版),2017(7).

[22]贺来."关系理性"与真实的"共同体"[J].中国社会科学,2015(6).

[23]汪余礼.重审"易卜生主义的精髓"[J].戏剧艺术,2013(5).

(曾子芙 首都师范大学2017级硕士生 指导教师:吴康茹)

·文艺学·

梦的叙事与梦的转述：布朗肖的夜梦与写作

苏 丹

摘 要：梦是脱离理性的自叙事，热奈特把梦的叙事作为一个与写作与阅读相同的"元故事"，这实际上是混淆了梦的叙事与梦的转述。梦的叙事与对梦的转述有着极大的分别：梦的叙事是引导人回顾无名世界的道路，是将人从物质世界解放出来的明光；转述的梦则是以梦为材料进行语言加工后的作品。转述的梦分类两种，一种贴近于夜梦，是布朗肖意义上朝向文学空间的写作；另一种与白日的梦在本质上无有不同。人在梦的叙事中生成着对梦转述的能力，实现一种生命的历奇，而这个人正是布朗肖意义上的敢于面临死亡深渊的写作者。

关键词：写作与阅读；梦的叙事；梦的转述；布朗肖；白日梦；死亡

"写作"与"梦"是布朗肖《文学空间》中的两个重要概念，它们的联结在于对死亡的共同体认。从这个角度上说，布朗肖是对海德格尔死亡概念的再阐释，即用死亡对此在的终极意义来确认夜梦和写作对人的生存见证。与夜梦不同的是，写作无论如何需要付诸文字。从布朗肖文学空间的意义上看，写作正是对空间的无限接近，而这个空间正是夜梦的寓所。只有明确了梦自身的叙事意义，脱离对梦与写作的世俗看法，明确梦在人生命叙事中的位置，我们才能把握布朗肖意义上的梦和写作的渊源交互性。

一、梦的叙事

人的经验所制造的种种意象一旦缺失了理性的控制，主体对待这些自由意象只能显得无可奈何。主体丧失了对这些记忆的编码功能和叙事能力，而这种情况却总是在常人的梦中出现的。梦所形成的这种异于现实与理性的、不可把控的、缺少主体的全新叙事，也正是梦的叙事之魅力所在。热奈特认为：

> 做梦是梦幻者生活中与生俱来的现象，因为叙述其中某个梦必然被包含在生活叙

事中。严格意义上说，这种嵌入式叙事一般不会引起故事层的任何变化，因为描述这些事件或者梦中的情景应该是伴随着当事者生命延续的整个过程。所以它根本不需要改变任何叙述行为，由他本人或者故事之外的叙述者都可以：如果我在凌晨三四点钟做了梦的话，那么这段时间内，我的内在生命意识中根本不会发生其他的事情。……事实上，既然叙述梦的故事经常出现在生活叙事中，因此，读者必然会察觉出前者叙事与后者叙事相比，属于第二叙事；而前一叙述行为，与个人每日生活所构成的那个故事相比，同样也可以被视为"元故事"。此外，当有人要跟我们讲述他曾做过的一个梦时，原则上需要运用倒叙才能完成的这个叙事（……），在我们看来，毫无疑义属于一个二度叙事中的嵌入式叙事。因为这种叙事是与讲述者真实存在的背景相比较而言的，就像他是在给我们讲述他在昨夜读过的一本书或者看过的一场电影。这种情况与小说中的人物面对那些虚构的同伴报以完全信赖的态度性质上都是一样的，或者说与这种自传叙述者（真实的或者虚构的）中断了对其每日生活的叙事，只为插入一个讲述其梦境的叙事，就像奈瓦尔在小说《奥蕾利娅》或者《追忆似水年华》中的那个叙述者，通通都是一回事。①

热奈特认为，梦是一种被转述（转喻）的东西，它不是单独存在的，而是存在于做梦者向聆听者讲述的过程中。因而，关于梦的叙事就是一种嵌入于原本生活叙事中的一种东西，就像作者在写自传，或者阅读小说和看电影一般。但是，梦的感知不存在于转述之中，也就是说，梦不能被转变成一种言语。转变成言语的梦，只是一种语言的作品，是被转喻的梦，而非梦自身。这就如克罗齐所说的"直觉品"与"艺术品"的差别。梦是脱离了语言理性的东西，按克罗齐的话讲，也就是一种被直觉所标记的物——直觉品的组合和表现。被转述的梦则是经过语言洗礼后的东西，是一种言语表象或者口头文学作品。只有作为一种言语表象，梦才能够和写作（表演）和阅读（观看）一样，成为一种可被转述的东西。同时，热奈特把作为虚构的、幻想的或虚拟的梦、小说、电影之类的一切东西看作种种虚构的"元故事"，而把这些元故事之外的东西统一划入现实的范围内，称这个范围内的东西是一个完整的"元故事"。因而他才会认为，种种的虚拟剧本在不断地嵌入我们共同拥有的现实的"元故事"当中。

梦与对梦的叙述不同，梦自身的叙事并不能被我们的理性所掌控。由于人入眠之时，理性也沉寂下来，种种意象形成的新叙事不遵循我们在物质世界中总结出的常理，也就无法被科学所认识。这种叙事近乎于梅亚苏所说的"科外幻叙事"。当做梦者醒来时，理性要求人去解释和言说他的梦，这种被科学或语言所包装的梦则是一种言语作品，也就是被转述的梦。这则是另一种叙事，当然这是关于梦的叙事，但梦在这里并不是它自身，而是构成言语作品的材料。那么梦的叙事到底有什么意味呢？

布朗肖曾说："梦是不可结束之物的苏醒，至少是一种暗示，并如同通过不可能结束

---

① ［法］热拉尔·热奈特. 转喻：从修辞格到虚构［M］. 吴康茹译. 桂林：漓江出版社，2013：141 - 142.

的东西的坚持不懈,向挤压在开始后面的东西的中立性发出的危险的召唤。由此产生:梦似在每个人身心中便最早期的存在显露出来——这个不仅指孩童,而是超越孩童,最遥远的东西,神话,空无和先前的含糊不清的东西。做梦的人在睡觉,但那个做梦的人已不再是那个睡觉的人,这不是他人,另一个人,这是预感到他人,是那种不再能说我的东西,是那种在自身和在他人身上认不出自己的东西。"① 所谓的"不可结束之物",就是一种连绵不断的正在诉说着的东西,就是化为主体眼中意象的东西。这些意象在召唤着那些定在背后的纯粹之物。因而,梦是一种神话,近似一种混沌。而做梦的人和睡觉的人自然也是有分别的,睡觉的人存在于现实的物质世界之中,是被指称的现实世界中的生物样品。而做梦的人,则是脱离了物质世界的人,是无法被指称的,是存在于近似混沌的叙事世界之中的,是没有叙事能力的非主体化的存在。因而,"梦触及到了纯粹的相似主宰的领域。在那里,一切都似相像,每种像是另一种像,相似于另一种像,又相似于另一种,这一种又相似于另一种。人们寻找着原初的样本,人们愿被推回到起源地,推回到最早先的启示,然而,并无这一切:梦是那种永远地退回到相似物的相似物"②。因为在这种莫名的亡界中,不再能有被理性与科学所控制的东西,一切命名消退了,一切的观念消退了,定在、消融在梦中,一切的一切在梦中都成为平起平坐的、皆可出现的东西,它们忽而飘散,忽而聚合,并无区分,回到了海德格尔的世界中。在海德格尔的世界里,那里只有此在的不断的"去",而没有"是",一切的"是"都在未来处召唤,那些意象都被此在"牵挂"着,向未知的无限的未来处运动,它们都处于相似的状态中。这个面向未来的召唤,也就是布朗肖所谓的"面对深渊的临视"。梦是夜的释放,是人能力的舒散,是围绕着存在的无限运动,它不同于白日的确定性与沦陷。

二、白日梦与远离夜梦的转述

从这个角度讲,梦成为一种带领人摆脱物质纠缠的东西,让人与物的紧张关系消失,使人与物无名化、非辨认化。也就是说,做梦者因为梦实现了自身的纯净化,不受语言的干扰。那么阅读是否也有这种功能呢?答案是否定的,因为言语天然的具有经验的痕迹,具有对物的指认作用,它是海德格尔意义上的"陈述",充其量是"闲谈"。巴什拉曾说:

  在我们读者的梦想中,必须接受作者对阳性或阴性的偏爱。一旦涉及那产生诗的作品的人,中性已不复存在。

  无疑,在以梦想者的情趣阅读某些已回复其梦想的现实性的浪漫主义文章时,我们陶醉在阅读的乌托邦中,我们把文学看作一种绝对的价值准则。我们使文学创作的行为不仅与历史背景脱离,而且还与日常的心理背景脱离。对于我们而言,一本书永

---

① [法] 莫里斯·布朗肖. 文学空间 [M]. 顾嘉琛译. 北京:商务印书馆,2003:276-277.
② [法] 莫里斯·布朗肖. 文学空间 [M]. 顾嘉琛译. 北京:商务印书馆,2003:277.

远是高于日常生活的涌现。一本书是表达出来的生命，因此是生命的一次增长。①

巴什拉的观点应有两个前提。一是读者对作者切实的关注，读者将自身付于作者的言语，使自己的中性被作者的阴性或阳性填满。另一前提是对文学的绝对信赖与崇敬，也就是说，读者心中有一个文学的理念，读者有一个被建构的文学话语的训练过程，用荣格的话来说，也即是一种集体无意识般的溯源冲动。读者只有认同作者，才有可能将作者之言作为自己生活中的替代增量。因为从某种角度说，人越是阅读，就越不是自身，而是在用别人的经验来填充或替置自己的生命体验，读者把自我的体验交给了作者。同样的，也只有对文学这一理念的认识，读者才能把文学作为提升日常生活体验的可靠抓手。生命的增长在此不源于读者的自我言说，而源自一种柏拉图主义的文学理念之投射。这样，读者的梦想实际上就成为对作者的关注或对理念的观照，梦想成为远离自我的东西，与现实日常截然两分。

梦想之所以是梦想，也正在于其与现实之差异。而从梦想的角度来说，人人都是白日梦者。那么白日梦既然是存在于阅读与写作之中的，梦与阅读又有着本质差异，那白日梦与夜梦又有何分别呢？巴什拉说：

> 因为睡眠中的休息只能接触身体的疲劳。睡眠中的休息不总是使心灵得到安宁，而且很少使心灵得到安宁。夜里的安宁不属于我们。它并非我们的存在本身的财富。睡眠在我们身心中开设了一个幽灵客栈。我们必须在每日清晨扫除重重阴影；必须用精神分析的棍棒驱逐那些滞留的来客，甚至在深渊底撵走某些另一时代的怪物、龙蛇，及所有那些未消除的及不可能消除的、凝固为阳性及阴性的动物的东西。
>
> 相反，白日的梦想却享有一种清醒的平静。即使它染上忧郁的色彩，那也是令人安宁的忧郁，使我们的安宁延续不断的、和蔼可亲的忧郁。②

显然，巴什拉把不能被理性所解释的梦作为一种应被清晨清扫掉的余垢。而白日梦即使带有着忧郁的色彩，却因它是可以被理性所认识的，是能被语言所驾驭的，自然地显得延续不断、和蔼可亲。这实际上也是把夜梦作为一种异于常规的东西加以排斥的说辞。因为我们成了被梦想（写作与阅读）所控制的语言囚犯，夜梦则显现出与梦想不同的品质。夜梦脱离了梦想的控制，使人有可能接触到那些不能被写作和阅读的东西，使人恢复成自己。这样来看，夜梦不是鬼魅降临时的抗争，清晨的清洗不再具有祛魅的分析意义，在这里，死的（不可被言说的、不可分享的）夜梦也比活的（可转述的、可分享的）白日梦更有意义，而死的夜梦确实也给予了白日梦以价值，就像死亡赋予存在以意义一般。也正是在这种夜梦与白日梦（梦想）的对抗中，人找到了存在的依托，找到了生存的价值与目的。

---

① [法]加斯东·巴什拉. 梦想的诗学[M]. 刘自强译. 北京：生活·读书·新知三联书店，2017：120.
② [法]加斯东·巴什拉. 梦想的诗学[M]. 刘自强译. 北京：生活·读书·新知三联书店，2017：82-83.

梦既然有其自身的不可转述性，那么转述的梦和梦还有什么瓜葛吗？我们还要回到前文热奈特的观点中。热奈特认为，梦（被转述的梦）和阅读与写作一样，是一种嵌入性的叙事。这里包含着两个问题，一个是被转述的梦是否和阅读与写作等同，另一个是是否存在延绵不断的统一的生活叙事。

关于第一个问题，我们这里不必把关于阅读和写作的讨论展开，只需先关注转述的梦到底是何种形态的东西。阿德勒认为："人想在自己的生活态度与现实问题间建立联系，同时又不想对生活态度提出新要求，所以才会做出一种新尝试，即做梦。生活态度必然会刺激人产生期待，而梦便由生活态度掌控。人梦到的事物存在于本人的行为特征中。做梦与否不会对人们解决问题的方式造成影响，但梦却会支持人的生活态度。"① 也就是说，梦是一种自我建立联系的手段。做梦者通过梦把已有的经验联系到现实问题上，使自我与现实成功地挂靠在一起，而不至于受到现实挫败的摧毁。从这个意义上说，对梦的转述，就是对自我的强调，是对现实困难的蔑视。做梦者在清醒时，通常会努力追忆昨夜之梦，似乎想从梦中探寻出一些蛛丝马迹，以巩固自己的经验模型，让当前的现实问题得到矮化。主体越是对某个梦强调与记忆，就越是用理性去分解和剖析那个梦，也就是越将非现实且不可解的梦现实化和理性化、意义化。这可以被看作梦的转述之动力源。

但是，这是对梦的一种十分世俗和理性的看法，也就是说，阿德勒正是用理性来摧毁非理性的梦本身，因而它得到的东西是远离夜梦的，也是不可靠的。远离夜梦的转述，就是把已被打乱的意象再秩序化，以期它能够作为支撑现实困难的东西。那些用经验从物身上抽离出的叙事模块——意象，最终又构成了新的叙事模型，返回到了现实的物当中。由此可见，如果梦是对意象的解放，那么远离夜梦的转述则是对这些散乱意象的收编。对梦的转述在远离着夜梦本身，而向着实用和理性回归，实际上已是向幻想和白日梦靠拢了。一般的写作和阅读与远离夜梦的转述有着相同的语言形态，二者从根本上来说也只是同一种复制品，它们都来自对梦的改编或白日梦，而越是可以被公共化的作品，越是沾染大众幻想的痕迹。只有从这一点上，我们才能认同弗洛伊德的说法，即把写作当作对梦的改装。很明显，弗洛伊德并没有在这方面很好地区分夜梦与白日梦，而把它们当作写作的同等来源。因为对于弗洛伊德来说，夜梦和白日梦似乎没有区别，这和他的精神分析法如出一辙，都是让人回复到一种理性的、可被解释的状态。因而，夜梦在他这里遭受了和在阿德勒、热奈特、巴什拉那里一样的命运，即已经是被站在远端的某种理性力量解释过的东西。

三、处于生命叙事中的梦

如何保证尽可能近距离地对梦进行转述，以防它变成某种神秘莫测的、极端个人性的

---

① ［奥］阿尔弗雷德·阿德勒. 超越自卑［M］. 陈美锦译. 上海：上海三联书店，2016：103.

东西呢？首先我们把对梦的转述作为一个整体，看看这种依据梦的言说方式，是否如热奈特所说，和写作与阅读一样，是一种嵌入生活叙事的副叙事。

人的生活叙事由其记忆来衔接，我们对记忆中断点的补充，往往依靠着对时空的界定和对物的指认，而写作与阅读（语言交流）恰恰是激起我们指认能力，从而使我们拥有叙事能力的方式。人的记忆之所以充满断裂性，在于人作为主体在不断地使用其认识功能，这种功能使人对于不同的物产生不同的感受与记忆点。"正是在情欲的不断释放中，我们的理性得到了完善；我们之所以有认知的欲望，是因为我们想要享受。我们无法想象一个既没有欲望又没有恐惧的人却费尽心思的推理。而情欲的源头则是我们的需求，促进其发展的是我们的认知。"① 正是我们的需求导致了我们拥有着不同的认知与欲望，而个人在其自我的生命旅程中，依照其认知与欲望对所历之物产生了不同的记忆点，记忆点不同，形成的个人经验自然也千差万别。换句话说，个人的需求导致其对物的命名冲动，让物从统一的、连续的有机体，分割成带有个人经验的记忆点。柏格森认为：

> 我们不能剥夺任何被知觉事物的物质性，相反的，我们必须将所有可感的性质结合起来，把由于我们的需要而被打断的连续性重新建立起来。我们对事物的知觉至少在原则上不再是相对的或主观的，并且我们将发现我们对事物的知觉不再与情感，尤其是与记忆相分离。它们只是被我们多样的需求割裂开了。②

柏格森的言辞有些理想主义，事实上，仅仅依靠人认识上的改变，根本无法促成我们记忆的绵延，人的认识功能本质上就是在剥夺物本身。因为我们对事物的知觉必然与我们的需求相联系，想要使这种被需求割裂的东西弥合如初，也就是让记忆形成一个连续的脉络，是根本不可能的。既然生活叙事本身是不平整的，用热奈特的话说，其本身就不是一个完整的"元故事"，我们怎能把梦与作品当作嵌入其中的东西呢？这明显是不确切的。由于生活叙事本身具有断裂性，主体无法对其生活中的每一点进行完整的叙事，也无法对其过去行为做出严格的解释。因而，主体本身也不能确定，过去的我与当下的我是不是同一个人，除非像笛卡尔那样证明存在一个完美的上帝，从而保证自己无时无刻的明见性。即使像洛克那样对连续心理事实进行强调，我们也无法认定同一连续性心理事实就能产生出连绵的记忆。主体对过去的观望，与他在某时观看电影或小说并无太大差异，生活中的诸多事件往往都是独立成形的，一味地追寻必然性与因果律，反而会让人迷惘与痛苦。总之，生活叙事绝不能是一个完整的故事链，它只能是诸多"元故事"的集合。那么，梦和文学所表象的种种"元故事"便是其中之一。或者我们把个人的整个生命旅程作为一种宏大文本，命名为生命叙事，那么诸多的生活叙事与非生活叙事在其中相互联结。这种生命叙事是不是统一的呢？或者说，柏格森所说的那种连续脉络的形成是否能实现呢？柏格森认为：

---

① ［法］让-雅克·卢梭. 论人类不平等的起源和基础［M］. 邓冰艳译. 杭州：浙江文艺出版社，2015：46.
② ［法］亨利·柏格森. 物质与记忆［M］. 姚晶晶译. 合肥：安徽人民出版社，2013：40.

文艺学

同样的精神生活必然会在不同情况下被无数次地重复，并且，在不同的高度上，或许会有大脑所做的同样的行为。在做出注意这种努力时，大脑通常关注的是完整性，但是也会根据选择的工作的层次，将其简单化或是复杂化。通常，当前知觉决定着我们大脑的指向，然而，根据我们大脑采取的张力的程度以及占据的高度，知觉发展出更大或更小数量的形象。

换句话说，得以精确定位的个人回忆（其系列表现着我们过去存在进程）整体地构成了我们记忆中最后的，也是最大的一圈。它们本质上是易变的，只是偶尔变得物质化，或者我们身体态度的偶然的精准确定性吸收了它们，或者是态度的不确定性给它们反复无常的表现留了空白区域。但是，最外面的一圈会自行收缩，并且在里面的同心圆里重复自己，在更小的同心圆里，包含着同样的、变得更小的回忆，越来越远离它们个体的原初的形成，越来越具备这种能力，即由于缺乏突出的特征而被应用于当前知觉，并以界定、吸收个体物种的方式决定当前知觉。那就会出现这样一个瞬间，回忆与当前知觉结合得如此好，以至于我们不能分出知觉在何处中止，记忆又是在何处开始。就是在这个精确的瞬间，记忆不再任意地送入或者唤起它的形象，而联通它所有的细节，有规则地跟随着身体运动。

然而，这些回忆离运动近多少，它们离外部知觉就近多少，记忆的运作就获得了更重要的实用性。过去的形象，按照它们本身被精确地再生产出来，连同它们所有的细节，甚至包含它实际的颜色也一同被再生产出来。这些形象是无所事事的幻想或梦中的形象。做出行动正是为了引导记忆收缩，或者是变得更薄更锋利，以便它对实际体验显得如同刀锋，这样就能够插入其中。①

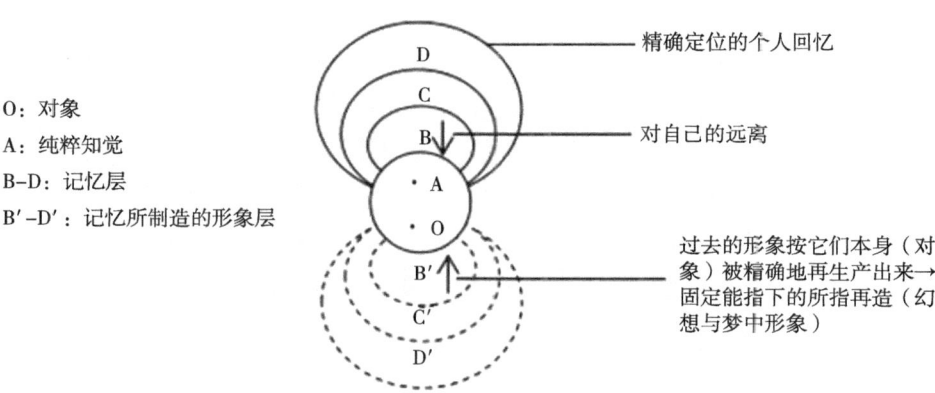

图 1　记忆与形象的对映关系

根据柏格森的意思，笔者依照文本中的附图做了记忆与形象的对映关系图（图1）。从图1中我们可以看到，人有一个精确定位的个人回忆，这个回忆是规定我们自身特质的

---

① ［法］亨利·柏格森. 物质与记忆 [M]. 姚晶晶译. 合肥：安徽人民出版社，2013：109－110.

东西，它"表现着我们过去存在进程"，而这个记忆的最大范畴会因为我们对对象的知觉而不断地缩减，最终实现记忆与纯粹知觉（无记忆的）的联通。这实际与其之前的观点是一致的，无非还是在强调记忆的连续性与知觉的记忆化。但重要的在于，柏格森论述了过去的形象之再生产的问题。柏格森认为这些记忆中的形象会对应着记忆得到新的实现，而这些实现了的形象，正如个人记忆向纯粹知觉收缩一般，也在向着对象收缩，即所谓"按照它们本身被精确地再生产出来"。换言之，种种记忆生产的形象在不断地向那个纯粹的物奔近。柏格森认为，正是在这种奔近中，主体的认识能够实现对对象本质的探察，从而实现记忆—知觉—对象—形象的有机联系，如图2所示。

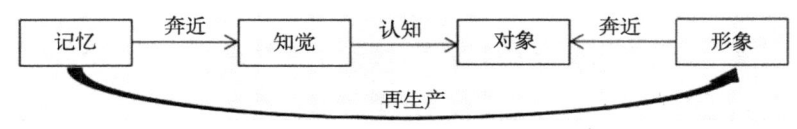

图2 认知能力与形象能力

也就是说，记忆形成了一同与对象发生作用的两个方面，一者是主体的认知能力，另一者是主体的形象能力，二者共同促使人与物保持着不间断的作用关系。而这种形象能力被柏格森描述成"无所事事的幻想或梦中的形象"。由此可知，幻想与梦中形象首先与物没有切实的关系，因为它的直接来源是主体的记忆；其次，幻想与梦中形象是在不断回顾着物的，是作为主体记忆完整的一个方面。主体的记忆由具有档案性质的物予以见证，而物在认知上与主体发生关系，同时也在遥望形象的一端，构成着记忆。也即是说，那些由理性构成的生活叙事与由形象构成的非生活叙事，在记忆与物的关系上实现了一种统一。从这个角度说，个人的生命叙事才能算是完备的。

虽然我们认定由记忆再生产的形象使人与物保持着记忆的联系，促使人的记忆完备，但明显的是，柏格森并没有区分梦与幻想的关系，他把梦与幻想当作笼统的再生产形象放到了记忆的彼端。而我们在前面已经反复论述过，夜梦与白日梦及幻想是不同的。夜梦是绝离科学与理性的，是暗夜的主宰，而幻想与白日梦是充满奇幻的科学，是光天化日下的自由想象。因而，如果按照柏格森的理论，夜梦应该处于前图中 D′ 的外围，是最远离对象的；而幻想与白日梦则根据理性的分量，充斥在 B′－D′ 的区间中。用尼采的话来说，前者可演变为狄奥尼索斯式的艺术，而后者则可产生充满种种幻象的阿波罗艺术。

四、俯临深渊的写作与贴近夜梦的转述

一般的写作和远离夜梦的转述并无不同，它们都是将梦付于一种理性的需要。虽然理性让人远离深渊，但不代表人不能站在深渊的边缘。用布朗肖的话来说，这就是非凡的写作而非俗世的写作，因为写作者在俯视着充满死亡诱惑的深渊。

只有在死亡面前仍能控制自己，只有同死亡建立起主宰的关系时，才有可能从事

写作。若死亡是人们面对它便会失去常态，便无法控制的东西的话，那么死亡就会使文字从笔下溜走，使话语中断；作家不在写作，他在喊叫，这是一种笨拙的、模糊的喊声，是无人去听或感动不了任何人的喊声。①

这就是死亡的威胁与诱惑之二重性，他让那些充满理性的人避之不及，纷纷落难而逃。只有昂首挺立面对死亡的人，才可能从事真正的写作。这就要求作者必须能够克服死亡。死亡赋予了人生命冲动、存在价值与意志力。这就使死亡出现了分野：一种是本质的死亡，一种是所谓的死亡。

死亡并不是那种已给出的东西，死亡是那种要去做的事：一种使命，即我们应当积极地去掌握住的东西，即成为我们的活动和我们自制力的泉源的东西。人死去，这没什么。但是人自他死时起存在，人同死亡紧紧相连，通过由己做主的纽带，人造成自己的死亡，使自己成为要死的，并由此赋予自己假的能力，赋予他所做的事情以意义和真实。无存在的存在决定就是死亡的这种可能性本身。②

这就是一种真正的死亡，是一种本质的死亡。本质的死亡要求人敢于掌握死亡、面对死亡，而不是逃避。我们所要躲避的只能是"死"而不是"死亡"，"死"是一种所谓的"死亡"，它是一种生命的否定形式而非肯定形式。

同否定相连在一起的人，是不可能让否定体现之某种将会从否定中被排除的最终决定中。必然会通往虚无的焦虑不安并不是本质的，它在根本面前后退了，只设法把虚无变成拯救之路。凡在否定处逗留者都无法使用它。归属于否定的人在这种归属中不再可能脱离自身，因为他属于不在场的中性。他在那里已不再是他自己了。③

焦虑不安在否定面前无从下手，当人对否定的对象不再关注时，他自己就是一种充满无限自信与创造力的生命主宰，从而把虚无变成了救赎，把虚无对实在的时刻威胁变成了自我摆脱实存困境的方法。人如果执着于生命的否定性，就等于在不断地怕死，不断地执着于某种判断、某种意义的不可实现，就是乞求着有限生命对他的宽容，祈祷着死（不是死亡）的延迟。在生命的否定之处无限忧惧的人，无法否定被否定的定在。这使人成为否定的一份子，否定让人与自身存置于一个位置上，人与自身不可分割地被死亡钉在了那里，人成为毫无意义的死亡的过客，人与自己分离了。这样，人成为死亡的加工物，其自身的意志与他无缘，只能等待死的降临，而死亡却是再也掌控不到的东西。由此，人永远不能正视死亡，也不能正视"畏"，他只能被"畏""死"所折磨，这就是理性给人的存在定位，使人忘记了"去"存在的追寻。从这个意义上讲，布朗肖在写作的角度上激活了海德格尔，将一种正视"死亡"与"畏"的写作当成一种自我的"去蔽"方式，一种

---

① ［法］莫里斯·布朗肖. 文学空间［M］. 顾嘉琛译. 北京：商务印书馆，2003：36－37.
② ［法］莫里斯·布朗肖. 文学空间［M］. 顾嘉琛译. 北京：商务印书馆，2003：83－84.
③ ［法］莫里斯·布朗肖. 文学空间［M］. 顾嘉琛译. 北京：商务印书馆，2003：92.

"决断"方式。

而这种去蔽的、俯视着深渊（死亡与畏）的写作恰恰就是夜梦者的姿态。夜梦者与日常所分离，他成为德勒兹意义上的精神分裂者，他失去的恰恰只是一个理性的主体，却获得了一个完整的、没有被抑制的、健康的身体感官系统。在夜梦中，人再也不必用习惯性的理性去构建叙事系统与阐释系统，他只是在观看、在共舞，任何东西都丧失了定在，包括做梦者自身都在"去"的路上，他们一直在变幻，用这种方式消除了日常理性对死亡的遮蔽。也只有在这个意义上，夜梦才是"死"的，是它生成了"活生生"的白日梦的意义。布朗肖意义上的不断接近那个文学空间也就是死亡空间的写作，正是这种去中心化、去理性化的夜梦的演变，共同担负着对生存的"去蔽"意义。而这种夜梦向写作的演变，也正是贴近夜梦的转述，从而区别于一般的写作与远离夜梦的转述。

结　语

梦即是那最幽暗不明、最无法被理性控制的、最无法把握的叙事，它所产生的转述，则以诗为代表，成为艺术的一端，那一端只留有着最基本的语言理性，它们只关注着未被理性打上印记的纯粹物。在其背后，我们仿佛能看到李白、李贺、里尔克与荷尔德林等人的影子。而一般的文学与艺术，或是梦想的产物，或是对夜梦远距的理性改造，对物的化妆和表演，它们从纯粹的物出发，浓妆艳抹，去接近那些已被对象化的定在。

阿甘本曾说："奇遇把自身主体化了，因为构成奇遇的东西，正是它在某一地方对某人'发生'的事实。"[1] 也就是说，奇遇把人去主体化了，奇遇经过人，把人变成它的，人在这里是无名的与抽象的。奇遇的事件何以变成个人的事件呢？这就是奇遇在选择人，让人实名且具体。作为抽象的、总体的人的生命，无时无刻不在奇遇之中，而作为具体的人，所能做的只能是等待奇遇的降临。梦也就是这种奇遇。梦的叙事是哪怕做梦者都无法掌握的东西，是消除一切理性的东西。梦的降临就是具体的人的奇遇，对梦的转述则是个人事件。做梦者到述梦者的转变，就是观看者向感受者的转变，就是奇遇把主体性让渡给某人、把事件转变为个人事件、让无名走向有名的过程、引导人"去在"的将来。由此，正如阿甘本所说："诗化的生命是这样的生命：它，在每一场奇遇里，顽固地维持着它同某个东西的关系，而那个东西，不是一种行动，而是一种潜能，不是一个神灵，而是一个半神。"[2] 这个"半神"，就是某人在与神秘叙事的梦之奇遇中，对梦进行转述的能力，也就是在作为奇遇的梦里找回自我主体的那个某人。这个某人，正是布朗肖意义上的不断重复言说、永远俯临死亡深渊的写作者。

---

[1] [意] 吉奥乔·阿甘本. 奇遇 [M]. 尉光吉译. 重庆：西南师范大学出版社，2018：83.
[2] [意] 吉奥乔·阿甘本. 奇遇 [M]. 尉光吉译. 重庆：西南师范大学出版社，2018：110.

参考文献

[1] [法] 热奈特. 转喻：从修辞格到虚构 [M]. 吴康茹译. 桂林：漓江出版社，2013.
[2] [法] 莫里斯·布朗肖. 文学空间 [M]. 顾嘉琛译. 北京：商务印书馆，2003.
[3] [法] 加斯东·巴什拉. 梦想的诗学 [M]. 刘自强译. 北京：生活·读书·新知三联书店，2017.
[4] [奥] 阿尔弗雷德·阿德勒. 超越自卑 [M]. 陈美锦译. 上海：上海三联书店，2016.
[5] [法] 让－雅克·卢梭. 论人类不平等的起源和基础 [M]. 邓冰艳译. 杭州：浙江文艺出版社，2015.
[6] [法] 亨利·柏格森. 物质与记忆 [M]. 姚晶晶译. 合肥：安徽人民出版社，2013.
[7] [意] 吉奥乔·阿甘本. 奇遇 [M]. 尉光吉译. 重庆：西南师范大学出版社，2018.

（苏丹　首都师范大学2018级硕士生　指导教师：汪民安）

绵延与差异
——从柏格森到德勒兹的反辩证法

董克非

摘　要：柏格森反对体系哲学，认为哲学的原罪在于它永恒遵循辩证法这一哲学方法论，永远无法"回归真正的差异"。而哲学只有进入一个充满差异的世界，才能创造出真正的哲思。柏格森把直觉作为一种介入世界把握实在的方法，区分了空间的多样性和时间的多样性，从而阐释了真实的时间与纯粹的绵延，颠覆了柏拉图以来"差异"遵循"同一"的哲学传统，把辩证法从方法论的神坛上击落。否定和虚无都被驱逐出了哲学王国，柏格森的差异世界也就是一个纯粹肯定的世界。柏格森的绵延思想是德勒兹架构其差异思想的根基和主导逻辑。德勒兹从柏格森哲学提出问题的地方开始进入新的哲学领域，并把柏格森的反辩证法推向了一个新的高度。

关键词：绵延；差异；块茎；柏格森；德勒兹

自柏拉图以来，"同一"和"差异"一直是形而上学的主题，"差异"遵循"同一"成为西方古典哲学的底色。后现代哲学家德勒兹沿着柏格森开辟的差异哲学道路，开辟了法国哲学的差异聚生空间。他在《千高原》和《反俄狄浦斯》中创造了一系列新概念，他的思想脉络如同块茎（rhizome）哲学，茎蔓相互缠绕生长在广袤的哲学土壤之中。这种块茎哲学完全不同于体系哲学的"树状"生长模式，它没有主干、没有中心、没有秩序，只有相互联结、相互交织、相互生成。分裂、生成、游牧、逃逸、辖域化、解辖域化、欲望机器，这些新概念共同构成德勒兹的块茎哲学地貌。因此有人会把德勒兹看作创造概念的大师，但在这些枝蔓丛生的概念之间，流淌的是他"颠覆柏拉图主义"的存在论和方法论。法国后结构主义一代的哲学家，如福柯、德里达、德勒兹等都展现了对体系哲学再现体制的批判，但德勒兹与其他人的不同之处在于他在批判、摧毁陈旧的体制与规则之后，同时建立起一个差异与生成的哲学场域。

一、回到柏格森

德勒兹在 1966 年《柏格森主义》一文中，明确提出"回到柏格森"这一口号。"回到柏格森",意味着从柏格森哲学提出问题的地方开始进入新的哲学领域。柏格森哲学的内在核心精神就是运动、差异和创造。德勒兹说"做哲学,就是要从差异开始","差异概念定能照亮柏格森哲学,与此同时,柏格森主义必能为差异哲学带来最卓越的贡献"①。"回到柏格森"同时意味着"回到差异本身"。柏格森为德勒兹的整个哲学提供了重要的养分,尤其是柏格森建基在差异哲学基础上的时间(绵延)思想,使德勒兹摒弃了传统形而上学"一与多"的理念哲学,从而走向了一种以差异、生成、多样性为核心的内在性哲学。

正如哈贝马斯在《后形而上学思想》中所说,"'一'和'多'一开始就是形而上学的主题。形而上学试图把万物都追溯到'一'。自柏拉图以来,形而上学就明确表现为普遍统一的学说;理论针对的是作为万物的源泉和始基的'一'。普诺提诺之前,这种'一'叫做善的理念或第一推动者;在他之后,则被称为最高存在、绝对者或绝对精神"②。在形而上学中,'一'作为绝对的真理和万物的本源,"一"包含"多","多"源于"一"。柏格森认为,任何一种追求不变的哲学,都只能形成理念哲学,或说体系哲学。而世界恰恰处于永恒变化之中,柏格森否定体系哲学,他想要介入的是世界的原初实在,对真正实在的不懈追求是他哲学的核心。柏格森认为真正的实在就是"直接材料"(les données immédiates),它是构成整个世界的核心要素。"直接材料"的实在性与绵延相通,也可以说,"直接材料"是一种绵延着的实在。它决定了柏格森在哲学方法论中直接把握实在的哲学气质,并由始至终地贯穿了他的整个哲学生涯。这也是柏格森与传统哲学分道扬镳的起跑线。虽然柏格森跳跃出传统哲学"一"与"多"的脉络之树,但他并不是一个反叛的哲学家。柏格森同样沿袭笛卡尔的传统,从严谨的事实出发寻找世界之本质,以回答何为物质、何为精神这一根本的哲学问题。

柏格森讨论了两种"一和多"。一种与哈贝马斯所说的几乎一致;另一种则导向另一个方向,即"同一与差异"。柏格森认为,"有两种多样性:一种属于物质性的东西,它直接可数;一种属于意识状态,对它如果我们不借助某种象征性的表达里面必然已引入了空间"③。其中一种多样性与空间必然相关,一种则属于没有空间概念混入的深层意识状态,后一种多样性与强度息息相关。德勒兹在《柏格森主义》中对这两种多样性做了概括:"一种通过空间来表现:这是一种外在性、同时性、并置、秩序、数量差异、程度差异的多样性,是一种数字式的、非连续性的和现实的多样性。另一种则在纯粹绵延中呈现:这是一种连续、融合、有机、异质、质性区别或者说性质差异的内在的多样性,一种潜在和连续,不能还原成数目的多样性。"④ 德勒兹把柏格森的两和多样性理解为"外在性"的多样性与"内在性"的多样性。柏格森在面对物质和精神这一哲学的两大主题时,

---

① Gilles Deleuze. L' ile déserte: textes et entretiens 1953—1974 [M] Les Editions de Minuit, 2002. p. 43.
② [德]哈贝马斯. 后形而上学思想 [M]. 曹卫东, 付德根译. 南京: 译林出版社, 2001: 137.
③ [法]亨利·柏格森. 时间与自由意志 [M]. 吴士栋译. 北京: 商务印书馆, 2007: 56.
④ Gilles Deleuze. Le Bergsonisme [M]. Paris: PUF. 1966, pp. 30 – 31.

并没有延续认识论的哲学传统,而是关注内外两个世界的多样性。德勒兹所说的充满"外在性"的多样性世界,是客观的、僵化的、已经实现的、在空间中被计算的,即没有"潜在性"的世界。他所说的充满"内在性"的世界,是主观的、变化的、可创造的、纯粹绵延的,即具有"潜在性"的世界。德勒兹正是从柏格森对于物质和精神世界多样性的观念中,以纯粹的时间和真正的绵延作为其庞大思想体系的生发点。

绵延的一个根本特征就是多样性。柏格森从多样性出发界定了两种绵延,或说两种时间。一种是作为性质均匀的介质的绵延或说时间,它把时间置入空间,用有关广度的字眼来表示绵延。当我们开始测算运动的速度,火车和汽车的时速,田径比赛的秒表纪录,甚至篆刻在钟表上的时间刻度,这些行为的前提就是把时间假定为一种可计算的数量。另一种则是真正的时间,纯粹的绵延。"纯绵延尽管可以不是旁的而只是种种性质的陆续出现;这些变化相互渗透,互相溶化,没有清楚的轮廓,在彼此之间不倾向于发生外在关系,又跟数目丝毫无关:纯绵延只是纯粹的多样性。"① 真正的绵延应与空间毫无关系,是一种纯粹的、无杂糅的观念。纯粹绵延不是数量,它不可测量。

在现实生活中,设想纯粹的绵延仿佛是一件不可能的事。这无疑是由于,时间在人的感官所感知的世界中表现为一种可测量的和纯一的存在。人们会认为绵延仿佛是从空间中派生出来的,这样来看,绵延是具有均质介质的媒介形式。柏格森通过运动这一形式,恰切地剖析了植根于其中的纯粹的绵延。在一般情况下,观察运动时,脑海中映射的是运动物体所经过的空间。但仔细而深入地回想后,占据空间的实际上是这一物体的先后位置。我们并不通过空间来把握这一物体从前一位置移到后一位置的过程。"这里所涉及的不是一件物体,而是一种进展;从其为自一点移至另一点的过渡而言,运动是一种在心理上的综合,是一种心理的、因而不占空间的过程。"② 人的意识把空间中物体的各位置相连,认为在位置之外还有别的东西,并把这些东西和空间中物体的各位置加以综合,才形成了关于运动的完整概念。

真正和纯粹的时间只有一种,纯粹绵延中的多样性也只有一种。这个多样性从根本上说就是差异。万物的不同源于其分享的绵延的程度不同。这里所指的程度,绝不是引入空间概念的可测算的数量,而是一种性质式的程度,柏格森称之为张力(tension)。真正的性质差异是绵延的张力不同,而不是数量的差异,这个张力就是绵延的节奏。绵延本身的差异化产生了这个节奏。绵延不断创造,不断生成,其创造不仅是连续的创造,而且是差异的创造。故而,宇宙本身就是一个巨大的绵延,它的"同一性"在于自身的内在差异,绵延自身的流动形成一种有节奏的运动。宇宙之中的物质不是一种固定不动的东西,物质不是绝对的物质,而是处于永恒的绵延之中。物质所呈现出来的物象(image),不过是绵延活力匮乏的表现。我们感知到的物质总是重复或相同的物象,仿佛它们是"死"的东

---

① [法]亨利·柏格森. 时间与自由意志 [M]. 吴士栋译. 北京:商务印书馆,2007:77.
② [法]亨利·柏格森. 时间与自由意志 [M]. 吴士栋译. 北京:商务印书馆,2007:83.

西。与此相反，绵延活力充盈就表现为流动的生命，它不断创造、变化、生机勃勃。生命内部绵延的流动和创造就是差异本身，它的变化绝不是周而复始的重复，而是充满节奏和强度的生成。正是生命绵延的节奏，使我们感知它是和物质这种"死"的东西相对的"活"的东西。从这一角度来说，物质与精神这一哲学的古老命题在柏格森的世界中就被消解了。物质与精神的区别只在于二者绵延的节奏不同，而并没有性质式的差异，二者也就不再处于一种二元的辩证关系之中。整个宇宙处在一种蕴含多样性的巨大绵延中，事物区分的标准不过是绵延节奏的差异表现而已。

在柏格森那里，无机物的绵延与生命体的绵延都被嵌入了一个整体的绵延之中。它们彼此之间的区别不是个体之间的差异，而是绵延的节奏或张力的差别，它们从属于绵延的整体并与之一起运动。宇宙作为一个绵延的整体，不断变化、创造、生成，永不完成。宇宙的统一性与差异性相互融合，它们是一枚硬币的两面。正如柏格森所说"宇宙整体，正如每一个有意识的生命一样，是活着的一个有机体，它是绵延着的东西"①，宇宙时间就是宇宙的绵延，这是一个单纯的创造运动。宇宙是一个单一的整体，宇宙中根本没有虚无，宇宙自我绵延着。柏格森的差异存在论把"一"从上帝的偶像神位中拯救出来，世界自成为一个自足的差异世界，它创造差异，又使差异构成同一。

二、回到差异本身

柏格森说，"一个名副其实的哲学家从来只说一件事情；而且，与其说他最后并没有真正地说出这件事情，还不如说他一直都在不断试图说出它"②。如果说绵延（时间）是柏格森致力终身想要探讨的"一件事情"，那么德勒兹想要探讨的"一件事情"就是差异（存在）。

德勒兹尝试做哲学，就是尝试发明概念。德勒兹所创造的新概念并非为创造而创造，而是差异内在生成的要求。概念不可能如传统哲学中的概念那样固定不变，轮回于永恒绵延的世界中的概念，必然遵循差异而不断生成。德勒兹的差异哲学并不是要追求哲学概念中的差异性，而是着眼于"差异本身"（difference in itself）。德勒兹通过创造一系列新概念，将一切差异的事物统归起来。德勒兹哲学中的差异性是要"回到事物本身"，这与柏格森"回到直接材料"这一真正实在是一致的。"回到事物本身"也就是关注存在本身。但德勒兹所说的"存在"，不是柏拉图所说的"纯粹理念"，不是海德格尔所说的"此在"，而就是"差异本身"。也就是说，德勒兹认为差异就是存在。德勒兹的哲学思想从这一角度上也被定义为一种差异哲学。

柏格森和德勒兹都没有远离哲学的基本问题，且二者都取代了之前起源式哲学的方法

---

① ［法］亨利·柏格森. 时间与自由意志［M］. 吴士栋译. 北京：商务印书馆，2007：83.
② Henri Bergson. *Oeuvres*, *édition du centenaire* ［M］. Paris：PUF. 1959, p.1350.

论来介入哲学。对于柏格森来说，如果要回答本体论这一哲学的核心问题，我们必须首先站在一个合法的立场上，先弄清"世界之为何"，之后才能以此建基提出有真正价值的哲学观点。起源式哲学恒定地要在现实世界中寻找一个稳定的"一"（理念、我思、上帝等）作为宇宙万物的起源。起源式哲学是一种奠基式哲学，它总要通过介质把握客观实在。而柏格森取消了"中介"，通过把握"直接材料"直接切入客观实在。世界不再显现为一个超越物的"一"，而是一个原初的自在世界。在对西方思想史中诸多经典作家的过滤后，德勒兹认为柏拉图、亚里士多德、莱布尼茨、黑格尔等哲学构成的这一"树状"哲学传统都"未能抵达差异本身"，它们都只是一种差异的狂欢式再现。

德勒兹反对追根溯源式的哲学研究方法，这正是来自柏格森的启发。柏格森把哲学体系确认为"哲学的原罪"。德勒兹认为柏格森的差异理论和方法有别于另一种差异理论和方法，即柏拉图的辩证他者和黑格尔的主奴辩证法，此二者都预设了否定力量的必然存在。这种"哲学的原罪"总是滥用否定，把一切问题和现象都统归到二元对立的辩证法叙事中。柏格森认为，否定是第二性的，肯定才是第一性的，或说是根本的、直接的。首先，否定只是一种人的主观创造。以否定为根本气质的传统哲学，其哲学模式是一种表象模式。其次，否定是一种消极的力量，而肯定是一种积极的力量。因为否定永远在消除差异，而肯定发现差异。柏格森通过对否定的第二性认定，取消了"虚无"这一伪概念。"虚无"本身就是建立在否定之上的人的一种幻觉。① 正因为"否定性"插入世界，世界才被一分为二。因为"否定"总是预设两个虚幻对象的存在，总是制造"二"，所以柏格森和德勒兹都反对黑格尔的主奴辩证法。制造二元对立的辩证法是虚无主义的原罪。黑和白只是两种人为规定的简单颜色，黑与白的对立只是一种创造出来的否定，一种主观的二元对立。内在差异必然有别于他者、否定和矛盾。

故而，柏格森的世界就成为一个纯粹肯定的世界。虚无和否定因此都被驱逐出了哲学的领地，它们也就不再是揭示事物间差异的正确途径。宇宙也不再一分为二，不再有任何裂缝，而是一个绵延着的差异性的整体，不断在做着连续的差异化运动。这种差异化运动表现为一个不断生成和创造的生命过程，它自足地运转，因而具有一种真正的"内在性"。在"内在性"的世界中，没有主次、没有主体、没有中心、没有秩序，有的只是性质式的差异。这些差异之间的区别，只是绵延的节奏的区别。它们之间是相互"外在的"，差异与差异之间没有谁包含谁，谁左右谁，差异在一个整体绵延的运动平台之上。犹如柏格森所说的乐曲和音符的关系，每一个音符都不是独立的，音符与音符之间又有差异，它们的差异共同构成这首乐曲，内在于乐曲之中。但乐曲并不包含音符，即乐曲虽然作为整体，但与音符没有性质式的差异，它们处在同一个平面之上。乐曲和音符的关系就是一个真正"内在性"的关系。德勒兹从柏格森这里借鉴的最为关键的思想，就是建立在"差异"之

---

① 王礼平. 差异与表象的毁灭——略论德勒兹与柏格森之间的渊源关系[C]. 杭州：全国"当代西方哲学的新进展"学术研讨会，2008：193.

上的内在性哲学。

相比于同时代的哲学家们，德勒兹更为精准地吸收和理解了柏格森的哲学思想。德勒兹的主要思想来源是尼采、柏格森和斯宾诺莎，这三者的哲学思想共同形成了一个相互交织影响的"三位一体"，而柏格森实际上占据了德勒兹思想中更为关键的地位。德勒兹哲学沃土中最重要的养分便是"差异"哲学思想，这一根基式的存在论和方法论构成了他诸多概念最重要的活力。德勒兹认为："柏格森差异观念的原创性在于表明了内在差异并不、也不必达到矛盾、他性和否定的程度，因为这三个概念事实上没有它本身深奥，或许仅仅是这种内在差异的外在表现。如此看待内在差异，即看做纯粹的内在差异，达到纯粹的差异概念，把差异提高到绝对，这就是柏格森努力的方向。"① 如果要为哲学世界重新奠基，实际上就是对传统哲学问题的一种坍塌式的摧毁。所以德勒兹认为，在差异哲学的基础上创造新的概念以表达新的思想就尤为重要。

三、反谱系的块茎哲学

德勒兹说"块茎是一种反谱系"②。"反谱系"就是反对谱系哲学，反对辩证法，反对主客体的二元对立模式。体系哲学把所有哲思都囿于形而上学之塔，指向抽象的"绝对理念"。而真正的哲学土壤应该充满差异性和多样性，它不寻找永恒，不遵循统一，真正的哲思生发于无限差异生成的地下块茎之中。

德勒兹和加塔利在《千高原》中提出块茎（rhizome）这一概念，块茎思想折射出德勒兹对柏格森差异存在论的一种继承，对传统形而上学"树—根"结构的一种解构尝试。从柏拉图主义以来的传统哲学，在其哲学体系中构架了"主体与客体""肯定与否定""一与多"等一系列二元对立的概念。这种"树—根"结构的哲学思想就形成了一种体系哲学。各种侧枝即各种哲学思想，都统一于树的主干即体系哲学。这种基要主义的"理念"论是德勒兹块茎这一概念所提出与驳斥的问题性。

德勒兹继承了柏格森的差异存在论，形成了自己的差异生成论，德勒兹和加塔利在《千高原》的第一章导论中提出了重要的奠基性概念——块茎。块茎不能够由任何一种已知和确定的构型或体系来解释。与其说是一个概念，不如说块茎是一种思想，一条进入德勒兹哲学世界的路径。德勒兹把差异生成论加以概念化，但又不是把概念固化为某种阐释的实词，而是作为诸多解域的可能性通路。德勒兹的"概念工厂"是非结构化和非系统化的，一如块茎一般形成多个哲学通道，相互交织缠绕，共同生成一个犹如爱丽丝梦境般的哲学场域。德勒兹的哲学世界自身成为一个块茎般的多元体，它没有中心，没有统一性，

---

① 陈永国编译. 游牧思想——吉尔·德勒兹 费利克斯·加塔利读本［M］. 长春：吉林人民出版社，2011：31.
② ［法］德勒兹，加塔利. 资本主义与精神分裂（卷2）：千高原［M］. 姜宇辉译. 上海：上海书店出版社，2010：12.

只有无穷无尽的多样性。

块茎遵循连接原则。"在块茎之中,任意两点之间皆可连接,而且必须被连接。"[1] 在块茎中没有点和位置,更没有确定的中断,只有相互连接的线,块茎是无限的线的运动。与单一结构的中断不同,块茎还遵循非示意的断裂原则。犹如马铃薯的块茎一旦发生断裂,断裂的地方又会重新生长出新的块茎,向其他方向延展。所有的块茎当中都包含着能够层化、组织化、界域化的节段线,但还包含着解域之线、逃逸之线,节段线爆裂为逃逸线时,块茎中就会出现断裂。但断裂不是终止,断裂是新的逃逸运动的起跑线。逃逸线和节段线都构成了块茎的一部分,结域——解域——再结域的运动是块茎的生成运动。

块茎遵循多元体原则。与福柯重视谱系学的断裂性、非连续性不同,德勒兹强调异质性的连接。"树—根"体系总是强调"to be",而块茎思想则是强调"and…and…and","and"所连接之物并没有主次之分,"and"是不停歇的复杂的异质性连接。德勒兹把传统哲学或说体系哲学确认为一种"树状"结构,与块茎构型相对。体系哲学所宣称的多样性是一种"伪—多样性"。"树—根"结构中的"多"并不意味着真正的多元体,因为柏拉图主义的"多"都被统归在"一"的法庭之内。只有当"多"确实"被视作实体和多元体","一"才能失效,"多"才能与"一"斩断真正的关联。真正的多元体一定是块茎式的,没有中心和层级,其存在就揭示了"树—根"哲学体系的"伪—多元体"形态。

块茎同时遵循生成原则,块茎的生成是多样性的自我生成。这一点是德勒兹对柏格森差异哲学的推进,生成涉及"介于两种状态间的差异经验绵延"。在德勒兹这里,块茎分享绵延一切的特征。绵延是一种与自身相区别的东西,是自身与自身的差异,所以多元体永远在差异地生成自身。相反,物质是重复自身的东西,是不区别于自身的东西。绵延在自我区别的运动中流动,这种不断变化的运动在德勒兹那里就是"生成"(becoming)。德勒兹的生成意味着一个独特的思考逻辑,他从"二"出发和思考,而不是像笛卡尔和柏拉图那样从"一"出发。"二"代表着介于两者中间,代表着一种由此至彼的过程,代表运动,既不在这里也不在那里,而是两者之间。从"二"出发意味着变化和生成,意味着"多样性"。块茎是一种多元体,它永远在差异地生成当中,永不确定、停止和固化。在块茎中,生成是必然性的,生成的方向完全是偶然性的。

德勒兹通过"块茎"同样区分了哲学世界中"真—多样性"哲学和"伪—多样性"哲学。德勒兹说:"必须形成'多',但不是通过始终增加一个更高的维度,而是相反,以最为简单的方式,通过节制,在人们所掌握的维度层次之上,即始终是 n−1(正是这样,一才成为多的构成部分,即始终被减去)。从有待构成的多元体中减去独一无二者;在 n−1 的维度上写作。这样的体系可以被称为根茎。"[2] 德勒兹所说的"n−1"维度使我们在根茎错综复杂的脉络下,摸索到了流淌在每一个根茎支流中的活力源泉。"n+1"与

---

[1] [法] 德勒兹,加塔利. 资本主义与精神分裂(卷2):千高原 [M]. 姜宇辉译. 上海:上海书店出版社,2010:7.
[2] [法] 德勒兹,加塔利. 资本主义与精神分裂(卷2):千高原 [M]. 姜宇辉译. 上海:上海书店出版社,2010:6.

"n－1"是完全相对的两种模式。"树—根"状的体系哲学总是通过"n＋1"的模式累积多样性。块茎哲学则是通过"n－1"的方式创造多样性。"n＋1"中的"1"犹如一棵大树上生长出来的新的枝叶，它的存在只是通过模仿和复制的形式强化树这一整体形象的"统一性"。而"n－1"恰恰相反，这个被减去的"1"恰恰是"树"，"n－1"意味着从规制的"统一性"中逃逸。正因为总是消除"统一性"，摒弃模仿，"n－1"才能不断创造多样性。"n－1"的逃逸运动形成一个新的整体，这个整体在永恒的逃逸运动中自在地绵延和生成。它绝不通过增加、累积和复制的运动增长自身，而是通过削减、消解和逃逸的运动差异地生成自我。块茎不像树那样有固定的层级生长顺序，我们无法结构化地辨认块茎。一粒草种埋入土壤可以块茎式地蔓延覆盖整片荒原，而一棵树总是在某一点上向上生长。因此，块茎变动不居的生成总是解辖域化的，是一种"n－1"维度上的"永恒回归"运动。

块茎遵循图样法原则，块茎是图样而非模仿。德勒兹贬黜模仿，他认为没有绝对纯粹的重复，真正的重复必定是差异的重复，重复意味着差异。重复不是一种线性的一般性运动，重复具有无限的潜在性，它建构、生成，是尼采意义上的"永恒回归"。而模仿总是依赖于二元逻辑，二元逻辑是体系哲学的精神实在。模仿和复制是一种"n＋1"的维度，它只是通过增加一个维度的方式来累积"多样性"。而多样性是无法累积的，它绝不复制和模仿，只能通过"n－1"的维度"永恒回归"到异质性的差异整体中，对"n＋1"的向心运动做永恒逃逸运动。"树—根"结构和块茎构型也并非是固定的，引发块茎生成的，是"树—根"结构的一个微观要素，即一个侧根。即使德勒兹反对"树—根"结构的体系哲学，但他反对的是体系哲学对所有哲学思想的垄断性。他并没有把体系哲学取消或抹除，而是把它作为哲学体系中的一个"侧根"，"多"中的"一"，"多样性"中的"一种"差异存在。

"块茎"的生成和存在比任何一种结构化的概念都更能言说德勒兹的差异哲学思想。在德勒兹眼中，差异不再是黑格尔主奴辩证法中二元的相互对抗，也不再是德里达的"延异"所表达的两难境地。差异的一般性不再是一种普遍挣扎的困境，而是一种力的活跃的嬉戏。差异导致变化和运动，这个变化和运动就是力的流动。力的不断流动使差异不断生成和创造，所以差异总是滋生喜悦，生命的活力就跃动在差异中。世界是一个纯粹绵延的差异整体，纯粹肯定世界中的主体也就不再是那个高高在上的传统主体。德勒兹认为一切有机物不过是一种强度的差异，一切"存在"都处在"生成—生命"的流动中，人与动物并没有性质式的区别。

结　语

从柏格森的差异存在论到德勒兹的差异生成论，在某种程度上，德勒兹是一位比柏格森更"反黑格尔"的哲学家。他结合了尼采的思想，把从柏格森那里吸收来的"反辩证法"推到了一个新的高度。辩证法总是滥用否定,否定所有与主体意愿相悖的差异,以此获得一种虚幻的同一。所以在二元对立的辩证法中,不可能存在柏格森和德勒兹所说的真正差异,差异永恒处于被清除的命运轮盘之中。要想介入真正的差异世界,就要采取新的哲学方法论。那么,唯有通过"直觉"方法,才能把握实在,进入一个充满多样性的世界,创造出真正的哲思。德勒兹沿着柏格森的路径取消了一切抽象的中介,驱逐了否定和虚无的辩证方法论,把世界作为一个直接的、肯定的、纯粹的绵延整体来把握。所以德勒兹不讨论物质与形式、主体与客体、现象和本质,而是关注力的强度,关注事物状态的变化和消长。德勒兹沿着柏格森的哲学路径创造了一整个"概念工厂",以此构成一种"反体系的块茎哲学",一种真正的多样性哲学。"树—根"状的体系哲学是一种"n+1"维度上的向心运动,而块茎哲学或说真正的差异哲学是"n-1"维度上的逃逸运动。德勒兹并不是"以'生成'(Becoming)挑战'存在'(Being)的优先权和思想的再现模式"[1],而是从柏格森差异存在论的落脚点出发,认为生成就是存在,Becoming is Being。这是一种纯粹的内在性哲学,一种真正的经验主义。

参考文献

[1] [法] 亨利·柏格森. 时间与自由意志 [M]. 吴士栋译. 北京:商务印书馆, 2007.
[2] [法] 德勒兹, 加塔利. 资本主义与精神分裂(卷2):千高原 [M]. 姜宇辉译. 上海:上海书店出版社, 2010.
[3] 麦永雄. 德勒兹哲性诗学:跨语境理论意义 [M]. 桂林:广西师范大学出版社, 2013.
[4] 王理平. 差异与绵延——柏格森哲学及其当代命运 [M]. 北京:人民出版社, 2007.
[5] 陈永国编译. 游牧思想——吉尔·德勒兹 费利克斯·加塔利读本 [M]. 长春:吉林人民出版社, 2011.
[6] Gilles Deleuze. *Le Bergsonisme* [M]. Paris:PUF, 1966.
[7] Gilles Deleuze. *L'ile déserte:textes et entretiens 1953—1974* [M]. Paris:Les Editions de Minuit, 2002.

(董克非 首都师范大学2017级博士生 指导教师:汪民安)

---

① 麦永雄. 德勒兹哲性诗学:跨语境理论意义 [M]. 桂林:广西师范大学出版社,2013:35.

人何以为人
——略论《别让我走》中的悖论叙事

徐媛媛

摘 要：在小说《别让我走》中，石黑一雄通过主人公凯西的回忆叙述了一群克隆人的生命历程。悖论叙事是该小说的鲜明特色，石黑一雄通过塑造身份悖论、体制悖论以及叙述风格悖论，展现了现代人的生存困境，并再一次叩问人性。独特的叙述方式使小说在主题上形成了悖论式的复义，不仅体现了对人性的反思，更体现了对现代人生命状态的关照。

关键词：悖论；身份；体制

石黑一雄是著名的日裔英国作家，与鲁西迪和奈保尔并称为"英国文坛移民三雄"。作为一名国际主义作家，石黑一雄的作品题材跨度很大，但其文学主张和关注点却没有变过，即始终观照着人和人性。小说《别让我走》以克隆人为题材，但却一改以往克隆题材作品的叙述方式，石黑一雄以他一贯擅长的回忆形式为文，记叙了一批生来就注定了"牲人"命运的克隆人从寄宿学校到培训中转地再到手术台和疗养院的生命历程。生物科技自产生之初就伴随着争议和赞美，一方面帮助人们再一次对抗自然和命运，另一方面又使人性在伦理的维度上备受煎熬。这也是自克隆题材出现以来的主题。但以往的类型小说和电影重在描述人与克隆人的区别和对立，将人性的反思蕴藏在压迫和反压迫的张力之中，《别让我走》却一反常态，用悖论叙事的手法，通过塑造身份悖论和制度悖论来凸显主题，重新审视现代性冲击下人们被挤压的生存空间和无所归依的生命状态。

作为一种叙述方式，悖论指的是一种表面上自相矛盾的或荒谬的，但结果证明是有意义的陈述。传统文学批评将悖论视作一种修辞格，但事实上，在大多数写作中，悖论的运用并不是主观和预设的。所以现代批评家认为悖论是一种文学叙事特征，使作家更加精确和完美地表达对世界的感知和体验，使主题内蕴更加深厚。石黑一雄的《别让我走》鲜明地体现了悖论叙事特征，但还不是典型的悖论书写。本文将从身份悖论和体制悖论两个方面来探讨《别让我走》中的悖论叙事及其意义。

一、身份悖论

在所有的克隆题材中，人与克隆人身份的区别和对立是关注的重点，压迫和反抗是描写的焦点。这是由生物科技的高度发展，引发的人与克隆人之间不可调和的伦理问题决定的。早在1970年，日本科学家森昌宏就曾提出"恐怖谷"理论：随着人类物体的拟人程度增加，人类对它的情感反应呈现增—减—增的曲线。简单来说就是随着机器人到达"接近人类"70%的相似度时，人类好感度会突然下降至反感的范围。在"恐怖谷"曲线中，克隆人应当位于反感曲线的顶点。在以往的小说和电影作品中，注重展现人对克隆人的恐慌和担忧，把克隆人的反抗和入侵变为现实，这体现的正是人无法忍受克隆人具有意识、情感和欲望，认为克隆人不仅会威胁人类主体地位，造成混乱和冲突，甚至会导致自然人的灭亡。但在《别让我走》中，石黑一雄却把语言的柔软和温度用在了克隆人身上，抹掉了科学的冰冷，留下了生的悸动和真实。

（一）人与克隆人的身份悖论

有人认为小说《别让我走》模糊了克隆人和人的界限，但事实上不止如此，石黑一雄在很大程度上是直接将克隆人当作人来写的。正如他在采访中所说的那样，《别让我走》其实是一个"人类境况的寓言"，他是想让读者通过阅读渐渐"发觉他们所看到的并非是一个陌生的世界，而是每个人经历的故事"。

在黑尔舍姆学校时，这群所谓的克隆人还是真正的人、真正的孩子，他们会争吵打架，会嫉妒生气，他们拥有人应该有的所有情绪。他们会拉帮结派，会互相欺负，会竞争，会关怀，更重要的是会成长。对他们来说，监护人不仅是老师，更是普通家庭的严父慈母。露丝会为了得到监护人的特别关心成立秘密护卫队，汤米在凯西的关心和陪伴下一改往日的坏脾气，很好地融入集体，凯西对朋友的关心和包容以及对汤米怀有的复杂情感的发展，这一切都是一个真正的孩子在成长过程中应该有的样子。对他们来说，"捐献者"的身份设定只是一个概念的真相而非残酷的真实，他们都觉得自己可以一面做超市售货员，一面做捐献者。真正为"捐献者"身份所累的，反而是学校里真正的人——监护者。在小说的叙述中，他们没有自己的情绪，是按照程式和分工行事的，是按照人设来与学生相处的。比如"温柔的杰拉尔丁小姐在孩子们更小一点的时候也是很少与他们说话的"[1]，"宽容的罗杰先生一如既往地能让孩子们发笑"，这都暗示着学校里的监护者并不是按自己的主观情感来与孩子们交流的，而是按照学校的设计和要求来培养各自的教学风格。他们的工作具有机械性，行事风格具有养成性，虽然整日与学生待在一起，但却统一地与他们保持着一定的距离。比起克隆人，他们反而显得缺乏真实和自由。"捐献者"身份成了他们逃不出的一个枷锁。艾米丽小姐和夫人一方面想要为克隆人提供正常的生活——举办交

---

[1] ［英］石黑一雄. 别让我走［M］. 朱去疾译. 南京：译林出版社，2011：18.

易会，成立画廊，为孩子们设立各种各样的课程，一方面又难以抑制内心对孩子们的恐惧，比如艾米丽在上课前总要对着空气进行演练，夫人在突然见到孩子们时像见到蜘蛛一样惊恐，这样的行为和孩子们的自然和率性比起来显得尴尬而可笑。监护人露西是人的反省者，她面对汤米的困境开始自省，她告诉汤米有没有创造性没有关系，这不是安慰而是启示——没有人在意的问题，提也没有用。但当露西想要明明白白地告诉他们既定的残酷命运时，她就在一起爆炸中消失了。这也意味着在黑尔舍姆里，真正被体制挤压，被人与克隆人的区别牵绊的，反而是学校里真正的人——监护者们，一旦他们中的任何人想要背离体制的规定，从对克隆人的自私和偏狭中解脱出来的时候，就注定要被体制所抛弃。

（二）克隆人追寻身份认同的悖论

从克隆人自身来讲，他们在离开黑尔舍姆以后，开始对自己的身份有了更为清晰的认识，对自己既定的命运有了模糊的了解，于是纷纷走入了身份认同的困境。在村庄里等待和培训的日子，确实比他们在学校里有了更多的自由——他们看书学习，像电视里的人一样恋爱，但他们的心已经不自由了，他们所做的一切都是在畏惧，畏惧自己的来路，畏惧一分清晰的未来。凯西认为，这不是反抗仅仅是畏惧，这种畏惧使他们否认了自己。所以在村庄里，当露丝像别的老兵一样模仿电视里人们的做派时，凯西会很恼火并与她争论——"人们在现实生活中并不这样做"①。凯西并不是觉得她虚伪，她生气的是露丝抗拒在海尔森的回忆，否认原本真实的自己。当看到那张和自己一模一样的海报模特时，露丝像窥视到了真相一样，立刻要去看一看那个办公室橱窗里的白领女人。当她真的亲眼见到以后，自我已经在她的内心开始消失，属于克隆人的"物"的属性开始显现。她渐渐失去了追求和活力，在第一次捐献后不久就去世了。成为看护人以后，汤米积极寻找真相，他努力用画来表现自己的天赋，将画廊当作缓捐的希望，他要的不是人与克隆人身份的转换，不是永恒的自由，而只是三五年能自由支配的时间。这时的汤米和露丝还不一样，他并没有对"捐献者"的身份感到绝望，只是觉得生命还不够丰富，希望用才华换取时间。汤米一直有着人的鲜活，但当他有了答案，他也和别的捐献者一样了。

畏惧命运只能更快地走向命运。凯西一直认同自己，不是认同捐献者的身份，只是认同自己。她重视自己，重视朋友，重视回忆。在应该成长的时候，她好好成长——用心完成创作，积累收藏品，关心朋友，享受生活。在友谊里，她的心最包容、最温柔、最直白也最真实，虽复杂多变但没有一刻伪饰。凯西也最知道命运是什么，应该如何面对，所以她不紧不慢地经历。露丝为他们提供的夫人的住址并没有使她兴奋，或者立刻和汤米一起去找夫人祈求缓捐，而是好好送走了露丝才去陪伴汤米。他们一直沉浸在时间里，直到汤米第四次捐献来临，凯西知道不能再拖了，他们的经历只能到此为止了，这才带着汤米去找夫人。被拒绝后，她也没有崩溃，而是静静地给予汤米以陪伴和安慰。她试图让汤米理解她，让他学会用接受的态度去抵抗命运的到来，但失去希望的汤米俨然一个捐献者了，

---

① ［英］石黑一雄. 别让我走［M］. 朱去疾译. 南京：译林出版社，2011：18.

和凯西不一样的捐献者。面对"捐献者"的身份，露丝和汤米的抗拒实际上是一种变相的妥协，他们并没有像电影《逃出克隆岛》里的主人公一样，在窥视到被人类欺骗的真相后开始真正地反抗命运，甚至没有质疑，这种认同没有使他们获得解脱甚至是安慰，反而使他们更快地走向了命运的悲剧。

二、体制悖论

（一）黑尔舍姆作为权力体制

福柯的《规训与惩罚》一书，描述了权力的表现形式是如何从"表象的、戏剧性的、能指的、公开的、集体的方式"向"弥散的、细致的、微观的、无微不至的方式"[①]转变的。这种权力微观化过程的直接产物，就是现代监狱、学校、精神病院等社会公共体制，这些体制通过一种渗透的、间接的掌控模式控制着人的思想自由和人格独立。从这个角度来看，黑尔舍姆对于克隆人来说是典型的权力体制，通过层级监视、规范化裁决及检查的手段实现了对学生思想的隔绝和驯化。从学校的地理位置和建筑特点来看，黑尔舍姆位于一个四周都是高地的平整山谷中，从主楼到大门要穿过一大片田野，学校由栅栏围起，外面是林子，这样建造是有意从空间上隔离了学生和外面的社会。从体制构成来看，学校主要由校长艾米丽小姐、监护人和学生构成。学生处于最底端，要受到层层的监视。首先是艾米丽小姐，她作为校长负责学校的正常运作，管理着学校的大小事务。对于学生来说，艾米丽小姐的监视是无处不在的，"不论你藏在哪儿，她都能发现"[②]。她冷若冰霜的气息和不可接近的气势使学生自动产生了畏戒。除此之外，她还通过发布公告、训话和演讲在学生面前显示着权力的不可侵犯，尽管学生根本不大懂演讲的内容，但这种形式本身就产生了权力。

监护人顾名思义充当了学生的主要监视者，不论是温柔的杰拉尔丁小姐，不讨人喜欢的艾琳小姐还是严厉的罗伯特先生，虽然他们对待学生的态度和教育方式不尽相同，但他们都时时刻刻监视和规范着学生的行为。作为学生，虽然处在监视体系的最底层，但他们也同时接受着彼此的监视。比如露丝成立的秘密护卫队就有这样的作用，以小团体的形式监视学生活动，使他们达到监护人要求的标准。

从教育内容来看，学校不仅为学生们安排了各种课程，还安排了各种各样的活动。其中，课程将学生们的时间进行了切割和划分，这些时间不仅是他们接受文化教育的时间，也是他们接受权力规训的时间，教育在这里充当了社会主流意识形态的教化工具。学校的制度和纪律都作为规范化裁决的表现形式展现给了学生，甚至流言也被当作控制学生行动的工具。黑尔舍姆所有的学生都知道，只要离开围着学校的栅栏，就会遭到厄运，因为曾

---

① [英] 石黑一雄. 别让我走 [M]. 朱去疾译. 南京：译林出版社，2011：29.
② [英] 石黑一雄. 别让我走 [M]. 朱去疾译. 南京：译林出版社，2011：4.

经有一个男孩儿就因为跑了出去而被发现死在一棵树上，一个女孩儿在出去后被禁止回来而游荡致死。对于学生来讲，这种关乎性命的恐怖的流言或慑，在控制学生行动方面起着显著的作用。交易会和拍卖会则主要是学校设置的"奖励制度"，这种制度以"检查"的形式控制着学生的思想追求和行动。遵守学校制度的或表现极佳的就可以获得奖励，而那些不守规矩的就无法获得代币去炫耀，去购买新鲜玩意儿。在这样的规训体制下，黑尔舍姆的学生不仅失去了对外界的好奇心，也潜移默化地接受了"捐献者"身份甚至视为当然，用福柯的话来说，这批克隆人学生的知识型已经在学校的权力体制的规训下被塑造和确立了。尽管由于学校的隐瞒和对真实的遮掩，学生并不了解自己作为一个捐献者意味着什么，但仅是对"捐献者"这一符号的认同就已经决定了他们永远不会通过暴力反抗来改变命运。拉康的镜像理论认为主体建构是从幼儿开始的，那个阶段确立的是人的"质"，是很难被轻易改变的。黑尔舍姆的学生就是在这样的阶段将"捐献者"作为"质"的一种属性接受并确立了。虽然比起外界的社会强力，黑尔舍姆对于克隆人已经是相当宽容的存在了，但它作为一种微观权力体制对克隆人的驯化是不容小觑的。从小说总体来看，黑尔舍姆作为一种权力体制对克隆人的驯化是基本成功的。

（二）黑尔舍姆作为教育体制

将黑尔舍姆视为规训的权力体制是我们从人的角度出发进行的理性思考的结果，但顺着小说的叙述语言和情感倾向塑造出来的，却俨然是一个具有乌托邦色彩的乐园。黑尔舍姆虽然剥夺了学生与外界接触的机会，但也隔绝了捐献者实质上就是人类的器官储存载体的残酷真相。从凯西与艾米丽小姐的对话中可以推测出，在黑尔舍姆等信托所之外的社会中，人们对克隆人总是不怀好意的。在癌症不能被治疗的时代，克隆人被当作器官载体，医疗水平获得发展以后就被隐藏起来，这种"隐藏"肯定不是像黑尔舍姆那样的隔离培养，大多等同于人类器官的冷藏，总之是"非人"的途径。"莫宁戴尔丑闻"更是激起了人类对克隆人的排斥和仇视，他们无法接受克隆人有灵魂的事实，更不用说是可以优化人类基因的更优秀的灵魂。但这些足以损毁克隆人人性的意识形态，却被隔绝在了黑尔舍姆之外。由此，黑尔舍姆对于学生来说确实是一个安全之所。石黑一雄在访谈中也提到，"即使没有孤立于成人世界，至少年幼时我们也都幸运地成长在保护性的气泡中"[①]，这也是对黑尔舍姆"保护性"的一种肯定。更为重要的是，黑尔舍姆在某种程度上培养了他们的家园意识。所谓家园意识，指的就是内在地蕴含着温馨、安全、身有所属之感，以及良知、正义、尊严、纯洁、爱心等神圣原则和绝对命令的无形的意义范式。在这里，他们不仅接受了文化通识教育，具有了知识储备，还通过交易会和拍卖会体会到了劳动和收获的愉悦，"画廊"的存在不仅激发了他们的创造性，更确立了他们的价值追求。没有生存条件的忧虑，也没有肉体上的折磨和束缚，他们尽情经历着成长路上的各种问题，体验着这一过程中丰富多彩的生命感觉，在这个过程中家园意识也被逐步确立，并成为他们成年后

---

① ［英］石黑一雄. 别让我走［M］. 朱去疾译. 南京：译林出版社，2011：4.

不得不经历悲剧命运时的一个重要的精神支撑。事实上，他们被赋予的是同任何人一样的健康快乐的童年，即便是带有欺骗性的主体建构引导以及身份启蒙，对于克隆人本身来说都不是简单的压抑和限制，而是以一种特殊的方式丰富了他们的生命，使他们不至于过早地因绝望而失去"为人"的机会，也不至于因从"人"到"克隆人"身份的突变而崩溃。启蒙的欺骗性也在于此，通过确立一种并不真实的"理性"来促成社会的进步和发展。从这个意义上来看，黑尔舍姆作为一种教育体制，在克隆人的生命存在中确实充当了抚慰创伤和储存温情的载体。

三、悖论叙事作为有意义的陈述

石黑一雄在《别让我走》中塑造的身份悖论和体制悖论都体现着对现代人的生命状态的观照。大善和大慈悲都在真理之外，但这世界的秩序越来越体现为人的秩序，这世界的慈悲也越来越体现为人的慈悲。中国古代用妖来叩问人性，西方则用吸血鬼、机器人或克隆人，但他们的逻辑是一样的——当妖比人更具有人性，那人自然就该反思了，人何以为人？意思是人怎么才称得上是一个人。石黑一雄不一样，他写了一个人，然后你发现你和她一样，然后告诉你她是克隆人，再然后你发现你比她更不像一个人，于是你问"人何以为人"，你是在说"人怎么能成为一个人"，这也是现代人所面临的最重要的问题。在现代性的冲击下，人们的生活环境和时间被各种各样的社会体制划分和挤压，有形的体制有学校，单位，医院等，无形的则是指各种各样的社会制度和社会关系，在这些社会体制里游走，"人性"愈来愈体现为"人的功能性"，人的自我实现也只寄托在了物质上，这时，人的"物性"开始慢慢显现，当人们意识到这一点时就走入了和小说中克隆人一样的生存困境——一方面不满于现存的价值体系，另一方面又骇于意识形态的无形压力而安于现状。但现代体制对人性的损毁一定是单向的和必然的吗？当然不是，现代的社会体制除了是一种权力机制，也是一种信任机制，如同黑尔舍姆一样，不仅给学生施加了无形的压迫，损毁了他们的胆识和好奇心，也为他们提供了安全感和归属感。人要想在这种张力中保持本性，获得自我实现，只能向内寻求答案。凯西的生命经历给予了人们启示，她并没有作为一个"捐献者"去抵抗自己的身份和命运，而是始终向内关注自己的生命体验和生命感觉，并将其作为评判自身生命价值的标准。不为既定的命运绝望，也不为现有的身份焦虑，于是她收获了健康快乐的童年、情感复杂而生动的青春期、友情、亲情、爱情以及她通过看护别人获得的自我实现，这些都是她生而为人的宝贵财富。人最生动的地方就是意识和情感，因为要指望意识和情感改变体验和存在，所以人没有办法不去为了目的而存在。但目的不是目的地，它只在预期里不在当下，人不信，在不能达到的时候就把希望寄托给了生命，生命越长就越有机会，这样，人就活在了未来。这不仅是汤米和露丝的悲剧，也是现代生活中无法洞悉命运的人的悲剧。

总的来说，石黑一雄在《别让我走》中塑造的两组悖论可以看作其对现代人生存难题的思考和尝试性回答,他借凯西来启示人们,生命终将终结,也许没有人真正明白自己的遭遇或觉得自己活得足够。但在命运降临的时候,记忆会同我们显现人生而为人的生命体验。那时,以什么样的姿态和身份走向死亡已经不重要了,重要的是你走向死亡,带了什么。

参考文献

1. [英] 石黑一雄. 别让我走 [M]. 朱去疾译, 南京: 译林出版社, 2011.
2. [英] 安东尼·吉登斯. 现代性的后果 [M]. 田禾译, 黄平校. 南京: 译林出版社, 2000.
3. [法] 米歇尔·福柯. 规训与惩罚 [M]. 刘北成, 杨远婴译. 北京: 生活·读书·新知三联书店, 2003.
4. 秦剑. 悖论的叙述与叙述的悖论 [J]. 当代文学研究, 2008 (3).
5. 章颖. 家园艺术范式评析 [J]. 闽西职业大学学报, 1999 (1).
6. 李春. 石黑一雄访谈录 [J]. 当代外国文学, 2005 (4).

(徐媛媛 首都师范大学2017级硕士生 指导教师: 黄应全)

·汉语言文字学·

《郭店楚墓竹简·老子》中的异体字分析

万云舒

摘 要：异体字是汉字使用过程中产生的一种普遍的文字现象。由于《郭店楚墓竹简》中异体字数量较多，本文按学界的主流做法，将《郭店楚墓竹简·老子》中出现的异体字分为异构字和异写字两类进行整理，并简要分析造成字形差异的原因。

关键词：郭店简；《老子》；异体字

1993年冬，湖北省荆门市郭店一号楚墓M1发掘出竹简共八百零四枚，其中有字竹简共七百三十枚，年代经考古发掘和现场资料推定为战国中期偏晚。竹简所载多为未见于著录的先秦佚籍，共计十六篇，内容多为谈论关于治国与人的道德修养。其中儒家典籍十二篇，道家典籍三篇，分别为《老子》（甲、乙、丙）、《太一生水》和《语丛四》。

简本《老子》（甲、乙、丙）是目前所见最早的《老子》版本，但因墓葬多次被盗，简本《老子》缺失严重，篇幅仅约为传世本的2/5。郭店简是典型的楚国文字，典雅秀丽。本文以文物出版社出版的《郭店楚墓竹简·老子》为底本，将其中的异体字按照学术界主流办法分为异构字和异写字两大类进行整理，并简要分析造成字形差异的原因。

一、异体字的定义与分类

关于何为异体字及其种类划分，各家说法不同，较为典型的有如下几种。

王力在《古代汉语》中提出："两个（或两个以上）字的意义完全相同，在任何情况下都可以互相代替。"[①] 并将异体字分为四种情况：会意字与形声字之差；改换意义相近的意符；改换声音相近的声符；变换各成分的位置。裘锡圭在《文字学概要》中提出："异体字就是彼此音义相同而外形不同的字。"[②] 他将其根据用法是否完全相同划分为"狭

---

① 王力. 古代汉语[M]. 北京：中华书局，1999：173–174.
② 裘锡圭. 文字学概要（修订）[M]. 北京：商务印书馆，2013：198.

义异体字"和"广义异体字"。前者意为用法完全相同,即一字之异体,和王力关于异体字概念的表述实为相同;后者包含用法完全相同和用法部分相同两种情况。李守奎认为:"凡记录同一个词,在构形上辞例上都可以证明是同一写词单位的若干文字,其构形偏旁不同,构形笔画不一,我们都视为一字异体。"①

王宁在《汉字构形学导论》中提出将异体字分为"异构字"和"异写字"两大类。前者是指用不同的构形方式或选取不同构件构成的异体字,后者是指由于书写变异形成的异体字。其中,"异构字"分为五种情况:形声字声符不同构成的异构字;形声字义符不同构成的异构字;增加义符构成的累增异构字;形声字声符、义符都不相同构成的异构字;采用不同思路、选择不同构形模式所造成的异构字。"异写字"分为四种情况:独体字产生书写上的差异;直接构件产生书写上的差异;基础部件或过渡构件产生书写上的差异,间接影响了直接构件的差异;改变构件相对位置而不影响构意造成的差异。②

二、《郭店楚墓竹简·老子》异体字类型分析

关于古文字中异体字的研究,大家多采用异构和异写两分法,本文也按照王宁先生的分类方法,对《郭店楚墓竹简·老子》中出现的异体字进行整理与分析。

(一)《郭店楚墓竹简·老子》中的异构字

1. 构字部件不同

(1) 表义构件不同

【1】国　甲 22—　乙 02

第一个字形从囗或声,第二个字形从邑或声。

【2】旧　甲 37—　乙 03

第一个字形从雈臼声,第二个字形从隹臼声。在《郭店楚墓竹简》未出土前,于省吾认为:"(雈)与旧有别,(雈)在卜辞里均作地名,无'新旧'之旧义。"③ 从简本《老子》中的辞例看,二者当为一字异体。

【3】始　甲 19—　甲 11

第一个字形从言「厶刁」声,整理者隶定为"訂"。简本《老子》中还有两处:　甲 20　丙 12。第二个字形从心「厶刁」声,整理者隶定为"忖"。

---

① 李守奎. 上海博物馆藏战国楚竹书(一至五)文字编 [G]. 北京:作家出版社,2007:3.
② 王宁. 汉字构形学导论 [M]. 北京:商务印书馆,2015:154–159.
③ 于省吾. 甲骨文字诂林 [M]. 北京:中华书局,1996:1688.

【4】过　⿺辶化甲12—⿺辶化丙04—⿺辶化丙13

这三个字形整理者均读为"过"。第一个字形从上化声，整理者隶定为"𨑥"。第二个字形从心化声，整理者隶定为"𢘓"。第三个字形从辵化声，整理者隶定为"迆"。"过"从辵呙声，呙是溪母歌部字，化是晓母歌部字，二者上古音相近可以相通。

【5】美　羊乙04—𦬆甲15—𦬆丙07—𦬆甲15—𦬆丙07

这四个字形整理者均读为"美"。第一个字形似人头饰羊角或羽饰类之形，整理者隶定为"芇"。第二个字形从女芇声，整理者隶定为"媺"，是后起的形声字。刘钊读为"媺"，是"美"的古文①，见于《周礼》。第三个字形从女芇声，整理者隶定为"媺"。第四个字形似"媺"的讹变，整理者隶定为"敉"。

【6】畏　鬼甲09—鬼乙05

这两个字形整理者均读为"畏"。第一个字形从畏从心，整理者隶定为"𢛳"，根据辞例当为内心畏惧之意。简本《老子》还有一例：鬼丙01。第二个字形从畏从示，整理者隶定为"禔"，根据辞例或为畏惧鬼神之意。

（2）累增表意构件

【1】作　乍甲13—𠈽甲17

第一个字形从乍从又，整理者隶定为"复"，简本《老子》中还有一例：乍甲24。第二个字形从乍从又从人，整理者隶定为"俊"。

"作"字甲骨文作乍，董莲池认为："初文会意字，⌐是耕作土地的农具耒的象形，⌐是耕作时随庇（耒下前曲接耜者）而起的土块，以会耕作之意。本义为耕作。"② 第一个字形增加了"又"旁，表示以手劳作，第二个字形在此基础上累增"人"旁以凸显其义。

【2】仆　臣甲02—𦣻甲13

"仆"字甲骨文作𦣻，"像一个头戴头饰、尻带尾饰的人双手捧箕，弃除劳作之形。当其变得不象形后，又增加表意偏旁'臣'，以示巨仆之意"③。第一个字形已经从臣，简本《老子》中还有一例：臣甲18。第二个字形在此基础上增加"又"旁，以增强用手劳作之意。

（3）表音构件不同

【1】厚　𠤕甲04—𠤕甲36

厚，甲骨文作𠪋，从厂𠫔，𠫔亦声。楚文字字形上部多作𠫔，已讹为"石"。《说文》：

---

① 刘钊. 郭店楚简校释[M]. 福州：福建人民出版社，2005：14.
② 李学勤. 字源[M]. 天津：天津古籍出版社，2013：709.
③ 李学勤. 字源[M]. 天津：天津古籍出版社，2013：200.

"山陵之厚也。从㫗从厂。🖼古文厚，从后、土。"说文误以为古文从"后"，当为从"石"。

第一个字形从石毛声，整理者隶定为"𪒠"。字形和"厚"的《说文》古文相近，下部"毛"当是"主"的讹写，简本《老子》还有一例：🖼甲33。第二个字形从厂句声，整理者隶定为"㢋"。从"句"乃取同音字标声，"㫗"是匣母侯部字，"句"是群母侯部字，二者古音相近。

2. 构形方式不同

【1】道　🖼甲06—🖼甲18

第一个字形从彳从人，似会人行走在道路上之意。第二个字形从辶从首，首亦声，是常见的道字字形。《郭店楚墓竹简·老子》中"道"字共出现24次。其中以第一个字形出现的"道"共3例，第二个字形出现的"道"共21例（见表1）。

表1 《郭店楚墓竹简·老子》中的"道"字字形

字形	例证
衍	🖼甲06 🖼甲10 🖼甲13
道	🖼甲18 🖼甲20 🖼甲21 🖼甲22 🖼甲23 🖼甲24 🖼甲35 🖼甲37 🖼甲37 🖼甲39 🖼乙03 🖼乙03 🖼乙09 🖼乙09 🖼乙09 🖼乙10 🖼乙10 🖼乙10 🖼乙11 🖼丙03 🖼丙04

【2】可　🖼乙02—🖼甲21

可，从口丂声。第一个字形常见，第二个字形或将其视为反写。

（二）《郭店楚墓竹简·老子》中的异写字

1. 构件异写

（1）构件增繁

【1】害　🖼甲04—🖼甲28

第一个字形从𠬝从目，疑为"𥄳"字，即"宪"字从"害"省声，读为"害"。简本《老子》中还有一例：🖼丙04。第二个字形在此基础上增加无意偏旁"又"，整理者隶定为"𢿱"。

【2】萬　🖼甲12—🖼丙13

第一个字形像蝎子之形，为"萬"字常见字形，简本《老子》中还有五例：🖼甲13

🙶甲14 🙶甲17 🙶甲19 🙶甲24。第二个字形在此基础上增加无意偏旁"土",整理者隶定为"堉"。

【3】富　🙶甲38—🙶甲31

第一个字形从示畐声,第二个字形在此基础上增加"宀"旁,整理者隶定为"福",是"福"的异体,整理者均读为"富"。

【4】静　🙶甲05—🙶甲05

"静"的本义为安静,《说文》:"审也。从青争声。"按《说文》从青和安静的意义无关。林义光《文源》中认为"静"是两声字,"青""争"皆声,其上古音都在耕部。"静"字甲骨文中未见,始见于西周早期静方鼎🙶。楚文字字形稍有讹变,该支简中两个"静"字写法不同,第二个字形叠加了"口"形构件。

【5】慎　🙶甲11—🙶丙12

慎,《说文》:"谨也,从心真声。"金文作🙶,当为从心所声,所见"𨸏"形乃"所"形讹变,战国文字"心"作"言"旁,意义相同,楚文字中常见,比如上文中异构字第一节中提到的"始"字异体。第一个字形从言从斤,整理者隶定为"訢",左上角的↑或为"𨸏"形的部分遗留。第二个字形从言从斤,又加"幺"形构件,累增构件意图暂不明确,整理者隶定为"訢"。

（2）构件简省

【1】绝　🙶乙04 —🙶甲01

《说文》:"绝,断丝也。从系,从刀,从卩。🙶古文绝。象不连体,绝二丝。"① 其甲骨文字形从刀从糸/幺,战国文字多从刀从丝。

二者都是"绝"的异体字,第一个字形从刀从丝,像以刀断丝之形,整理者隶定为"🙶"。第二个字形省去一"幺",从刀从幺,整理者隶定为"🙶",简本《老子》中还有二例:🙶甲01 🙶甲01。

【2】保　🙶甲02— 🙶乙15

第一个字形从人从子,简本《老子》中还有二列:🙶甲10 🙶甲38。第二个字形省去"子"的头部,整理者隶定为"伓"。

【3】丧　🙶丙08—🙶丙09—🙶丙10

"丧"字甲骨文中就出现,"口"形二到五个不等。战国文字中加"死"旁。第一个字形从四口,第二个字形从三口,第三个字形从二口。

---

① 许慎.说文解字[M].北京:中华书局,1985:432.

【4】与 ⿰甲23—⿰甲05

與，《说文》："党與也，从舁从与。⿰古文與。"段注："'党與也'，党当作挡。挡、朋群也。與当作與。'从舁从与'，与、赐予也。会意。共举而與之也。舁与皆亦声。"从字形来看与的本义当是赐予，从"舁""牙"声，如第一个字形所示，简本《老子》中还有五例：⿰甲35 ⿰甲35 ⿰甲36 ⿰乙04 ⿰丙04。战国文字常把"舁"符号化为"⿰"，如第二个字形所示，简本《老子》中还有二例：⿰甲20 ⿰乙04。

【5】智 ⿰甲14—⿰甲1

"智"字甲骨文作⿰，从大口于。西周金文作⿰，大讹变为矢，口形加一横繁化为甘。第一个字形从大口于甘，第二个字形省去了"口"形。《郭店楚墓竹简·老子》中"智"字共出现20次。其中以第一个字形出现的共7例，第二个字形出现的"道"共13例（见表2）。

表2 《郭店楚墓竹简·老子》中的"智"字字形

字形	例证
有"口"	⿰甲06 ⿰甲06 ⿰甲14 ⿰甲15 ⿰甲15 ⿰乙02 ⿰丙01
无"口"	⿰甲01 ⿰甲20 ⿰甲20 ⿰甲21 ⿰甲27 ⿰甲27 ⿰甲30 ⿰甲31 ⿰甲34 ⿰甲34 ⿰甲36 ⿰甲36 ⿰乙18

（3）构件讹混

【1】明 ⿰乙10—⿰甲13

朙，《说文》："照也。从月从囧。凡朙之属皆从朙。⿰古文朙从日。"① 战国文字从日，或为囧的讹变。第一个字形从日从月，简本《老子》中还有一例：⿰乙34。第二个字形从口从月，这里"口"当为"日"的讹混。

【2】乐 ⿰丙04—⿰甲04

"乐"字甲骨文作⿰，从丝从木，会乐器之弦附于木上之意。西周金文增加⿰，或以为像调弦之器。第一个字形从丝从白从木，简本《老子》中还有一例：⿰丙07。第二个字形从丝从白从矢，"矢"当为"木"的讹混，简本《老子》中还有一例：⿰丙07。

---

① 许慎. 说文解字 [M]. 北京：中华书局，1985：222.

【3】咎　甲05—甲38

第一个字形从各从人，第二个字形从各从刀。这里"刀"当为"人"的讹混。

【4】利　甲01—甲28

"利"字甲骨文作，从刀（或从勿）从禾，会以刀割禾之意。第一个字形从禾从勿，简本《老子》中还有一例：甲01。第二个字形从禾从刃。简本《老子》中还有一例：甲30，字形既不从刃也不从勿，可以看成刀字上加点的繁化。①

【5】取　甲07—甲30

割耳为"取"，第一个字形从耳从又，第二个字形从耳从攴，字形中的"又"讹混为"攴"，整理者隶定为"取"。

【6】赛　乙13—甲27

"寒"字甲骨文作，像两手捧"工"形器物实于宀中，是"塞"之初文。春秋金文作，从珏。《说文·珏部》："㥶，窒也。"《玉篇·珏部》："㥶，窒也。今作塞。"赛，从贝，寒声。始见于战国文字，是在"寒"字上加注"贝"旁，为表示报神之祭的专字。第一个字形从宀从工从贝，简本《老子》中还有一列，也在该简中：乙13。第二个字形"工"形讹变为二"玉"，从宀从珏（二玉）从贝。

(4) 构件相对位置不同

【1】清　甲10—乙15

"清"字从水青声。第一个字形上从青下从水，第二个字形左从水右从青。二者除了构件方位不同外，第二个字形中"青"部上面的构件"生"也稍有讹变。

【2】好　甲32—甲08

第一个字形上从女下从子，第二个字形左从女右从子。

【3】浴　甲02—甲20

"浴"字从水谷声。第一个字形上从谷下从水，简本《老子》中还有二例：甲03、甲03。第二个字形左从水右从谷，简本《老子》中还有一例：乙11。

【4】朴　甲09—甲32

"朴"字，从木菐声。本义指未经加工的木材。第一个字形上从菐下从木，第二个字形左从木右从菐。

---

① 季旭升. 说文新证［M］. 福州：福建人民出版社，2010：568.

（5）用简单笔画代替原有构件

【1】则　丙06—丙12—甲35

则，《说文》："等画物也。从刀从贝。贝，古之物货也。古文则，籀文则从鼎。"金文作，从刀从二鼎。会以一鼎为准则，用刀刻画另一鼎之意。郭店楚简"则"字有时省略一鼎，且鼎形被线条化。第一个字形省略一鼎，从一鼎从勿（刀），简本《老子》中还有三例：丙06丙10丙10。第二个字形所从一鼎被线条化，两横属于替代符号，省略了疑难构件成分，楚简中较常见。第三个字形再省略刀形，简本《老子》中还有一例：乙02。

【2】恻　甲31—甲01

上面两个字形都由"则"和"心"构成，整理者隶定为"恻"。第一个字形中的"则"是楚文字常见写法，第二个字形中的"则"下半部分被两横替代，省略了疑难构件成分。

2. 笔画异写

（1）增加饰笔

【1】臣　甲18—丙03

"臣"字始见于商代甲骨文，取竖目之象，表恭敬从命之意。第一个字形楚文字常见，第二个字形在眼珠上下各加了一笔饰笔。

【2】中　甲22—甲24—乙09

"中"字甲骨文作，象旗旒之形。战国文字将象旗旒之形的部分变为直笔作，或像第一个字形所示省减为。第二个字形在此基础上加一短横饰笔。第三个字形又加一短横饰笔，简本《老子》中还有一例：乙14。

【3】亓（其）　甲05—甲02

"亓"本是"其"的简化字，截省去"其"字上部作"丌"，再加一横饰笔为"亓"。第一个字形（无饰笔）简本《老子》中共有21例，第二个字形（有饰笔）简本《老子》中共有20例，《老子·丙》中全部为无饰笔（见表3）。

表3 《郭店楚墓竹简·老子》中的"亓"字字形

字形	例证
无饰笔	甲05 甲07 甲08 甲09 甲09 甲09 甲15 甲23 乙09 乙14 乙14 乙16 乙16 乙17 乙17 丙01 丙01 丙01 丙02 丙05 丙12
有饰笔	甲02 甲03 甲04 甲04 甲09 甲21 甲24 甲25 甲25 甲25 甲25 甲26 甲27 甲27 甲27 甲30 乙13 乙13 乙13 乙13

【4】上　上乙09—上甲03

第一个字形常见，简本《老子》中共有 2 例。第二个字形在其下添一短横饰笔，简本《老子》中共有 7 例，且《老子·乙》中全作无饰笔形，《老子·甲丙》中全作有饰笔形（见表 4）。

表 4　《郭店楚墓竹简·老子》中的"上"字字形

字形	例证
无饰笔	上乙09 上乙11
有饰笔	上甲03 上甲04 上丙01 上丙07 上丙08 上丙08 上丙09

【5】下　下甲04—下甲03

第一个字形常见，简本《老子》中共有 9 例。第二个字形在其上添一短横饰笔，简本《老子》中共有 14 例，《老子·丙》中全作有饰笔形（见表 5）。

表 5　《郭店楚墓竹简·老子》中的"下"字字形

字形	例证
无饰笔	下甲04 下甲15 下甲16 下乙06 下乙08 下乙08 下乙09 下乙15 下乙18
有饰笔	下甲05 下甲07 下甲20 下甲21 下甲27 下甲29 下甲30 下甲37 下乙08 下乙08 下乙18 下丙01 下丙04 下丙05

【6】弗　弗甲17—弗甲4

"弗"字甲骨文作弗，从"己"（像绳索之形）从"丨丨"（像二板夹一物之形），会缠束一物使之矫正不弯之意。第一个字形常见，简本《老子》中共有 12 例。第二个字形在其上添一斜横饰笔，简本《老子》中共有 6 例（见表 6）。

表 6　《郭店楚墓竹简·老子》中的"弗"字字形

字形	例证
无饰笔	弗甲17 弗甲17 弗甲18 弗甲18 弗甲18 弗甲27 弗甲27 弗甲33 弗甲33 弗乙9 弗丙7 弗丙14
有饰笔	弗甲04 弗甲04 弗甲07 弗甲07 弗甲07 弗甲12

【7】不　不甲 05—不甲 02

第一个字形常见，简本《老子》中共有 23 例。第二个字形在其上加一短横作饰笔，简本《老子》中共有 30 例（见表 7）。

表 7　《郭店楚墓竹简·老子》中的"不"字字形

字形	例证
无饰笔	不甲 05　不甲 07　不甲 08　不甲 15　不乙 02　不乙 04　不乙 05　不乙 05　不乙 14　不乙 14　不乙 15　不乙 16　不乙 16　不丙 01　不丙 02　不丙 03　不丙 04　不丙 05　不丙 05　不丙 05　不丙 13　不丙 13　不丙 13
有饰笔	不甲 02　不甲 06　不甲 06　不甲 07　不甲 10　不甲 12　不甲 12　不甲 12　不甲 17　不甲 20　不甲 21　不甲 23　不甲 28　不甲 28　不甲 28　不甲 28　不甲 29　不甲 29　不甲 32　不甲 34　不甲 35　不甲 36　不甲 36　不甲 38　不甲 38　不甲 38　不乙 10　不乙 11　不乙 13

【8】为　为甲 02—为乙 03

"为"字甲骨文像一只手牵着一头象之形，会役象以助劳之意。战国文字变化多端，简本中的"为"已经简化得只剩下一只手和一颗不像象头的象头。第一个字形为楚文字常见字形，简本《老子》中共有 30 例。第二个字形加了两横饰笔，简本《老子》中共有 4 例，且均出现在《老子·乙》本中（见表 8）。

表 8　《郭店楚墓竹简·老子》中的"为"字字形

字形	例证
无饰笔	为甲 02　为甲 03　为甲 03　为甲 06　为甲 08　为甲 08　为甲 10　为甲 11　为甲 13　为甲 13　为甲 14　为甲 14　为甲 15　为甲 17　为甲 17　为甲 21　为甲 22　为甲 25　为甲 29　为甲 32　为乙 04　为乙 04　为乙 06　为乙 08　为乙 08　为乙 10　为丙 07　为丙 11　为丙 11　为丙 14
有饰笔	为乙 03　为乙 03　为乙 07　为乙 15

【9】可　可乙 02—可甲 28

可，从口丂声。第一个字形常见，简本《老子》中共有 9 例。第二个字形增加一横饰笔，简本《老子》中共有 9 例（见表 9）。

表9 《郭店楚墓竹简·老子》中的"可"字字形

字形	例证
无饰笔	可乙02 可乙04 可乙04 可乙04 可乙05 可乙05 可乙08 可乙08 可乙18
有饰笔	可甲28 可甲29 可甲29 可甲30 可甲36 可甲38 可丙05 可丙05 可丙08

（2）笔画简省和增繁

【1】勿　勿甲12—勿甲17

"勿"字见于甲骨文，字形作。季旭升认为其为"刎"的初文，字形从刀，小点象血形①。第一个字形常见，简本《老子》中还有六例：勿甲13 勿甲14 勿甲19 勿甲31 勿甲31 勿丙13。第二个字形省去一点，简本《老子》中还有三例：勿甲24 勿甲35 勿甲37。

【2】青　青甲32—青乙15

青，"从生井声"。林衷诰以为当从中，《说文》古文作，上部仍保留中形。第一个字形上部分的中笔画有拉直，第二个字形增加了两笔。

（3）书写笔势不同

【1】贞　贞甲13—贞乙16

战国文字"鼎"形讹为"贝"，第一个字形从卜从贝，简本《老子》中还有一例：贞乙11。第二个字形下部的一横写为一竖，简本《老子》仅此一例。

【2】音　音乙12—音甲16

第一个字形常见，第二个字形下部一横写为一竖。

结　语

本文以文物出版社的《郭店楚墓竹简·老子》为底本，将其中的异体字按照学术界主流办法分为异构字和异写字两大类进行整理，并简要分析了造成字形差异的原因。异构字按照构件和构形的不同细分为：表义构件不同、累增表意构件、表音构件不同和构形方式不同四小类。异写字按照构件和笔画的异写细分为：构件增繁、构件简省、构件讹混、构件相对位置不同、用简单笔画代替原有构件和增加饰笔、笔画简省和增繁、书写笔势不同七小类。本文不妥之处，还请方家批评指正。

---

① 季旭升. 说文新证［M］. 福州：福建人民出版社，2010：757.

参考文献

[1] 王力. 古代汉语 [M]. 北京：中华书局，1999.
[2] 裘锡圭. 文字学概要（修订）[M]. 北京：商务印书馆，2013.
[3] 李守奎. 上海博物馆藏战国楚竹书（一至五）文字编 [G]. 北京：作家出版社，2007.
[4] 王宁. 汉字构形学导论 [M]. 北京：商务印书馆，2015.
[5] 于省吾. 甲骨文字诂林 [M]. 北京：中华书局，1996.
[6] 刘钊. 郭店楚简校释 [M]. 福州：福建人民出版社，2005.
[7] 李学勤. 字源 [M]. 天津：天津古籍出版社，2013.
[8] 许慎. 说文解字 [M]. 北京：中华书局，1985.
[9] 季旭升. 说文新证 [M]. 福州：福建人民出版社，2010.

（万云舒 首都师范大学2017级硕士生 指导教师：张富海）

·汉语国际教育·

对于"权力距离"指数变化情况的横向比较研究

——基于对波兰、韩国留学生的调查

张元骄

摘 要：本文对霍夫斯泰德提出的"国家权力距离排序不会改变"的观点提出质疑，并通过对来自波兰和韩国的几位留学生的观察与深度访谈，从家庭、学校、职场、宗教组织、政府五个方面论述两国权力距离发生的代际变化，以及未来可能的发展趋势。

关键词：霍夫斯泰德；权力距离指数；横向比较

一、调查缘起

（一）首次接触

对跨文化研究的最初兴趣，源于笔者本科学习期间对"共命鸟"[①]这一佛教意象衍变历程的分析。但笔者当时主要是从比较文学的角度出发，将之与中国古典文学中"比翼鸟""鸳鸯"的意象进行文学意义上的影响研究和源流梳理，并没有从跨文化的角度思考过相关问题。在系统学习了李艳的《跨文化交际学》课程，并和一些留学生进行了实际接触和交流后，笔者对跨文化研究的真正意义有了较为深刻的理解。

从现实意义来说，跨文化研究的深入有利于拓展跨文化交流者的视野，减少他们之间的文化摩擦和冲突，尤其有利于汉语国际教育事业的进一步繁荣。无论是孔子学院派驻外国的对外汉语教师，还是到中国学习的外国留学生，如果能够将跨文化研究的成果运用于学习生活和实践中，有助于他们增强自己的跨文化适应能力和跨文化交际能力，从而减少"文化休克"带来的困扰。

在对跨文化交际课程进行学习的过程中，笔者接触到了霍夫斯泰德（Hofstede）的文化维度理论。而在和不同国家留学生的接触中，笔者对"权力距离"这一国家地域气质十

[①] 梵名"迦陵频伽"或"耆婆耆婆"，在汉传佛经中多意译为"共命鸟"，在南传上座部佛经中多意译为"命命鸟"。

分明显的文化维度产生了浓厚的兴趣。

（二）权力距离的概念

在众多跨文化交际理论中，传播范围最广、最具影响力的就是霍夫斯泰德的"国家文化模型理论"。这一理论最初包含四个文化维度：权力距离（power distance）、集体主义—个人主义（collectivism versus individualism）、阴柔气质—阳刚气质（feminity versus masculinity）和不确定性规避（uncertainty avoidance）。随后，香港中文大学的彭迈克教授做了一项包括40个条目的华人价值观调查问卷研究，并据此总结出一个新的维度：融合了未来导向及其对立面的过去和现在导向。霍夫斯泰德称之为"长期导向—短期导向"（long—term versus short—term orientation），并将它纳入国家文化模型之中，形成国家文化模型的五个维度理论。

在这五个文化维度中，最具基础性的就是权力距离维度，因为其与国家政权的概念紧紧联系在一起，而其他四个维度都或多或少地与权力距离维度呈现"相关性"。吉尔特·霍夫斯泰德（Geert Hofstede）和格特·扬·霍夫斯泰德（Gret Jan Hofstede）父子也强调："在国家层面上收集资料的一个重要原因在于，跨文化研究的目的之一就是要促进国家之间的合作。如今（200多个）现存的国家占据着这个唯一的世界，我们要么一同生存，要么一同灭亡。可见，关注造成国家分离或统一的文化因素具有现实意义。"①

那么，到底什么是权力距离呢？权力距离反映的是不同国家的人对于"怎样对待人与人之间不平等"这一基本问题的回答。霍夫斯泰德根据对IBM员工的样本调查得出了74个国家和地区的"权力距离指数"②，并对权力距离高低的表现进行了描述，由此形成了一张权力距离指数表格③（见表1）。

表1　74个国家和地区的权力距离指数

国家/地区	分数	排名	国家/地区	分数	排名
马来西亚	104	1~2	葡萄牙	63	37~38
斯洛伐克	104	1~2	比利时弗拉芒	61	39~40
危地马拉	95	3~4	乌拉圭	61	39~40
巴拿马	95	3~4	希腊	60	41~42
菲律宾	94	5	韩国	60	41~42
俄罗斯	93	6	伊朗	58	43~44
罗马尼亚	90	7	中国台湾	58	43~44

---

① ［荷］吉尔特·霍夫斯泰德，格特·扬·霍夫斯泰德. 文化与组织——心理软件的力量（第二版）［M］. 李原，孙健敏译. 北京. 中国人民大学出版社，2010：19.
② 权力距离指数（power distance index），简称"PDI"，其中0分代表权力距离低的国家，100分代表权力距离高的国家。
③ ［荷］吉尔特·霍夫斯泰德，格特·扬·霍夫斯泰德. 文化与组织——心理软件的力量（第二版）［M］. 李原，孙健敏译. 北京. 中国人民大学出版社，2010：47.

续表

国家/地区	分数	排名	国家/地区	分数	排名
塞尔维亚	86	8	捷克	57	45~46
苏里南	85	9	西班牙	57	45~46
墨西哥	81	10~11	马耳他	56	47
委内瑞拉	81	10~11	巴基斯坦	55	48
阿拉伯国家	80	12~14	加拿大魁北克省	54	49~50
孟加拉国	80	12~14	日本	54	49~50
中国大陆	80	12~14	意大利	50	51
厄瓜多尔	78	15~16	阿根廷	49	52~53
印度尼西亚	78	15~16	南非①	49	52~53
印度	77	17~18	特立尼达岛	47	54
西非	77	17~18	匈牙利	46	55
新加坡	74	19	牙买加	45	56
克罗地区	73	20	爱沙尼亚	40	57~59
斯洛文尼亚	71	21	卢森堡	40	57~59
保加利亚	70	22~25	美国	40	57~59
摩洛哥	70	22~25	加拿大（全国）	39	60
瑞士法语地区	70	22~25	荷兰	38	61
越南	70	22~25	澳大利亚	36	62
巴西	69	26	哥斯达黎加	35	63~65
法国	68	27~29	德国	35	63~65
中国香港	68	27~29	英国	35	63~65
波兰	68	27~29	芬兰	33	66
比利时瓦隆	67	30~31	挪威	31	67~68
哥伦比亚	67	30~31	瑞典	31	67~68
萨尔瓦多	66	32~33	爱尔兰	28	69
土耳其	66	32~33	瑞士德语地区	26	70
东非	64	34~36	新西兰	22	71
秘鲁	64	34~36	丹麦	18	72
泰国	64	34~36	以色列	13	73
智利	63	37~38	奥地利	11	74

注：数据只来自白人样本。

说明：黑体字表示的国家/地区的得分由 IBM 数据资料计算得来。其余国家的得分来自重复性研究或合理估计。

（三）接触和访谈中产生的疑问

2018 年下半年，笔者在首都师范大学认识了几位来自波兰和韩国的留学生。与她们的几次接触和深入访谈，给了笔者把权力距离理论与个案实际联系起来思考的机会，并使笔者对这一理论是否还符合当下各国社会现实和新的时代趋势，产生了新的思考和疑问。

霍夫斯泰德的权力距离指数，是基于 IBM 企业在各国子公司中身居相似职位者对相同问题的回答。这一统计基础本身就不具备普遍性和代表性，因为被测人虽然是本民族心理程序的携带者，但他们多少会受到 IBM 共同的企业文化的影响，因而呈现局部趋同性。更何况在霍夫斯泰德的"74 个国家和地区权力距离指数"表中，还有 17 个国家的得分来自重复性研究或合理估计。霍夫斯泰德对此的解释是："由于计算方法的缘故，这些得分体现的是各国的相对位置而非绝对位置：分数只是对差异的衡量。"① 即他认为分值的不准确并不影响排名。而在此后的章节中，霍氏又下了这样一个结论——"所有国家的权力距离都可能降低，但它们相互之间的排序却如图表 2-1 所展示的那样并未改变"②。这一结论显然是毫无根据的。

首先，霍夫斯泰德的统计数据是 1968—1972 年的，距离现在已经 50 年了。在这半个世纪中，世界经历了多次经济危机、政治事件、区域战争和社会思潮的洗礼，而且还有多次、长时间、大规模的难民潮、移民潮所带来的文化碰撞与相互影响。一切还会像霍夫斯泰德在 50 年前所推断的那样排序不会变化吗？这显然是值得怀疑的。

其次，笔者在对留学生的接触和访谈中就已经发现，当下各国年轻人的权力距离指数排名与霍氏的统计有非常大的出入，以至于从感性上就已经给了我们非常强烈的信号。以笔者的访谈对象为例（为保护这几位同学的隐私，笔者采用代码来替换她们的姓名），来自波兰的 T 和来自韩国的 J、L、P、Z 四位同学，她们都是年龄在 20 岁左右的年轻女性，文化水平均为本科。通过对她们的多次接触和深度访谈，我们可以通过两国年轻人的权力距离表现及其变化，得出一个趋势性的推测。虽然笔者的样本容量非常有限，而且没有精确的数据支撑，但笔者认为，典型的个案分析和精确的数据统计对于事物走向的判断具有极为重要的意义，一个可以以少驭多、直击核心，一个可以扎实基础，为更为充分、全面的论证提供数据支撑。

二、调查过程

在表 1 中，我们可以看到霍夫斯泰德的统计数据：波兰的 PDI 指数是 68 分，排名是 27~29 名；韩国的 PDI 指数是 60 分，排名是 41~42 名，即波兰的权力距离高于韩国。按照霍夫斯泰德对权力距离的界定，"一个国家的机构和组织中，弱势成员对于权力分配不

---

① [荷] 吉尔特·霍夫斯泰德，格特·杨·霍夫斯泰德. 文化与组织——心理软件的力量（第二版）[M]. 李原，孙健敏译. 北京：中国人民大学出版社，2010：46.
② [荷] 吉尔特·霍夫斯泰德，格特·杨·霍夫斯泰德. 文化与组织——心理软件的力量（第二版）[M]. 李原，孙健敏译. 北京：中国人民大学出版社，2010：73.

平等的期待和接纳程度"①。高即为高权力距离，反之则为低权力距离。上文所说的"机构是指社会的基本单位，例如家庭、学校、社区等；组织是指人们的工作场所"。笔者按照霍夫斯泰德的思路，以机构或组织为单位来进行个案考察与分析，只有这样才能找到霍氏推断的缺陷所在。

（一）权力距离与家庭

人们出生、成长于各自的家庭之中，以父母或者父母所塑造的榜样来构建自己的心理和行为范式。生活在高权力距离环境中的人们，更期望孩子服从父母，这种理念经过一代又一代人的服从和固化，逐渐形成这一环境中全体成员的心理程序。而生活在低权力距离氛围中的人们，则更倾向于培养孩子尽可能自理的习惯和理念，孩子一旦具有行为能力就会被平等对待，为自己的行为负责。正如霍氏父子所说的那样，在低权力距离环境中"人们对待他人的方式并不取决于他人的年龄和地位；正式的尊重和抵触都很少见到"②。这些理念和行为也会形成心理程序而得到不断的强化。心理程序即是文化，所以他得出"家庭是最初形成心理程序时的源泉，各国权力距离的差异源于家庭"的结论。

笔者认同霍夫斯泰德的推理过程和结论，但是对于他对波兰和韩国两国 PDI 指数的测量提出异议。因为按照霍夫斯泰德的推理逻辑和笔者观察访谈所得到的结果，恰恰与他的测量结果相反。

我们先来看来自波兰的 T 同学。她来自波兰首都华沙附近的一座小城镇，父母早年离异，她和母亲、弟弟住在一栋楼里，外公、外婆住附近的一栋。T 同学和弟弟（比 T 小 4 岁）现在都在首都师范大学读书，不过弟弟 2018 年 4 月才来中国短期学习中文的，而 T 已经来中国 4 年了。她认为弟弟也许不适合学习中文，而适合做与游戏开发相关的行业，不过她并不干涉弟弟的任何选择，认为做什么是弟弟自己的权利。在孔庙参观时，笔者询问 T 同学，父母对于她和弟弟来遥远的中国留学是否会担心。T 说，父母确实觉得中国太远了，但去哪里读书是她自己的事情，他们没有理由不同意。T 同学反问笔者，中国的父母难道会不同意吗？笔者对她解释了中国父母对孩子的教育非常重视，常常会帮孩子安排好学校，甚至干预孩子的选择，以及这些行为背后的原因。T 说，波兰也有一些父母很重视孩子的成绩，但不会干涉孩子学什么、去哪里学。

我们再来观察来自韩国的 J 同学，她是 2018 年 8 月底才来到首都师范大学进行短期学习交流的。在和她聊到各自的家庭成员时，笔者观察到她对自己的长辈，尤其是祖父和父亲非常尊敬，每次提到时就会把身体坐直并微微低头。她说父亲很支持她来中国做短期交流，认为这对她以后的发展会有帮助，但母亲很舍不得她离开家半年。她对自己的家庭背景不愿多谈，不过我依然能感受到她对自己家族的骄傲。

---

① ［荷］吉尔特·霍夫斯泰德，格特·杨·霍夫斯泰德. 文化与组织——心理软件的力量（第二版）[M]. 李原，孙健敏译. 北京：中国人民大学出版社，2010：49.

② ［荷］吉尔特·霍夫斯泰德，格特·杨·霍夫斯泰德. 文化与组织——心理软件的力量（第二版）[M]. 李原，孙健敏译. 北京：中国人民大学出版社，2010：55.

在权力距离与家庭这部分，笔者通过细节观察和深度访谈所得出的结果恰恰与霍夫斯泰德对波兰与韩国的排名次序相反。笔者认为，家庭中父母与子女间的关系是否平等和独立以及家庭成员间互相平等和独立的程度，是判断权力距离高低的一个重要指标。很明显，来自波兰的T同学及其家庭的权力距离要远低于来自韩国的J同学及其家庭。

(二) 权力距离与学校

除了家庭中的父母—子女关系，当孩子进入学校后，教师与学生的关系开始发挥重要作用，师生关系是对父母—子女关系的延续和强化。权力距离的高低体现在父母—子女、教师—学生的关系及其表现之中。前面已经详细论述过家庭中的权力距离及其表现，现在我们把重点放在学校。

首先是来自波兰的T同学。我们在参观孔庙时看到孔子72弟子的画像，之后很自然地把话题转移到了波兰的师生关系上。T同学介绍，在波兰，教师和其他职业相比并没有什么特别之处，学生和老师之间是平等的关系，可以互相称呼姓名，学生在课堂上甚至可以直接指出老师的错误、阐述自己的不同见解。而到中国留学后，中国人对待教师、领导的恭敬态度和对师长的言听计从一度令她十分困惑乃至无法适应。尤其令她不解的是，她能感觉到中国老师对待一些学生热情，而对待另一些学生冷漠。

来自韩国的P同学很腼腆，无论是和笔者还是和其他韩国同学相处时都很少说话，微信群里也是最后一个发言。笔者和几位韩国留学生在微信群里商量去哪里玩时，发现她们有一个共同的特点，就是不主动。总是笔者提出一个建议，再询问大家是否有时间出去，得到的回应也往往是"好的"。可是到了约定时间的前几天，总会有人在群里非常有礼貌地道歉，并解释不能去的原因。这种情况并非偶尔发生，也令笔者十分不解，后来在和P同学的聊天中，这个疑惑才得到了解答。

P同学说在微信群里有许多学姐，她觉得轮不到自己说话，所以总是跟在学姐们的后面回答。她也有想去玩的地方，但觉得这应该由学姐们来决定，所以从不主动表达自己的想法。解答了笔者的第一个疑惑后，笔者请她帮忙分析其他几位韩国留学生开始时答应，过了一段时间却非常礼貌地解释不能去的原因。她以为笔者是在责备她，对笔者连说好几个"对不起"，笔者表示并没有责备，只是好奇。她对笔者解释，这是因为大家觉得当时就拒绝别人或者回答自己没有时间是很高傲、很不礼貌的行为，于是要隔一段时间再抱歉并解释原因。

P同学在和笔者聊天时措辞很小心谨慎，使用非常多的表示尊敬或歉意的语句。在许多没有必要抱歉的地方，她也要再三说对不起。她说韩国的习惯是年龄小、地位低或加入团体时间短的成员要对年龄大、地位高、进入时间长的人表示恭敬，因为他们是前辈。后辈即便没有犯错误，对前辈说上一声抱歉也很自然。笔者仔细回想了和几位韩国留学生第一次见面时的情景，那是2018年12月对外汉语教师技能大赛之前，笔者把几位留学生组织在一起说一会儿打分时要注意的事项。几位韩国留学生聚在一起用韩语交流后，就变得对其中一位同学恭敬起来。活动结束后，笔者带她们去楼上拿纪念品，那位同学问笔者是几年级的。得知笔者研一后,她对笔者变得非常有礼貌,一边鞠躬一边说学姐好,其他几位韩国留学生也跟在她后面。按照 P 同学的解释,大概可以推断,她们聚在一起时可能是在互相询问年级,从而确定长幼、确定谈话中的等级。

在对教师的尊重程度上,我们可以明显感受到波兰和韩国之间的巨大差异。在波兰,教师平等地对待学生、同时受到学生和社会的平等对待,这一点已形成社会共识。正因为如此,T 同学才会对中国老师对待不同学生有不同态度这件事如此介意。而韩国学生在面对教师、前辈时的态度,近似于子女面对父母时的态度,恭敬而谨慎。教师不但在校内、在学生面前受到尊敬,在校外、在社会上也有较高地位,广受尊重,至少在传统意识上、在形式表现上如此。当然表现上的恭敬并不意味着真正的尊敬,而只是一种社会公认的传统,是习惯使然。因为对前辈表现恭敬并不吃亏,而打破这种社会习惯却要付出代价。所以可以推导出,在学校场景中,来自波兰的 T 同学的权力距离要低于来自韩国的几位同学。

(三)权力距离与职场

王晓玲在《从"青瓦台厄运"看韩国的社会文化》一文中总结韩国的政治基础是"三缘",即学缘、血缘和地缘。她认为:学缘是韩国人在职业生涯中最重要的社会资本,校友们在踏入职场后会相互提携,因此职场中以"学缘"为纽带的裙带关系非常普遍。年幼位低者服从年长位高者被视为美德,同时高阶序者也有帮助低阶序者的义务。

韩国的上下等级关系表现得极为明显,这种等级关系体现在家庭中就是父母—子女关系,体现在学校里就是教师—学生关系、师兄师姐—师弟师妹关系,体现在工作场所中就是上司—下属关系。我们可以把上述三种关系统称为"前辈—后辈关系",把这些关系中所体现出来的等级理念概括为"前辈优先理念"。霍夫斯泰德对此的论述是:"在高权力距离环境下,上下级认为彼此之间天生就不平等;等级制度就是以这种不平等论为基础的……在低权力距离的情况下,上下级认为彼此天生平等;所谓的等级制度不过是角色不同而已,制度的建立完全是为了工作的方便。而且,个人的职务角色可以变换。"① 我们以这条标准去衡量韩国家庭、学校、工作场所中的"前辈—后辈关系",就会发现在韩国社会关系中,上下等级关系基本是固定的、不易改变的,而非低权力距离环境中的"个人的职务角色可以变换"。因为韩国的职务高低与年龄大小、进入团体时间的长短紧密相关,而这些出现于线性时间轴上的因素必然是单向性的、稳定不变的。

虽然没有波兰同学的相关访谈做对比,但我们显然可以得出,在职场环境中韩国的权力距离指数不低的结论。

(四)权力距离与宗教组织

霍夫斯泰德在"权力距离与观念"一章中提到:"从传统上看,信仰基督新教的国家

---

① [荷]吉尔特·霍夫斯泰德,格特·杨·霍夫斯泰德. 文化与组织——心理软件的力量(第二版)[M]. 李原,孙健敏译. 北京:中国人民大学出版社,2010:59.

在权力距离上的得分往往低于信仰天主教或东正教的国家。"① 霍氏依然是从西方中心论出发去评价宗教对人们思想的影响，却没有考虑到身处现代社会中的人，尤其是各国年轻人对宗教的态度已经发生了巨大的变化。在某些国家或地区，宗教信仰对年轻人来说并非不可或缺的，即便在历史上该地区宗教信仰曾极为繁盛。

笔者在访谈 T 同学前做了一些准备，了解到波兰是一个天主教国家，90% 的波兰人都信仰天主教。但 T 同学表示她并不信仰天主教，只在童年时进过教堂，之后就再也没有参加过宗教活动。T 同学介绍说，她的父亲和母亲都是天主教徒。她的父亲非常虔诚，每周都去教堂做弥撒，而母亲只是传统习俗意义上的天主教徒，很少去教堂。虽然父母离异，但是 T 和弟弟年少时还是会经常和父亲见面的，父亲经常责备她们不去教堂，责备现在的年轻人对上帝不虔诚，这令她和弟弟十分反感。现在 T 和弟弟不信仰任何宗教，是无神论者。笔者把波兰人 90% 信仰天主教的统计数字告诉 T，她解释说，这是由于上一代人普遍信仰天主教，孩子出生后就会按照传统习俗带到教堂接受洗礼，教会就会把名字记录下来，统计为天主教徒。但实际上很多人尤其是年青一代，对于宗教早已逐渐失去兴趣，她认识的许多波兰同龄人都只是名义上的天主教徒。

韩国的情况有些复杂。"韩国统计厅 2016 年 12 月发布的《2015 年人口及住宅普查统计结果》显示：韩国宗教人口占总人口的 43.9%，无宗教人口占 56.1%。其中男性信徒占全国男性总人口的 39.4%，女性信徒占全国女性人口的 48.4%。在宗教人口的年龄分布上，10~19 岁的信徒占比为 38%，20~29 岁的信徒占比为 35.1%，其他年龄层的信徒比重梯次增加，70 岁以上占到了 58.2%。"② 据翟翱炜、唐克在《宗教对韩国总统选举的影响》一文中列举的情况：韩国的本土宗教有萨满教、东学（天道教）、甑山教、圆佛教、大倧教等 300—400 个民族宗教，以及至今仍然不断出现的各种"似是而非教"。外来宗教主要有一千多年前从中国传入的佛教、道教、儒教等传统宗教，近代从西方传入的天主教、新教以及伊斯兰教、犹太教、印度教等。一方面，在宗教人口年龄分布上，宗教信仰者的比例随年龄下降而不断降低，这说明越来越少的年轻人信仰宗教。另一方面，韩国的各种新兴宗教仍在不断出现或消失，甚至有人称呼韩国为"宗教百货店"。我们可以换一个角度思考，新兴宗教的出现其实也反映了韩国的宗教信仰并不稳固，宗教信仰对于许多韩国人来说也许并不是一件多么严肃的事情。

因此，从宗教角度来看波兰和韩国的权力距离时，我们发现其对两国年轻人的影响都在不断降低。

（五）权力距离与政府

权力距离理论是以国家为单位进行划分的，和国家联系最紧密的莫过于政府，政府是

---

① [荷] 吉尔特·霍夫斯泰德，格特·杨·霍夫斯泰德. 文化与组织——心理软件的力量（第二版）[M]. 李原，孙健敏译. 北京：中国人民大学出版社，2010：67.
② 翟翱炜，唐克. 宗教对韩国总统选举的影响 [J]. 国际研究参考，2017（7）：46.

一个国家在政权上的代表。霍夫斯泰德提出：“一个国家对待权力的方式往往植根于该国大部分人口对于'什么是政府当局正确的行为方式'持有的观点和看法。”① 一个国家的大多数公民在面对不平等时的容忍程度，是判断该国家权力距离高低的一个重要指标。

2019年1月中旬，加拿大无理扣押中国公民孟晚舟的事件还在持续发酵中，波兰又逮捕了一位华为高管。T同学提到，现在的波兰年轻人普遍对政府不信任，大家尤其厌恶现任总统安杰伊·杜达，认为杜达心态保守，他所领导的政府是老人们（指T的父母、祖父母这代人）选举出来的"老人政府"。T同学认为这一届波兰政府对美国言听计从，然而得罪或试图对抗俄罗斯和中国对波兰并没有任何实际好处。虽然波兰人对俄罗斯普遍有厌恶情绪，但是对美国同样没有好感。另外T同学还谈及波兰政府近年拿出了大量资金建造天主教堂，而漠视医院和学校的资金缺口，年轻人对此感到十分愤慨，已经举行了数轮针对总统安杰伊·杜达的游行示威。但由于多数老人虽然并不满意安杰伊·杜达的外交政策，但对安杰伊·杜达重视天主教信仰的举动抱有很大期待，所以在选民数量上并不占优势的年轻人暂时还无计可施。

笔者认识的这几位韩国留学生对于政治、时事往往不太关注，即便内心有所触动也不愿表露出来。Z同学对此的解释是大多数年轻人忙于学业、工作，生活负担较重，觉得各种政治事件（例如世越号沉船、朴槿惠"闺蜜门"事件）虽然令人遗憾和不满，但也无可奈何。她们没有能力去干预国家事务，不如选择不过多关注，专心于自己的事情，最多通过互联网发表几句看法。通过与这几位韩国留学生的接触，笔者了解到一个在韩国较为普遍的现象，即父母长辈往往比下一代更为关心政治、关心社会事务，更多地参与社会活动；而年青一代则大多持事不关己、高高挂起的态度，对权利、义务、平等、责任等概念并不关注。这种明显的代际差异确实值得思考。如果说这仅仅是因为自身个性的原因，那么这四位韩国留学生不会如此一致的对政治话题采取冷处理的态度。因此我们有理由判断，韩国年青一代对政府行为的容忍度较年老一代更高，而波兰则相反。

三、调查结果

霍夫斯泰德在"权力距离差异的未来"一章中，对权力距离的趋势总结道："在最近的几代人中，世界上大部分地区的人们对于权势者的依赖已经大幅降低。我们中的许多人都认为自己的依赖性比父母以及祖父母要低……所有国家的权力距离都可能降低，但它们相互之间的排序却如同表格中所展示的那样并未改变。"② 然而，在对波兰和韩国年青一代的访谈和观察中，我们发现事情并不像霍氏父子所预测的那样。事实是并非所有国家和

---

① ［荷］吉尔特·霍夫斯泰德，格特·杨·霍夫斯泰德．文化与组织——心理软件的力量（第二版）［M］．李原，孙健敏译．北京．中国人民大学出版社，2010：62．

② ［荷］吉尔特·霍夫斯泰德，格特·杨·霍夫斯泰德．文化与组织——心理软件的力量（第二版）［M］．李原，孙健敏译．北京．中国人民大学出版社，2010：73．

地区的权力距离都在下降,各国相互之间的排序也不是一成不变。至少在对波兰和韩国的权力距离研究中,霍夫斯泰德父子的这两种预测都是不成立的。

我们从家庭、学校、职场、宗教组织、政府五个方面观察波兰和韩国年轻人的权力距离变化情况。推导出的结论是:在家庭、学校、职场这三方面,波兰的权力距离指数明显低于韩国。在宗教组织方面,波兰和韩国年青一代的权力距离指数都呈现下降趋势。在对待政府行为的容忍度方面,波兰年青一代的权力距离指数呈现随代际下降的趋势,而韩国年轻人的权力距离指数呈现随代际上升的趋势。

参考文献

[1][荷]吉尔特·霍夫斯泰德,格特·杨·霍夫斯泰德.文化与组织——心理软件的力量(第二版)[M].李原,孙健敏译.北京.中国人民大学出版社,2010.

[2]翟翱炜,唐克.宗教对韩国总统选举的影响[J].国际研究参考,2017(7).

(张天骄 首都师范大学2018级硕士生 指导教师:李艳)

对中高级汉语学习者易混淆词偏误情况分析
——以《小青蛙，你在哪里？》为例

黄秀丽

摘　要：张博（2007）提出，对外汉语教学中的词语辨析应当转换视角，从中介语词语偏误的现实更有针对性地进行易混淆词辨析。本文以系列图片《小青蛙，你在哪里？》为例，对95份中高级留学生口语表达中易混淆词的偏误情况进行分析，并提出相应的教学建议。

关键词：易混淆词；偏误分析；教学策略

一、选题缘由

在对外汉语教学中，汉语词汇教学是重要环节之一。留学生无论是在口语表述还是书面写作中，都会出现词汇方面的偏误。在此次调查中，我们发现汉语中高级水平留学生对一些易混淆词还是不容易分辨出来，在实际运用中会出现混淆的情况。而且除了近义词、同义词容易混淆，还有一些词汇偏误是我们作为母语者难以预测的，因为留学生混淆的两个词的语义关系较远，也没有同义、近义关系，有些词性也不一样。

所以，对中高级汉语学习者易混淆词的偏误情况进行分析，可以帮助我们了解留学生除了容易混淆同义词、近义词，还有哪些词在使用上容易发生错误。同时，可以帮助我们从汉语学习者的视角出发，预测他们在词汇学习过程中可能会产生的错误，能更有针对性地展开词汇教学，并帮助学习者在实际运用中理解易混淆词在意义和用法上的异同，从而能够正确使用词语。此外，将有利于避免或减少易混淆词偏误情况的发生，对于提高词汇学习的效率具有重要意义。

二、研究内容

（一）研究对象

本文的研究对象为学习汉语两年以上的中高级水平留学生，共95人。这些留学生共有57人来自亚洲国家，东亚国家有韩国、日本等，东南亚国家有泰国、越南、印度尼西亚、马来西亚，中亚国家有乌兹别克斯坦、哈萨克斯坦。其中韩国留学生人数最多，有31人。有35人来自欧美国家，如美国、英国、意大利、俄罗斯等。还有3人是来自非洲和南美洲国家的留学生。

留学生是从2014级和2017级两届首都师范大学汉语国际教育专业研究生中选取的，每名研究生选择一位留学生作为被试对象，被试者无重复。

（二）研究材料

本文所使用的研究材料是黑白无文字系列图片《小青蛙，你在哪里？》（Mayer，1994），讲述的是一个小男孩发现自己养的小青蛙不见之后，和他的小狗一起到树林里寻找小青蛙的故事。小男孩和小狗在寻找青蛙的过程中遇到了几种动物，经历了一些磨难，最终找到了小青蛙，并把它带回了家。

（三）研究方法

被试者在不借助任何帮助的情况下，把《小青蛙，你在哪里？》图片内容按照自己的理解口述出来，研究生们对被试者所述内容进行录音，时间不限。每名研究生将所录材料按照统一标准进行转写，我们再从语料中逐条筛选出发生易混淆词偏误的语料，供分析研究使用。

三、中高级汉语学习者口语产出中易混淆词偏误情况分析

在调查的95名汉语为中高级水平的留学生中，所有人在叙述《小青蛙，你在哪里？》这个故事的时候，或多或少都犯了词汇方面的错误。所有的词汇错误约有1000次，但是有一些词汇偏误不在本次研究范围内，比如把"猫头鹰"说错成"猫头"、缺少或用错补语、遗漏某个成分等情况。本文只考虑混淆两个词语的情况。

在对95名留学生的口述语料的分析过程中，共整理了47条误用词语的情况，其中有些偏误发生了多次，但是并没有重复列出。

在筛选过程中，为了缩小研究范围及提高研究的准确性，我们只关注被试者发生易混淆词偏误的情况，不考虑被试者的语音、语调、语篇连贯及其他词汇偏误等方面的因素。

筛选出的符合研究目的的小句如下，括号内为正确的词①：

(1) 然后一个动物冲击这个孩子。（攻击）
(2) 小青蛙从罐头里出来啦。（瓶子）
(3) 还有，小明听到了旁边的青蛙的声音。（叫声）
(4) 他们去的时候见面很多困难。（遇见）
(5) 然后这个孩子突然很可怕，把自己的小狗也丢了怎么办？（害怕）

---

① 所有语料均来自2014级、2017级首都师范大学汉语国际教育班自建语料库《小青蛙，你在哪里？》。

（6）很多马蜂，从马，从马蜂窝，嗯，出来了，开始追求小狗。（追赶）
（7）他们也看了在窗户外面，但是也没有那个青蛙。（又）
（8）然后蜂蜜生气地要杀死那个狗，所以那个狗跑了。（蜜蜂）
（9）所以他让这个蛙跟它的家庭一起生活。（家人）
（10）以后一起去找这个蛙。（然后）
（11）但是那个时候，出来了一个动物，所以这个孩子他也惊讶。（出现）
（12）他们结果找到了青蛙。（终于）
（13）然后他们遇到了各种各样的冒险。（危险）
（14）他们跟一只，一只鹿一起跑步。（奔跑）
（15）一天，这个男孩想他的狗，很无聊。（觉得）
（16）然后他叫的时候，好狗再回来。（又）
（17）所以，终于他们拿走了那个青蛙。（最后）
（18）所以他想知道什么事情在那个洞里面。（东西）
（19）小明和大宝就往他们窗外叫这个青蛙．（朝）
（20）小明和大宝就一起去探讨这个声音的来源．（探寻）
（21）所以小孩子知道青蛙跟它的家人一起的时候可以高兴。（会）
（22）玛利亚没想到一个大鹿出现她的前面呀。（面前）
（23）所以，他开了窗户叫了："青蛙在哪！"不过它没回答。（回应）
（24）小孩儿发现青蛙没了，所以他很担心他没了他的玩儿，玩具。（玩伴）
（25）他们很寂静到地了岸边。（安静）
（26）但是，那只青蛙，呃，从杯子里跑出来了。（瓶子）
（27）他们掉到一个，薄，薄薄的小河里。（浅浅的）
（28）幸亏他们没受伤。（还好）
（29）有一只青蛙向他跑过来。（跳）
（30）以后，二十张就是小孩让狗小声点。（然后）
（31）呃，尝试找到他们的青蛙。（试图）
（32）所以他可以保持他的狗。（保护）
（33）孩子和狗起床的时候，认识到青蛙没有了，不见了。（意识）
（34）明天早晨，他发现了他的可乐（狗的名字）不在。（第二天）
（35）我觉得这个故事的结束不太好。（结局）
（36）所以他快点儿换衣服．（赶快）
（37）但是蜜蜂的目的是小狗。（目标）
（38）可能那个小孩子特别关注他的狗。也不要那个狗被死，怎么说被死，死掉。（关心）
（39）我觉得这个帽子好奇怪的。好像巫婆的帽子。不知道他平时会不会穿它。（戴）

（40）在某天的夜晚，小明和他的狗在观察玻璃瓶子里的一个刚抓来的宠物——青蛙。（动物）

（41）第一张照片就是有一个小孩和小狗看玻璃杯里的青蛙。（图片）

（42）但是没办法，他们是一个家人，不能带走所有的青蛙。（家庭）

（43）窗户外边还是月亮的那个地位没有改变。（位置）

（44）我把我的孩子给你，然后他长大了让他又回来。（再）

（45）所以他把那个动物拿回去。然后，家庭的另外一些会员看着他们。（成员）

（46）他养了一只青蛙还有一只狗。（和）

（47）就在那个时候一个小狗不小心掉下来了。所以一个小孩子也掉下来。（接着）

张博根据学习者词语混用和误解的影响因素，认为可把汉语中介语易混淆词分为以下几种类型[①]：

（1）理性意义基本相同的词，也就是狭义的近义词。例如："解释—说明""粗心—马虎""诞辰—生日"。

（2）有相同语素的词。例如：他们谈一谈了一下儿，就开心地回家了。（一会儿）

（3）语音相同或相近的词。例如：弟一次搬家的时候。（第）

（4）字形相近的词。例如："提示—揭示""大—太"。

（5）母语一词多义对应的汉语词。例如：英语 live—住、生活。

（6）母语汉字词与对应的汉语词。日韩留学生可能会出现这种偏误，例如日语中"经验"大致对应汉语"经历""经验"两个词。

（7）方言词与对应的普通话词。东南亚华裔留学生会出现这类偏误。例如有客家方言背景的印度尼西亚学生在当用"吃"时，会误用"食"。

笔者参考张博对易混淆词偏误情况的分类，进行了适当调整，第一种类型扩大了范围，不仅包括理性意义基本相同的词，还包括两个词语的某一语义相同或相似的词。确定分类后，笔者对以上易混淆词误用情况做出了整理，现将小句整理为表1。

表1 易混淆词偏误类型

偏误类型	误用次数	所占比例
某一意义相同或相似的词	23	48.9%
有相同语素的词	22	46.8%
语音相同或相近的词	0	0
字形相近的词	0	0
母语一词多义对应的汉语词	2	4.3%
方言词与对应的普通话词	0	0

---

① 张博. 同义词、近义词、易混淆词：从汉语到中介语的视角转移[J]. 世界汉语教学，2007（3）：98-107.

由表1可以看出，第一类混淆"某一意义相同或相似的词"和第二类混淆"有相同语素的词"是被试者误用情况最多的。混淆"母语一词多义对应的汉语词"的情况只有2条，仅占4.3%。第三种和第四种类型误用次数为0，我们认为这两种误用是由于对同音字、形近字分辨不清才产生的偏误，因此这两种误用多出现在写作任务中，而我们这次所分析的是口语语料，所以这两种偏误情况并没有发生。下面将详细分析以上三类偏误及其产生的原因。

四、偏误分析

（一）混淆某一意义相同或相似的词

（28）幸亏他们没受伤。（还好）
（39）我觉得这个帽子好奇怪的。好像巫婆的帽子。不知道他平时会不会穿它。（戴）

小句（28）中，虽然"幸亏"和"还好"都有表示庆幸的意思，但是区别在于："幸亏"转折程度更深，多指严重的后果未发生。"还好"虽也有表示幸免于某种严重后果的意思，但是一些小的灾难或者坏事已经发生了，及时制止后免于恶化向更糟的情况发展。所以应该用"还好"。

小句（39）中，"戴"和"穿"是留学生常常会混淆的近义词，一般来说，通过孔、洞、缝隙等叫"穿"，比如"穿袜子""穿鞋""穿衣服"；而"戴"则是贴合或环绕在表面，如"戴手表""戴眼镜""戴帽子"。

以上两种是近义词、同义词混淆的情况。还有一种情况是，两个词语义上并不完全相同，但是有部分相似，学生也会混淆，如：

（2）小青蛙从罐头里出来啦。（瓶子）
（26）但是，那只青蛙，呃，从杯子里跑出来了。（瓶子）
（41）第一张照片就是有一个小孩和小狗看玻璃杯里的青蛙。（图片）

在小句（2）、（26）中，虽然"罐头""杯子""瓶子"都是可以装东西的容器，但是在大小、容量、高度、所装物品等方面都是有区别的。

在小句（41）中，"图片"的范围比"照片"的要大，图片是所有图像的总称，照片属于图片中的一个分支分类，是用摄像头拍下的图片。所以在这里用"图片"更恰当。

产生这类偏误的原因，是学生在学习词语的时候，很难感知和把握这类语义关系近或相似的词的细微差别，所以混用的可能性很大。因此要加强汉语学习者对这类词的辨析。

（二）混淆有相同语素的词

这种偏误类型可以细分为两种情况。

1. 同素异序词，通过对语料进行分析，发现这类偏误较多。如：

  （8）然后蜂蜜生气地要杀死那个狗，所以那个狗跑了。（蜜蜂）
  （22）玛利亚没想到一个大鹿出现她的前面呀。（面前）

以上两个小句中，混淆的词都是同素异序词，虽然语素都一样，但是颠倒顺序则是两个不一样的词。尤其是小句（8）的这种偏误，出现了近30例，这说明留学生对这种同素异序词是很容易混淆的，虽然两个词的意义完全不一样。

2. 有一个相同语素的词，如：

  （9）所以他让这个蛙跟它的家庭一起生活。（家人）
  （13）然后他们遇到了各种各样的冒险。（危险）

留学生会混淆有相同语素的词，是因为这些词在意义和书写形式上都有相同之处，很容易发生混淆。可能他们认为，拥有相同语素的词意思就是相似的。

（三）混淆母语一词多义对应的汉语词

  （15）一天，这个男孩想他的狗，很无聊。（觉得）
  （18）所以他想知道什么事情在那个洞里面。（东西）

以上两种均是以英语为母语的留学生出现的词语误用情况，或许其他母语背景的学生也易产生此类偏误，但由于我们不了解其他语言的情况，所以只筛选出了两条。出现小句（15）的错误，是因为被试者把英语 think 直接翻译成"想"，但是在英语中 think 可以对应"想"和"觉得"这两个词。小句（18）也是这种情况，英语 thing 对应汉语的"东西"和"事情"这两个词。如果学生先用自己的母语思考，再翻译成汉语，产生母语负迁移，就很容易发生这种偏误。

五、对易混淆词的教学建议

通过以上对中高级汉语学习者易混淆词偏误情况的分析，我们发现词语混淆是一种普遍性的第二语言词汇错误，不论学习者的母语背景如何，都会发生这一类偏误。如果不在一开始就重视这类偏误，可能会导致这种偏误持久出现，最后难以改变。所以要从教学中采取针对性办法，对易混淆词偏误进行预防和辨析。

张博对汉语二语教学中词语混淆的情况提出预防策略和辨析方法。预防策略主要有：创造典型的语境凸显词语语义特征和主要用法；弥补教材"一对多"译注的缺陷；提示汉语词与母语对应词的异同；避免或慎用同/近义词语释义、扩展或替换。辨析方法有："对比示差"和"引导发现"等方法间接辨析，也可在明示用词错误的基础上直接辨析。①

基于之前的偏误分析与前人提出的教学策略，我们在此提出一些有利于辨析易混淆词的措施及教学策略。

工具方面：在大方向上要加快外向型词语辨析词典的研究进程，市面上词语辨析词典大多是针对汉语母语者的，外向型的词语辨析词典几乎没有。如今，许多学者已经有针对外向型词语辨析词典的研究，如张博②、孟凯③、黄友④等。希望尽早编纂成功，可供汉语学习者自学。

教材方面：应改变教材中"一对多"译注的方式，对相关母语注释进行条件限定，否则会使学习者误认为用同一个母语注释的词语是等价关系，便会在实际运用中混用这些注释一样的词。

教师方面：教师尽量不要选择用近义词或同义词来对词语进行解释，而是应该创造大量例句来解释词语的语义和用法，将更多的关注点放在所学词语独特的方面，通过展现词语的语境，对词汇的语义、语气、语体、适用场合、感情色彩等加以详细而准确的描述，让学习者明白所学词语的意义及特点，并且能够设计出适合该词语的语言环境，让学习者通过不断的练习增强语感。

参考文献

[1] 张博. 同义词、近义词、易混淆词：从汉语到中介语的视角转移 [J]. 世界汉语教学，2007（3）.
[2] 张博. 汉语二语教学中词语混淆的预防与辨析策略 [J]. 华文教学与研究，2017（1）.
[3] 张博. 外向型易混淆词辨析词典的编纂原则与体例设想 [J]. 汉语学习，2008（1）.
[4] 孟凯. 外向型词语辨析词典的搭配设计原则 [J]. 汉语学习，2014（4）.
[5] 黄友. 面向二语学习者的汉语易混淆词语词典和语料库建设 [J]. 辞书研究，2014（5）.
[6] 金知嬉. 对韩国学习者易混淆词偏误分析及其教学策略研究——以新HSK四级双音节词汇为例 [D]. 大连：辽宁师范大学硕士学位论文，2013.
[7] 郭志良. 对外汉语教学中词义辨析的几个问题 [J]. 世界汉语教学，1988（1）.
[8] Mercer Mayer. *Frog, where are you* [M]. Puffin press, 1994.

（黄秀丽　首都师范大学2017级硕士生　指导教师：邹立志）

---

① 张博. 汉语二语教学中词语混淆的预防与辨析策略 [J]. 华文教学与研究，2017（1）：42-51.
② 张博. 外向型易混淆词辨析词典的编纂原则与体例设想 [J]. 汉语学习，2008（1）：85-92.
③ 孟凯. 外向型词语辨析词典的搭配设计原则 [J]. 汉语学习，2014（4）：88-98.
④ 黄友. 面向二语学习者的汉语易混淆词语词典和语料库建设 [J]. 辞书研究，2014（5）：36-41，94.

浅析离合词

蒋晓彤

摘 要：离合词是介于词和词组之间的语法单位，可离可合，既像词，又像词组，或称其为"词组词"。本文从离合词本体研究、离合词与相关语法单位的比较、离合词教学研究等方面对离合词进行了分析。全文共五个部分，第一部分研究离合词的意义引出对离合词的大概阐释；第二部分将离合词与相关语法单位进行比较，深入解释离合词的"特殊性"；第三部分划分离合词类型，从结构类型和功能类型两个角度具体介绍离合词；第四部分分析离合词偏误类型，从偏误的例子中发现错误规律从而探讨教学法；第五部分提出对外汉语教学中离合词的教学策略，从学习主体出发，根据离合词词汇和语法特点，分阶段提供相关的教学策略。

关键词：离合词；类型；偏误；教学策略

一、离合词的研究意义

中文信息处理和对外汉语教学的实际应用，推动了离合词研究的发展。反之，对离合词的深入研究，有利于我们更好地解决在中文信息处理和对外汉语教学等实际运用中遇到的相关问题，从而推动中文信息处理技术和对外汉语教学等相关领域的发展。

（一）中文信息处理中研究离合词的意义

词是计算机中文信息处理的基本单位，是汉语语法和语义研究的中心问题，同时是汉语自然语言处理的关键问题。如何分词一直是计算机语言处理领域需要攻克的难题，而分词的难点就在于汉语存在着大量似词似词组的离合词。机器无法分清汉语词组里哪些结构是凝固的，哪些是松散的，为了操作简便，我们一般把离合词当词对待，这样也便于计算机的储存和实际运用。但这种方法仍是一时之宜，加快对离合词的研究对中文信息处理技术的提高还是十分必要的。机器翻译时如果不对汉语句子中的离合现象做出恰当的处理，很难得到满意的译文。

（二）对外汉语教学中研究离合词的意义

对外汉语教学的主体是母语为非汉语的留学生，词和词组的界限对他们而言本来就不好分辨，更何况还有这些汉语词汇系统所特有的似词非词的"离合词"。母语的负迁移作用加上目的语知识的缺乏，使学生在使用汉语离合词时容易出现"该离不离""该合不合""有合无离"等偏误，故离合词一直是对外汉语教学的重点和难点之一。近年来围绕"离合词教学"这一核心问题，学界多数研究选择从离合词的偏误出发，通过对学生的偏误进行归类和探因，对症下药给出教学对策。

二、离合词与相关语法单位的比较

有些 AB 组合，我们凭感觉判定它们是词，可以扩展，但扩展后至少有一个成分是不能单独成词的，而且 AB 的意义具有整体性，不是成分意义的简单相加，故不能用"扩展法"来检验，这就是离合词。比如"吃饭、洗澡、理发"等可以扩展为"吃了一顿饭、洗了一个澡、理了一个发"，但其中"饭、澡和发"都是不能单独成词的语素，"放心、生气"可以扩展为"放不下心、生谁的气"，但它们在意义上具有整体性。从词汇的角度看，吃饭、睡觉等可以算作一个词，但从语法角度看，不得不认为这些组合是词组。有人认为"离合词"是汉语双音节化中不可避免的介于词和词组之间的未完全定型的过渡状态；也有人认为离合词是词，不是词组，但离合词又可以扩展，不同于一般的词，而是一种比较特殊的词。可见，对"离合词"的认识仍存在很大的争议。杨庆蕙通过教学实践，认为处理成词或词组都有利弊，处理成词组比"离合词"的说法更容易让学生理解和接受。但处理成词组也有问题：学生可能会将其中的一个成分当成词单说单用；少数"离合词"可以带宾语，但是动宾结构形式的离合词中的宾语不能与其构成双宾语。① 高书贵、吕文华、张斌都认为在对外汉语教学中这些 AB 组合不应处理为词，应独立处理为"离合词"。② 笔者也同意把这些词独立出来，毕竟这些 AB 组合与典型的词或典型的词组相比，存在较大的差异。

（一）离合词和词的比较

词是一个凝固的整体，是最小的能够独立运用的语言单位，典型的词中至少有一个语素是不可以自由使用的，即不能单独成词，例如"书本"中的"本"就不能单独使用。根据扩展法，如果 AB 完全不能扩展，或者在扩展之后 A 或 B 的意义发生变化，那么这个

---

① 转引自黄晓琴. 离合词研究综述 [J]. 伊犁师范学院学报, 2006 (2).
② 高书贵. 有关对外汉语教材如何处理离合词的问题 [J]. 世界汉语教学, 1993 (2); 吕文华. 短语词的划分在对外汉语教学中的意义 [J]. 语言教学与研究, 1999 (3); 张斌. 新编现代汉语 [M]. 上海：复旦大学出版社, 2017.

语言片段就是词，而不是词组。例如"老虎"不能扩展为"老的虎"、白菜不能扩展为"白的菜"，即扩展后它们的意义就会发生变化，那么这些"词"就不是词组，而是词。柯彼德、梁驰华、郭锐和赵淑华、张宝林等人主张在教学中把"离合词"当作词处理，这样会便于学生理解记忆，有利于取得更好的教学效果。①

（二）离合词和词组的比较

如果 AB 组合扩展后分解出来的 A 和 B 都是词，而且意义不变，那么这个语言片段就是自由组合的词组。例如"打球"可以扩展为"打场球、打了一天球、打输了球"等，打球的意义不变，那么它就是词组，不是词。李大忠认为在教学中应把这些词处理为词组，就具体教学而言，哪种处理方式都有问题，"词组说"相对更好。② 肖奚强指出在教学上应给学生指出关涉对象的介词，作为具体语法点讲解，如和……（见面）、从……（毕业）、向……（问好）等，这样对留学生而言相对比较实用。③

三、离合词的类型

（一）结构类型

按照结构类型划分，离合词可分为动宾式、动补式和主谓式。动宾式离合词的数量最多，可扩展性最强，使用的灵活度也最高；而动补式离合词和主谓式离合词的数量较少，可扩展性差，使用的灵活度也有限。

1. 动宾式

"动宾式离合词"根据所带宾语的性质可以划分为三种类型：宾语是名词性的，宾语是动词性的，宾语是形容词性的。

（1）所带宾语成分是名词性的

"吃饭、洗澡"这类离合词所带宾语成分是名词性的，动宾中间可以插入动态助词"着、了、过"扩展为"吃着饭、吃了饭、吃过饭、洗着澡、洗了澡、洗过澡"等；可以插入数量词或数量短语扩展为"洗个澡、吃顿饭"等；可以插入代词扩展为"吃你的饭、洗你的澡"等；还可以插入补语扩展为"吃完饭、洗完澡"等。这些离合词中的动词成分和宾语成分的顺序可以互换，例如"饭吃了、澡洗了"；所带动词成分可以重叠，例如"吃吃饭、洗洗澡"。在一定的语境下，这类离合词的宾语语素可以脱落；例如"（饭吃了吗?）吃了！（澡洗了吗?）洗了！"。不是所有这类离合词都有上述语法特征，例如"操心"的扩展方式只能靠插入成分完成，如"操过心（动态助词）、操点心（数量词）、操

---

① 转引自黄晓琴．离合词研究综述［J］．伊犁师范学院学报，2006（2）；赵淑华，张宝林．离合词的确定与离合词的性质［J］．语言教学与研究，1996（1）．
② 李大忠．外国人学汉语语法偏误分析［M］．北京：北京语言文化大学出版社，1996．
③ 肖奚强．韩国学生汉语语法偏误分析［J］．世界汉语教学，2000（2）．

你的心（代词）、操碎了心（补语）"；动词成分和宾语成分的顺序不能互换，不可以说"心操了"；所带动词成分不能重叠，不可以说"操操心"。比起"吃饭、洗澡"，"操心"的扩展方式要单调不少。

（2）所带宾语成分是动词性的

"吃亏、挨打"这类离合词所带宾语成分是动词性的，中间可以插入动态助词"了、过"扩展为"吃了亏、吃过亏、挨了打、挨过打"；可以构成"A＋得＋了＋B"结构形式扩展为"挨得了打、吃得了亏"；可以插入数量词、数量短语、代词、补语扩展为"吃下亏、吃你的亏、吃尽亏、挨下打、挨他的打、挨完打"等；有的可以形容词来进行扩展，例如"吃亏"可以扩展为"吃大亏"；这类离合词所带动词成分有的可以进行重叠，"吃亏"可以重叠成"吃吃亏"；在一定语境下，宾语语素可以脱落，例如"（挨打了?）挨了！"。不是所有这类离合词都有上述语法特征，例如"害怕"就只能插入趋向补语扩展为"害起怕来"和插入代词"什么"扩展为"害什么怕呀?"，其他的扩展形式就不适用了。

（3）所带宾语成分是形容词性的

"帮忙、吃苦、加热"这类离合词所带宾语成分是形容词性的，其构词语素中间能够插入动态助词"着、了、过"，可以扩展为"帮了忙、帮过忙、吃了苦、吃过苦、加着热、加了热、加过热"等；可以插入可能补语"不、得"，与补语"了"连用，扩展为"帮不了忙、帮得了忙、吃不了苦、吃得了苦、加不了热、加得了热"等；可以插入数量词、数量短语、代词、补语等，扩展为"帮个忙、帮你的忙、帮上忙、吃点苦、吃尽了苦、加个热、加下热"等；所带动词成分可以重叠，扩展为"帮帮忙、加加热、吃吃苦"；在一定语境下，宾语语素可以脱落，扩展为"（帮忙了吗?）帮了！（加热了吗?）加了！"。

2. 动补式

"动补式离合词"根据所带补语的性质可以划分为两种类型：补语是动词性的，补语是形容词性的。无论补语成分的性质如何，这类离合词大部分中间都只能插入可能补语"得"，例如"看见、打通"可以扩展为"看得见、打得通"；部分补语成分是形容词性的离合词中间可以插入程度副词，与否定副词"不"或结构助词"得"结合来进行扩展。例如"吃透、挨近"可以扩展为"吃不太透、吃得很透、挨不太近、挨得很近"。

3. 主谓式

主谓式离合词的数量很少，扩展方式也有限，基本上只能通过否定副词"不"和程度副词来进行扩展。例如"心烦、嘴硬"可以扩展为"心不烦、心很烦、嘴不硬、嘴很硬"；在一定语境下，主语成分可以脱落，即"（心烦吗?）烦！（嘴硬吗?）硬！"。虽然可扩展度有限，但是许多主谓式离合词与否定副词"不"结合时可以重叠，这种重叠形式可以是整个离合语的重叠，例如"命苦、心浮"可以扩展为"命苦不命苦、心浮不心浮"；也可以是谓语部分的重叠，即可扩展为"命苦不苦、心浮不浮"。

（二）功能类型

1. 动词性离合词

动词性离合词，顾名思义，就是具备动词的语法功能性质的离合词，主要包括动宾式和动补式两种类型。

（1）作谓语

动词性离合词和动词的语法功能类似，都可以当句子的谓语。例如"我很吃惊"。

（2）作定语

动词性离合词也能作定语，修饰名词或代词，例如"吃惊的样子、狠心的人"。

（3）带宾语

不是所有的动词性离合词都可以带宾语，一般来说，动宾式离合词无论本身宾语性质如何，都不能直接带宾语，例如"吃饭、睡觉、吃亏、帮忙"后都不能加宾语；动补式离合词则可以直接带宾语，例如"打开、忘掉、打通"后能加宾语变为"打开冰箱、忘掉过去、打通隧道"。

（4）受副词修饰

大部分动词性离合词都可以被副词所修饰，来补充描写事件、行为、动作状况所发生或实现的频率、概率或程度，例如"加班"前可以加副词"经常"表示这种现象出现的频率很高，"打通"前可以加副词"容易"表示这种行为实现的概率高，"吃惊"前可以加程度副词"很"表示这种感觉程度高。

（5）带补语

动词性离合词可以搭配动态助词"了、过"等带补语，用来补充说明动词所表达的具体情况。动宾式离合词靠插入动态助词和补语的方式来补充说明，例如"洗澡、操心、吃亏"中间加入动态助词"了、过"等和补语变为"洗了一次澡、操了一回心、吃了一次亏"表示这些情况发生的次数是一次；动补式离合词则可以直接和动态助词"了、过"等搭配起来带补语，例如"挨近、打败"加动态助词"了、过"加补语＝"挨近了一些、打败过一回"表示动作的状况和发生的频率。

2. 形容词性离合词

形容词性离合词，主要是指那些具备形容词语法功能特征的离合词。主谓式离合词基本上都是形容词性的。

（1）作谓语

形容词性离合词在句子中能够作谓语，用来描写主语的性状，表示句子的主语什么样。例如"我真命苦！"

（2）作定语

形容词性离合词在句子中能作定语，来修饰后面的中心语，用来描述定语中心语所表现出的情绪或是所处的某种状态。例如"嘴硬的家伙、命苦的人"。

（3）带补语

形容词性离合词也可以配合动态助词"了"后带补语，用以补充说明所表达的事物、情绪或情况的具体状态。例如"我心疼了一天"中的"一天"，用以补充说明"我心疼"的具体时间。

四、离合词的偏误类型

离合词的特殊性、研究的争议性以及留学生的母语负迁移、目的语泛化等一系列原因，使得汉语作为第二语言的学习者在掌握和正确使用离合词时有一定难度。汉语是母语的学生，可以在日常生活中凭借语境和语感正确使用离合词组词造句，但是对于汉语作为第二语言学习的留学生，在使用离合词组词造句难免会出现偏误情况。借鉴金普①的分类，本文把留学生的离合词使用的偏误总结为以下几种类型。

（一）离合偏误

在离合词使用中，留学生最难分清的就是离合词何时要"离"、何时要"合"的问题，以及"离"的时候该在什么地方扩展，以及怎么扩展等问题。于是，很多留学生就干脆回避这个问题，把离合词直接归为一个词来使用，这样就产生了"该离"而"没离"偏误。如：

*我们班表演节目，我也去充数了一个。
我们班表演节目，我也去充了一个数。

而有些程度稍好的留学生知道离合词具有"离"和"合"的功能后，走上另一种极端，把所有离合词以"离"的方式处理，产生了"该合"而"不合"的偏误。如：

*他们插了手这件事。
他们插手了这件事。

（二）倒装偏误

离合词的扩展有一种高级形式，即动宾式离合词有时还可以倒装使用。受母语负迁移的影响，很多留学生没意识到像"丢脸""读书""写字"等这些动宾式离合词是可以"分离"使用的。在他们看来，这些离合词都是不能切分的整体，更不用说把宾语成分"脸""书""字"提到动词成分"丢""读""写"的前面了。再加上对倒装的用法掌握得不够，部分留学生就干脆采取不倒装的态度，因而产生该倒装不倒装的偏误。如：

*他写字得很漂亮。
他字写得很漂亮。

---

① 金普．现代汉语离合词研究［D］．扬州：扬州大学硕士学位论文，2008：43－50．

（三）插入不当

有些留学生在学习离合词后，知道这些词在使用中需要离析，也知道用什么成分来离析，但不知道该具体在什么地方离析，故产生各种插入方面的偏误。如：

＊他俩<u>分过手两次</u>。
他俩<u>分过两次手</u>。

（四）重叠方式不当

离合词的重叠方式根据离合词的结构类型而不同，对于留学生而言无疑难度是最大的，故而这方面出现的偏误情况也最多。

1. 该重叠未重叠的，如：

＊我偶尔<u>唱歌</u>。
我偶尔<u>唱</u>唱<u>歌</u>。

2. 不该重叠却重叠的，如：

＊我去<u>睡睡觉</u>。
＊我去<u>睡觉睡觉</u>。
我去<u>睡觉</u>。

3. 重叠方式不当，如：

＊我喜欢<u>弹琴琴唱歌歌</u>。（动宾式）
＊我喜欢<u>弹琴弹琴唱歌唱歌</u>。
我喜欢<u>弹弹琴唱唱歌</u>。
＊你<u>看不见看得见</u>那只猫？（动补式）
你<u>看不看得见</u>那只猫？
＊小姑娘<u>嘴不嘴甜</u>？（主谓式）
小姑娘<u>嘴甜不嘴甜</u>？
小姑娘<u>嘴甜不甜</u>

五、对外汉语教学中离合词的教学策略

当前的对外汉语教学还没有标准的讲解离合词的方法，所以我们应主张教师在授课时尽量不要过于纠结理论分歧，应把教学重点转移到有利于学生实际掌握离合词的具体形式中，通过理论与实践的不断结合，逐步提高离合词的教学效果。离合词数量较多，在使用中"能离能合"，我们应遵守"先合后离、分散讲解、集中练习、循序渐进"的教学原则，要有针对性、实用性、系统性，从教学实际情况出发，力求将留学生发生离合词偏误

的频率降到最低，从而提高他们运用离合词组词造句的能力。

（一）初级阶段离合词教学

初级阶段的留学生词汇量很少，国家对外汉语教学领导小组办公室制定的《汉语水平等级标准与语法等级大纲》规定：甲、乙两级词汇为初级词汇。所以初级阶段的留学生需掌握的离合词数量共73个，这个阶段留学生的主要偏误是把离合词等同于一般复合动词。因此在教学中，对外汉语教师可以把容易混淆的离合词和一般复合动词放在一起，加上偏误例句，进行对比教学，从而让留学生清楚感受到一般复合动词与离合词的差别，减少偏误。

此外，国家对外汉语教学领导小组办公室制定的《汉语水平等级标准与语法等级大纲》规定：甲、乙两级语法为初级语法。所以这个阶段留学生需掌握的与离合词相关的语法项目为如下方面。

1. 动态助词"着、了、过"

教师要先讲解动态助词"着、了、过"的意义，再告诉学生与离合词的使用位置，造句，让学生自己代入即可。例如：

> A. "着"表示动作正在进行或状态在持续，一般用于离合词动词语素或者形容词语素之后：雷锋的精神一直鼓舞着我们。
> B. "了"表示动作或性状的实现，一般用于离合词动词语素或者形容词语素之后：我们今天学习了声母。
> C. "过"表示曾经发生过这样的动作或曾经具有这样的性状，一般用于离合词动词语素之后：我打开过那个盒子。

2. 带补语

初级阶段的离合词插入补语的教学只涉及简单趋向补语、结果补语、可能补语、数量（动量）补语，教师要先讲明补语，再告诉学生使用位置，造句，学生代入即可。例如：

> A. 简单的趋向补语插入离合词中间：对不起，我帮不上你的忙。
> B. 结果补语插入离合词中间：我早就吃完饭了。
> C. 可能补语放在离合词后面：这事你操心不得。
> D. 动量补语要配合动态助词"了、过"插入动词性离合词中间：他结过两次婚。

3. 带定语

形容词、名词、代词和数量词一般可以用来作为插入离合词的定语，插入离合词中间，教师可以在讲生词时直接讲解。例如：

> A. 小孩子容易半夜发高烧。（形容词）
> B. 我喜欢洗热水澡。（名词）
> C. 好好看你的书。（代词）

D. 请帮我们照一张相。（数量词）

4. 重叠

动宾式离合词的重叠方式是"AAB"或"A了AB"或"A—AB"，表示短暂或尝试的语法意义，教师也可根据离合词具体讲解。例如：

A. 我们去跑跑步吧？（尝试态）

B. 我们刚就说了说话，没时间干别的。（短暂态）

C. 没事你就和我聊一聊天。（尝试态）

5. 与介词搭配

初级阶段需掌握的主要有"和、给、在、为、向、跟"等表示引介与动作和形状有关的施事、受事、处所与时间的常用的介词。教师可以根据介词用法给出具体格式（介词+施事/受事/时间/处所+离合词），学生代入即可。例如：

A. 我和你一起努力学习。（施事）

B. 护士正在给病人打针。（受事）

C. 大家在教室里考试。（处所）

D. 他为金钱犯罪。（目的）

E. 向昨天告别。（时间）

（二）中级阶段离合词教学

国家对外汉语教学领导小组办公室制定的《汉语水平等级标准与语法等级大纲》规定：丙级词汇为中级词汇。所以中级阶段的留学生需掌握的离合词数量为121个。丙级语法为中级语法项目，这个阶段的留学生已经学习过离合词扩展的简单形式，拥有了一定的语法基础，在中级离合词教学中，教师可以进一步深化重点和难点。

1. 带补语

在初级阶段，留学生已经学过在离合词内部插入简单趋向补语、结果补语、可能补语、数量补语。所以在中级阶段，教师可以继续深入讲解离合词插入复杂趋向补语、程度补语、数量（时量）补语的程式，让学生举一反三。例如：

A. 复杂程度补语要拆开插入离合词后面一个语素两侧：夫妻俩打起架来。

B. 程度补语要配合动态助词"了"插入离合词中：军训让新生们吃尽了苦。

C. 时量补语要配合动态助词"了"插入动词性离合词中：他为了减肥跑了三天步。

D. 时量补语要配合动态助词"了、过"放在形容词性离合词后面：我心疼了一天。

2. "A什么B"固定格式

A. 表疑问：你挂什么号？

B. 表否定、不满：你叹什么气啊？

C. 表谦逊：你太客气了，这事我没费什么力。

3. 倒装形式

离合词有种高级用法，即上文提到的动宾式可以倒装使用，特别是跟"把"字句和"被"字句配合使用的倒装结构更为常见。留学生在初级阶段已经学过"把"字句和"被"字句的用法，这个阶段就是把二者结合到一起继续学习和强化。例如：

A. 单纯宾语成分提前：脸丢尽了。

B. "把" + 宾语成分 + 动词成分：我把脸丢尽了。

C. 宾语成分 + "被" + 动词成分：脸被我丢尽了。

4. 介词搭配受事宾语

留学生在初级阶段已经学过介词可以和离合词搭配，其中有一种是表示引介受事宾语的。有些离合词只能以离析的形式引入受事宾语，有些只能由介词引介受事宾语，有些则两者兼备又不影响离合词本身意义。中级阶段教师主要需要讲解受事宾语只能由介词引介这一类。例如：

A. 需要"和、跟、同、与"引介的有：聊天、吵架、结婚、离婚、动手、握手、干杯、告别、拼命

B. 需要"给、为、替"引介的有：洗澡、分心、操心、着急、请假、开课、道歉、照相、办事、打针、录音

（三）高级阶段离合词教学

国家对外汉语教学领导小组办公室制定的《汉语水平等级标准与语法等级大纲》规定：丁级词汇为高级词汇。所以高级阶段的留学生需掌握的离合词数量为 174 个。丁级语法为高级语法，主要指离合词语素倒装形式和离合词复杂离析形式。

1. 倒装形式

A. 高级阶段的离合词倒装形式，可以从学习离合词离析后再插入其他成分直接倒置开始：我办完事了→事我办完了。

B. 配合关联词"（连）……也/都……"使用倒置：小李最近忙得连信也/都不回了。

2. 复杂离析形式

离合词复杂离析形式的难点主要是各个插入成分位置的顺序问题。

A. 先宾后补：如果离合词的动词语素带的受事宾语在离析成分中为代词，那么这个代词的位置应该在数量补语之前。例如：我之前见过他几次面。

B. 先重后宾：离合词的动词语素先重叠，再带宾语。例如：这回可要沾沾你的光。

C. 如果离合词中插入多个定语成分，顺序一般为：领属 > 时间/处所 > 代词/量词短语 > 动词短语/主谓短语 > 形容词 > 表属性、质料、范围的名词或动词。例如：这就是你那化了两个小时惊艳全场的晚宴妆？

参考文献

[1] 黄伯荣，廖序东. 现代汉语［M］. 北京：高等教育出版社，2007.
[2] 北京大学中文系现代汉语教研室. 现代汉语［M］. 北京：商务印书馆，2004.
[3] 陈靖石. 离合词研究述评［D］. 东北师范大学硕士学位论文，2010.
[4] 高思欣. 留学生动宾式离合词偏误分析［D］. 暨南大学硕士学位论文，2002.
[5] 翁杜薇. 现代汉语离合词研究［D］. 华中师范大学硕士学位论文，2011.
[6] 由玉欣. 现代汉语离合词离析现象研究［D］. 河北大学硕士学位论文，2007.
[7] 王会琴. 离合词的研究及作用［D］. 平顶山学院硕士学位论文，2008.
[8] 周荔. 面向对外汉语的离合词研究［D］. 西南大学硕士学位论文，2009.
[9] 金普. 现代汉语离合词研究［D］. 扬州大学硕士学位论文，2008.
[10] 王俊. 现代汉语离合词研究［J］. 华中师范大学博士学位论文，2011.
[11] 王用源. 废"离合词"兴"组合词"［D］. 天津大学硕士学位论文，2004.
[12] 黄晓琴. "离合词"研究综述［J］. 伊犁师范学院学报，2006（2）.
[13] 力量，晁瑞. 离合词形成的历史及成因分析［J］. 河北学刊，2007（5）.
[14] 王瑞敏. 留学生汉语离合词使用偏误的分析［J］. 中国语言学应用，2005（1）.
[15] 林丹丹. 探讨对外汉语离合词教学之现状与对策［J］. 漳州师范学院学报，2009（2）.
[16] 高书贵. 有关对外汉语教材如何处理离合词的问题［J］. 世界汉语教学，1993（2）.
[17] 梁驰华. 离合词的价值及处理方式：兼评词类研究的方法［J］. 广西师范学院学报，2000（4）.
[18] 吕文华. 短语词的划分在对外汉语教学中的意义［J］. 语言教学与研究，1999（3）.
[19] 肖奚强. 韩国学生汉语语法偏误分析［J］. 世界汉语教学，2000（2）.

（蒋晓彤 首都师范大学2017级硕士生 指导教师：史金生）

外国学生复合趋向补语（上去、起来、下去）的偏误分析

崔 誉

摘 要：在习得汉语的过程中，外国留学生总是会出现各式各样的偏误，而错用或误用复合趋向补语的偏误类型占比较高。因此，如何教好趋向补语一直是我们所关注的问题。复合趋向补语难的原因主要包括两个方面：一方面是因为复合趋向补语这一语法项目本身在汉语的语法体系中就居于一个难学、难懂的位置；另一方面是留学生在习得汉语过程中的个人因素，以及教师在教学过程中不正确的示范以及教学环境。本文根据从语料库挑选出来的错误使用复合趋向补语的例子，对外国留学生在习得复合趋向补语过程中所产生的偏误进行分析，重点分析其偏误的类型以及产生偏误的原因。本文依据偏误分析理论、二语习得理论以及中介语理论对外国留学生习得复合趋向补语"上去""起来""下去"的过程中所产生的偏误进行分析，以期找到一套行之有效的适合外国留学生的相关教学策略。

关键词：复合趋向补语；偏误分析；习得顺序

一、研究缘起

补语一般由谓词性词语充当。传统意义上的汉语语法体系将补语分成七大类，其中，趋向补语表示物体根据自身动作而移动的方向，都用趋向动词来充当。趋向补语由两大部分组成，一个是简单趋向补语，一个是复合趋向补语。[1] 根据资料显示，趋向补语与其他六类补语相比使用率最高，由此可见趋向补语在汉语的语法体系中居于比较重要的位置。因此本文主要讨论外国学生如何习得，以及教师如何教授复合趋向补语的相关问题。

学界关于趋向补语有着较为深入的研究，然而，从对外汉语教学的角度研究趋向补语

---

① 黄伯荣，廖旭东. 现代汉语（增订五版）[M]. 北京：高等教育出版社，2011：73.

的语法著作则少之又少。本文将依据偏误分析理论、二语习得理论和中介语理论，对外国学生习得复合趋向补语（上去，起来，下去）的过程中所产生的偏误进行分析，旨在找到一套行之有效的、适合外国学生习得复合趋向补语的教学策略。

近年来，中国以世界第二大的经济体屹立于世界之上，吸引很多外国人开始学习汉语。因此我们现阶段的任务就是针对外国学生的兴趣，找到适合其学习的教学方法，既可以提高学习效率，还可以使中国的文化在世界上大放异彩。

二语习得研究从20世纪60年代兴起一直发展到今天，针对趋向补语的习得研究受到专家学者的高度重视。吴丽君通过分析日本学生在习得趋向补语时所产生的偏误，指出了比较常见的几种偏误类型：结果补语与趋向补语的混用，趋向补语的缺失与冗余，趋向补语与宾语位置的错放。[1] 邱质朴从语法结构和语法意义两个方面对在中英文中都表示趋向意义的动词短语进行了对比分析，对其表示趋向意义的趋向动词的字面意思和引申义做了相应的对比。[2] 杨德峰先后于2003年、2004年发表了《日语母语学习者趋向补语习得情况分析》《朝鲜语母语学习者趋向补语习得情况分析》《英语母语学习者趋向补语的习得顺序》这三篇成果，针对不同的母语习得者在习得趋向补语时，可将趋向补语的句式结构分为两种不同的类型，在一定程度上推进了习得研究的发展。肖奚强、周文华根据趋向补语的语法结构和意义特点将趋向补语划分为七类14种下位句式，并且统计了这14种句式在不同的习得过程中的使用频率以及正确率。然后对不同的语料进行分析，在统计和分析的基础上，对如何更好地进行趋向补语的教学实践活动提出宝贵的建设性意见。[3]

20世纪60年代，已经有专家和学者提出对语言的"学习"和"习得"做一定程度的区分，其中最为著名的则为美国语言学家克拉申所提出的学习与习得假说。"习得"是指在所要学习语言的语言环境中，通过各式各样有情景性的话语，不自觉地学会如何说一门语言。而"学习"则是指在日常的课堂中，通过教师的讲授，有意识地对目的语的语言规则进行掌握。[4] "学习"与"习得"之间的关系并非完全排斥不相融合的，二者之间的关系反而相互融合、相互贯通。在外国学生习得目的语的过程中，习得的因素所占的比重越来越高，因此，更多的学者倾向于把这个过程称为"第二语言习得"。现阶段已经提出来的二语习得理论假说已经有很多了，而本文的立论基础主要基于"中介语假说"和"内在大纲与习得顺序假说"。

（一）中介语假说

中介语假说把外国人习得目的语的过程看作一个持续积累逐步完善的过程，而且被视为习得者发现自己在学习上的错误，并不断更正这些错误，对自己已经具备的目的语知识

---

[1] 吴丽君. 日本学生汉语习得偏误研究 [M]. 北京：中国社会科学出版社，2002.
[2] 邱质朴. 汉语与英语中表示趋向的动词短语比较 [J]. 语言教学与研究，1980（1）.
[3] 肖奚强，周文华. 外国学生汉语趋向补语句习得研究 [J]. 汉语学习，2009（10）.
[4] 刘珣. 对外汉语教学引论 [M]. 北京：北京语言大学出版社，2000：153.

体系进行重组,并逐步创造目的语的过程。① 与"中介语"这个概念类似的,还有"个人特异方言",以及后来所提出的"学习者的语言"。

(二) 内在大纲与习得顺序假说

1967年,科德在《学习者言语错误的重要意义》一文中提出了"内在大纲与习得顺序假说",并指出二语习得者在习得目的语时有一套属于自己的内在大纲和顺序,这与儿童习得其母语是一致的。这一顺序与课堂上老师所教的顺序是不一样的,而习得过程中所产生的各式各样的偏误则是对这种规律的反映。基于理论(一)(二)在对外国学生复合趋向补语(上去,起来,下去)的习得过程进行研究时,把这个习得过程看作逐步练习、逐步积累、逐步完善的过程,在习得过程中具有不同的重难点,以及不同阶段习得情况之间相互影响。找出其重难点,拟构出一个基本符合外国学生习得复合趋向补语的习得顺序,为教学安排提供建设性意见。

近年来,随着二语习得的研究不断深入,对比分析理论的弊端日趋显著,已经越来越不能满足现阶段的研究需求。例如,学习者在学习过程中所遇到的困难和产生的错误的来源是多方面的,并不只局限于第一语言的负迁移。于是从20世纪70年代开始,人们对于习得研究的重心则转向新兴的偏误分析理论,偏误分析指的是对外国人在习得目的语时所产生的偏误进行仔细剖析,并解释为什么会产生这些偏误,揭示习得者自身的中介语体系是如何建构的,从而了解他们是如何学会一门新的语言的。本文将依据偏误分析理论对外国学生习得复合趋向补语(上去,起来,下去)时所产生的偏误进行分析,旨在找到一些有助于外国学生学习的方法。

二、外国学生使用复合趋向补语的偏误类型分析

外国学生在学习趋向补语时往往会出现各种偏误,通过对这些偏误的类型进行整理,笔者发现其中具有很大的规律性。以下笔者将选择一些偏误进行重点分析。

(一) 动词+复合趋向补语

*①他把烟直接扔下去在街上。
*②在山顶上站起来,感觉豁然开朗。
*③总之不管怎样,我遇见困难,坚持带我走的是我的梦想。
*④我们做事情永远要不怕困难,从哪里摔倒就从哪里爬。
*⑤这个办法是由一个老师想起来的。
*⑥他过了一会儿才想出来,还要去幼儿园接自己的女儿。
*⑦他一边工作下去,一边学习,直到自己大学毕业。

---

① 刘珣.对外汉语教学引论[M].北京:北京语言大学出版社,2000:174.

例1,"在街上"已经表示了"扔"这个动作的补语,而这里所指的趋向补语"下去"则多余,应该删去。例2,"起来"在这里表意多余应该删去,而且在此句中还出现了错序类型的偏误,应该把"在山顶上站"改为"站在山顶上"。例3,应该在"走"的后面加上复合趋向补语"下去"。而在例4中,"爬"的后面缺失了趋向补语"起来"。例5,复合趋向补语错用,应该把"起来"变为"出来"。例6,复合趋向补语错用,应该把"出来"换为"起来"。例7,复合趋向补语多余,应删去"下去"。

*⑧人们为了发展只顾眼前的利益而毁灭现有的生存环境,子孙后代很快就会在极其糟糕的环境中生存下去的。

*⑨这几件事情是很难自然解决下来的。

*⑩快到春天了,最近北京的天气越来越暖和起来。

*⑪所有的父母对自己的孩子要求都十分严格他们都希望自己的孩子能够独立起来。

*⑫因为高中三年不努力学习,所以高考三次全部落败,可是那个时候,到现在想出来我真笨。

*⑬她很难过,在好朋友面前一个劲儿地哭起来。

例8,句子中"生存"一词本身就表示一种状态的延续,这就与表示继续意义的复合趋向补语"下去"语意重复。例9,"解决"这个动词表示结果义,而复合趋向补语"下来"则也表示结果的意义,二者语义重复,所以应该删去"下来"。例10,"起来"这个复合趋向补语多余应该删去,句中"越来越"表示随着时间的推移,程度的不断加深,已经表示持续的意思,而复合趋向补语"起来"则表示动作状态的开始并持续,这样的话如果二者同时出现在句中会造成语意矛盾,所以应该把"起来"删去。例11,句中"独立"是一个表示非持续意义的动词,而"起来"表示持续的意思,两者语意矛盾,所以应该删去"起来"。例12,"出来"误代,应该换为"起来","想出来"和"想起来"二者之间在语义上存在明显的区别,"想起来"所想的事物是先前已经知道和了解的东西,而"想出来"所想的事物是不曾存在或者不知道的事物。因此应把"出来"改为"起来"。例13,"一个劲儿地哭起来"应该改为"一个劲儿地哭了起来"。

*⑭我母亲很努力地工作下来。

*⑮所有的花都开起来了。

*⑯人性本就自私,大部分人只会为自己的生活考虑下去。

*⑰由于很少有人抽烟了,广大民众的身体更加健康起来了。

*⑱这部电影会给我们一些启发,使我们健康快乐地生活下去。

*⑲如果用画笔把这幅画画在墙上,这样看起来很美丽。

*⑳没过多长时间,我就对北京的生活熟悉起来。

例14,复合趋向补语"下来"多余应该删掉,"工作"这个词本身就表示了一种持续的状态，如若与表示结果义的"下来"同时使用，会造成歧义。例15，"起来"强调持续的开始，但句中并没有强调开始，而句中强调的是花"开"的结果，与"起来"相互矛盾，应该删去。例16，"下去"多余，应该删掉。例17，"起来"多余应该删去，程度副词"更"表示的意义是在程度上更进一层，而"起来"这个复合趋向补语表示开始的意思，二者同时出现会导致语意矛盾。例18，"下去"多余，"成长"是一个表示状态持续性意义的动词，因此没有必要再加上表示延续义的趋向补语"下去"。例19，错用复合趋向补语，应该把"起来"替换为"上去"。例20，"熟悉起来"应该改为"熟悉了起来"。

（二）动词+宾语+复合趋向补语

*㉑所以人们开始用化肥起来了。
*㉒常年喝酒下去，可能会引起肝癌等可怕的疾病。
*㉓虽然买这件大衣起来，要花更多的钱，但是物有所值。
*㉔随着人数的增加，他们拿水上来的事想靠以后来的人。
*㉕我们现在要做的是把西瓜切成小块起来。
*㉖六月的天就像小孩子的脸，突然刮大风起来，下大雨起来。

例21，"起来"这个复合趋向补语表示开始意义，而在例句中已有"开始"一词，这会导致语意重复，所以应该删去"起来"。例22，"下去"表示持续下去的意思，而在例句中状语"常年"已经表示持续的意思，所以应该删去"下去"。例23，"起来"多余应该删去，例句中的"买"是一个非持续性的动词，而"起来"表示开始的意思，二者相互矛盾。例24，"上来"多余应该删掉，句中"他们拿水"是主谓短语作事的定语，而"上来"多余，应该删去。例25，复合趋向补语多余，应该把"起来"删去。例26，"刮大风起来，下大雨起来"应该改为"刮起大风来，下起大雨来"。

（三）动词+复合趋向补语+宾语

*㉗经常运动，可以降低下去人们的压力。
*㉘我们坚持吃下去"绿色食品"，不吃别的食物，那就不存在食品安全问题了。
*㉙我们怎样开发下去垃圾分类工程？
*㉚这件事情太过困难我们个人无法完成，而需要我们一起解决起来的。
*㉛可是比起来，朝鲜是不一样。
*㉜周遭的环境决定下来，他会成为一个怎样的人。
*㉝向东看，能看到由堤坝流出下去的江水，很是壮观。
*㉞他这个人适应性极强，无论走到哪里都可以很快地适应起来那里的环境。

例27，"下去"成分多余应删去，"降低"所表示的意思与"下去"矛盾。例28，"下去"应该删掉，"下去"与"吃"这个动作表示的意义重复。例29，"开发"是表示非延续性的意思，与表示继续意义的"下去"相矛盾，所以应该删去。例30，"起来"多余,应该删去。例31,位置错序,句中应该把"朝鲜"放在"比"的前面。例32,"决定"这一动词有结果义,而"下来"同样可以引申为结果义,二者重复,应该删去"下来"。例33,复合趋向补语的错用,"流出下去"应改为"流下去"。例34,复合趋向补语"起来"多余,应该删去。

三、复合趋向补语的偏误原因

揭示外国学习者在习得复合趋向补语(起来,上去,下来)时所产生的偏误,分析这些偏误所形成的原因,才是现阶段二语习得研究该重视的问题。综上所述,偏误的类型有很多种,引起偏误的原因也有很多,笔者拟从以下几点原因展开分析。

(一) 母语的负迁移

外国学习者在学习汉语的过程中,母语的迁移是影响他们能否学好汉语的一个至关重要的因素。当所学内容与母语一致,则会导致正迁移,促进第二语言的习得;而当所学内容与母语不一致或者有不同的表达形式,则会导致负迁移,阻碍习得过程的正常进展。特别是在学习目的语的初级阶段,学生所学习和了解的目的语知识还不够丰富,更容易受到母语规则的干扰。人类各民族的语言是不同的,但是人们的思维是共同的,正是因为具有这样的共性,不同语言的人们才有了交流的可能性。也才会有学习第二语言的可能性,语言之间的共性和差异性在第二语言习得的过程中起着很重要的作用,既可能会使学习者很快地掌握某个语法点,也有可能会造成学习上的障碍,因而产生各式各样的偏误。母语的负迁移在学生学习第二语言的初始阶段十分明显,因为这个阶段学生所掌握的目的语知识还不够多,思维更是保持在自己语言的思维定式之上,学习第二语言时往往更倾向于依赖自己的母语知识进行类推。要想减少这种干扰,我们就必须认清两种语言间的联系和差异性,即共性与个性。

(二) 目的语规则的过度泛化

随着习得时间的逐渐变长,习得者已经掌握了足够多的目的语知识,也就更加倾向于把自己所学习到的目的语规则,运用到与其并不适合的语言现象上,导致过度或超前地使用目的语规则而产生偏误。学生掌握目的语知识会越来越多,他们便会用更多的目的语语法规则来进行推论,尤其是那些把汉语作为第二语言的学习者一般是成年人,他们的逻辑思维能力更强,这一点会超越单纯模仿学习语言的局限,以大大提高学习效率。但是语言规则并不像逻辑学规则那样严格,语言规则是约定俗成的、模糊的,并不能够完全依赖于理性知识来做判断,如果以现有的目的语知识过度泛化就会带来偏误。一个正确使用的句子并不是因为一条语言规则起作用而生成的,而是很多规则共同协调制约而生成的。一条语法规则过度的泛化,必然会忽略其他的规则,造成偏误。

(三) 客观环境与内在因素

学习环境也会对第二语言习得者造成不良的影响。课堂上,有些教师对趋向补语的讲解不够仔细认真，甚至是给学生做了一些不正确的示范。教师有时为了赶课程的进度，对语法点的练习没那么充分。学习者个体因素对语言习得过程也具有很大的影响，习得者在二语习得过程中的态度、性格、生理、认知、情感等内在因素都会对习得过程产生影响。[①]

综上所述，造成外国学生复合趋向补语习得偏误的原因是多种多样的，且各种因素相互关联、相互作用。

四、复合趋向补语的教学建议

（一）针对复合趋向补语加强其语义和语用的教学

一直以来，对外汉语教学上存在一个较为明显的问题，即在教学的过程中，老师只注重讲解某个语法点的语言结构，而忽视了这个语法点所代表的语用含义。如果要想更好地与目的语国家的民众交谈，词的语用往往要比语法结构更加重要。而在复合趋向补语的教学问题上，就只重视前者而忽视了后者。今后在教学的过程中，要加大对其语义和语用的讲解，这样会大大降低学生使用复合趋向补语的错误率。在条件成熟的情况下，教材上重新排列趋向补语的教学顺序。搭配错误是由于学生没有能够真正理解趋向补语的引申意义，那么在教学上，我们就要多从促进学生对引申意义的理解上下功夫。加强趋向补语结果意义和状态意义的教学，多举具有代表性的、容易理解的句子，并用大量的练习来培养学生使用趋向补语的语感。

（二）采用更加灵活的教学方法

这里主推动作演示法。在对外汉语教学的过程中，我们一直强调精讲多练的原则，动作演示法通过动作的演示让学生有初步的理解，随后进行更多的情境性实践操练。学习第二语言的学生在某一语法点上掌握的不是十分熟练的情况下，通常都会采取回避的策略，这是所有第二语言学习者共同的学习特点。虽然通过别的方式也会把意思表达清楚，但常常不准确或不恰当，尤其在篇章中，这样的回避所产生的影响更为突出，这不利于第二语言的真正习得与运用。回避策略使学来的语言常常用母语的方式生硬地表达第二语言特有的语法点，总是会烙上母语的印记，无法体现第二语言的某些语法点特色，所以建议采用"强制使用"的练习法，即除去教材课后练习的填空、选择、改错等方式的练习外，用习得来强制其对某些语法点的使用（尤其是学生们经常回避不用的语法点）。

（三）以常用形式作为教学的重点

常用形式是根据统计与计算所得出来的目的语，国家对这个语法点所经常使用的句式，把这些常用形式作为教学的重点，加强对其语义、语构、语用的讲解，会产生意想不

---

① 刘珣. 对外汉语教学引论［M］. 北京：北京语言大学出版社，2000：207.

到的教学效果。对于出现较多的偏误类型，我们应当适当增加其在课文里出现的频率，通过加强语言输入刺激，使其熟能生巧，更快、更好地掌握重点、难点。另外，还可以增加一些有针对性的安排训练，使学生通过练习，复习巩固所学的知识点。

（四）加强对其教学活动的安排

教师在课堂上讲授复合趋向补语时，应该秉承"精讲多练""循序渐进"的教学原则，加强有关趋向补语习得顺序的研究，以找到更适合外国学生习得复合趋向补语的顺序。要加强教材的编写工作，以及对外汉语教师师资力量的提升。注意趋向补语的教学顺序（先教趋向义，再教结果义，最后教状态意义，注重它们之间的联系），更强调语用条件。人与人之间的交流是有一定的语言环境的，我们在讲解语法时应该有所提及，目前教学中对语用条件的关注还很少。教师应在教学课堂中多设计一些场景练习，以帮助学生掌握运用趋向补语的意义。

结　语

本文依据偏误分析理论、二语习得理论，对外国学生习得复合趋向补语时所产生的偏误进行了分析，揭示了部分偏误的类型及其原因，提到了在今后教学过程中应该注意到的重难点，要让学生懂得复合趋向补语的内涵，不能一味地学习语法结构而忽视了语法意义。对于习得者来说，找到习得过程中的重难点才是学好第二语言的重中之重。二语习得者在习得过程中所要做的也就是多说、多练、培养语感。

补语是汉语中的一种特殊语言现象，在各类补语中复合趋向使用频率较高，是外国留学生学习的一大难点。本文以 HSK 动态作文语料库为研究范围，尽可能对出现的偏误进行分类总结，但文中没有对学生的偏误进行国别分类。这是因为考虑到趋向补语在很多语言中没有对应的表达，而且通过参看相关的论文发现很多国家的学生在学习趋向补语时出错的原因大致相同，所以本文并未对偏误进行分国别讨论。当然本文还存在一些问题，由于语料库中例句太多，出现的问题也比较复杂。除了一部分是趋向补语本身的问题外，另外一些可能还和其他的语法项目有关。复合趋向补语经常和把字句连用，而且在语料库中也存在这样的问题。所以在进行偏误分析时，暂时把它搁置在一边。除此之外，一些其他的句式（比如被字句、联动句、存现句）都没有涉及，这也将成为我们以后工作的重点。

参考文献

[1] 黄伯荣，廖旭东. 现代汉语（增订五版）[M]. 北京：高等教育出版社，2011.

[2] 刘月华. 关于趋向补语"来"、"去"的几个问题 [J]. 语言教学与研究，1980（3）.

[3] 刘珣. 对外汉语教学引论 [M]. 北京：北京语言大学出版社，2000.

[4] 吴丽君. 日本学生汉语习得偏误研究 [M]. 北京：中国社会科学出版社，2002.

[5] 邱质朴. 汉语与英语中表示趋向的动词短语比较 [J]. 语言教学与研究，1980（1）.

［6］肖奚强，周文华．外国学生汉语趋向补语习得研究［J］汉语学习，2009（10）．
［7］杨德峰．日语母语学习者趋向补语习得情况分析［J］．暨南大学华文学院学报，2004（3）．
［8］杨德峰．英语母语学习者趋向补语的习得顺序［J］．世界汉语教学，2003（2）．
［9］杨德峰．朝鲜语母语学习者趋向补语习得情况分析［J］．暨南大学华文学院学报，2003（4）．
［10］赵金铭．对外汉语教学概论［M］．北京：北京商务印书馆，2014．

（崔誉　首都师范大学2017级硕士生　指导教师：刘贤俊）

· 文化产业、影视文学 ·

新媒体时代粉丝群体名称研究

高梦伟

摘　要：粉丝经济，是当代社会中一种普遍的文化消费模式。随着新媒体时代的到来，粉丝群体名称的研究也要更加贴合实际。文章首先从粉丝群体名称的含义及作用出发，通过对新媒体时代下各种各样的粉丝群体名称进行搜集整理，先后从构成方式及语义类型两个不同的角度进行分类，从而进一步揭示出粉丝群体名称所具有的特点：积极向上、具体形象、类别细化以及缺乏个性。

关键词：新媒体时代；粉丝群体；名称特点

"粉丝"这个群体其实古已有之，从最初的诗词大家，近代的曲艺名伶，一直到今天的偶像明星、网红或是自媒体人，周围都围绕着大批的粉丝。而新媒体时代是相对于传统的报刊、广播、电视而言，以互联网为主要形式向广大用户快速传播信息和娱乐服务的新的传播形态。在这种背景下，"90后""00后"等年轻人的广泛参与使粉丝群体更加庞大，甚至屡次出现打破吉尼斯世界纪录的情况，可见其凝聚力不容小觑。正如《福布斯》中文版杂志中对如今炙手可热的明星鹿晗的评价："如果你还不认识鹿晗，那么你很可能正与90后世代的现象级事件擦肩而过。"正因为如此，对粉丝群体名称研究的必要性与重要性不言而喻。通过从语言各方面对粉丝群体名称进行研究，我们可以更加明确地掌握粉丝群体名称的规律，从而接近粉丝群体，并了解其背后的行为方式和心理模式。

一、新媒体时代粉丝群体名称的概念及作用

在新媒体时代的背景下，粉丝群体名称有了更广泛的内涵，对它的研究也应相对有所变化。首先要注意到的是，"粉丝"已不同于我们从前所单一理解的"追星族"，其内部组成多种多样，甚至出现许多以"粉丝"为职业的专业粉丝。其次，粉丝群体的日益庞大也表明了这个群体不同以往的"战斗力"，打破吉尼斯世界纪录、全球接力赛跑这类平时听起来很难达到的行为，在粉丝群体中也稀松平常。最后，粉丝群体名称对粉丝群体的影

响力日益扩大，这也是最能直观反映粉丝群体思维方式的方面。因此，关于粉丝群体名称的研究具有极大的意义。

（一）"粉丝"及"粉丝群体"的含义

"粉丝"一词一开始只是用于说明中国一种常见的食品，但在后来的发展中，它渐渐出现了引申之意。本文中所提到的"粉丝"，来源于英语"fans"一词，有狂热、热爱、影迷、追星等意思，并逐渐代替了中国原有的称呼"追星族"，为中国绝大多数人所熟知。"粉丝群体"则专指一群具有相同兴趣爱好、相同价值取向的"粉丝"聚集在一起，尤其是面对他们所共同追捧的人或事物时，往往会表现出高度的集中性与凝聚力，做出他们所认为的最有力的选择。

随着互联网的快速发展，逐渐催生出了"粉丝经济"。学术界有一个著名的"1000铁杆粉丝理论"，该理论认为，如果一位创作者能够拥有1000名铁杆粉丝，那么这1000名粉丝贡献的收入就可以完全养活这位创作者。随着人与人之间的关系更加密切，频繁的交流增加了相互之间的了解，"粉丝"一词也就不再局限于娱乐圈，或者说是不再局限于明星，人们更加趋向于用"粉丝"一词来表示喜爱追捧之意。这种内涵的扩大，使得"粉丝"一词的使用范围产生了一些变化，尤其是在新媒体时代到来之后，每个人都有可能成为"网红"，从而拥有大量的粉丝。笔者发现，除了我们最熟悉的明星，"粉丝"一词的使用范围大概可以分为以下几个方面：各行各业的精英、自媒体的网络红人、网络销量高的资深卖家、优秀产品、周围值得学习的人等。本文通过对微博超级话题以及明星势力榜、明星人气榜等几大榜单的互联网数据进行研究，筛选出目前最具人气、最有影响力的110位明星，并以其为研究对象系统分析粉丝群体名称的各个方面的特点。

（二）粉丝群体名称的作用

粉丝名称是与粉丝最密切相关的一个部分，也是我们了解粉丝群体最重要的途径。当下的年轻人为了表示对自己偶像的喜爱，常常和与自己有共同爱好的人聚集在一起，并给自己的团体起一个富有号召力和创新力的名称，从而产生更加强大的凝聚力，更好地表达对自己偶像的喜爱。在新媒体时代的背景下，这些名称所具有的作用也在不断扩大。

值得注意的是，粉丝群体中青少年占有很大比例，而青少年群体的特殊之处在于他们叛逆、追求新奇，容易感到孤单，但同时具有极大的创新力。当这些青少年处于粉丝群体中时，同样的喜好使得他们更能感受到平时不易获得的理解与认同。同时，粉丝群体名称的存在，很大程度上满足了他们对这个群体的归属感，并能找到与自己志同道合的"战友"，共同表达自己的喜好。本文希望可以通过对粉丝群体名称进行详细分析，从而更好地了解青少年群体的心理特点，并进一步引导他们的行为方式。

二、新媒体时代粉丝群体名称的构成方式

本文通过研究所采集到的110个粉丝名称，发现粉丝群体名称的来源有规律可循，其

至能够体现出粉丝群体构造粉丝名称的一般特点。经过整理分类，笔者找出了粉丝群体名称中最为集中的几个构成方式，由此发现粉丝群体构造粉丝名称的倾向性。

（一）由明星姓名谐音后加"迷、饭、粉"等语素得出

这种构成方式在粉丝名称中是使用的最早的一种方式，在所采集到的名称中占21.81%，其中又以"×迷"形式数量最多。该方式一般是采用明星本身名字中的一个字或其谐音后面加上"迷、饭、粉、丝"等语素。该方式的优点是比较简单明了，既能与自己偶像的名字联系在一起，又体现了粉丝本身的性质：不论是"迷"或是"粉"，都是一种追随者的姿态，该方式的缺点则是缺乏一定的创新性，甚至还会出现不同的明星拥有相同粉丝名称的情况，如王菲和刘亦菲的粉丝名称都是"菲迷"。具体如下：

×迷（米）：张艺兴—兴迷、刘亦菲—菲迷、林俊杰—杰迷、霍建华—霍迷、陈晓—晓迷、张惠妹—妹迷、谢娜—娜米、杜淳—淳米、胡夏—虾米、吴奇隆—奇迷

×饭：鹿晗—鹿饭、韩庚—庚饭、陈妍希—希饭、武艺—午饭、陈冠希—稀饭

×粉：安以轩—洗衣粉、何炅—河粉、陈柏霖—面粉、苏打绿—苏打粉

×丝：关晓彤—铜丝、郭德纲—钢丝、杜海涛—海飞丝

×友：薛之谦—谦友

×人：任嘉伦—嘉人

（二）由明星姓名谐音加名词语素得出

这种构成方式在粉丝名称中最为普遍，也是使用数量最多的一种方式。在所采集到的粉丝名称中占50.90%，即有半数的粉丝群体名称都采用了这种构成方式。该方式一般是采用明星的姓或名中的一个字或其谐音作为一个语素和另一个语素共同组成一个词语（大多数为名词），并且以"名+名词语素"这种方式所占的数量居多，这主要是因为大多数人的"名"比"姓"具有更加丰富的语义内涵。这种方式既使粉丝名称与明星本身产生了关联，又不失其创新性，因此，现在的粉丝团体起名多会采用这种方式。具体如下：

姓+语素：鹿晗—芦苇、郑爽—正版、胡歌—胡椒、唐嫣—糖蜜、罗晋—萝卜、Angelababy（杨颖）—杨家将、白敬亭—白鸽、林心如—御林军、郁可唯—郁金香、杨乐乐—洋葱

名+语素：张翰—汉堡、赵丽颖—萤火虫、杨幂—蜜蜂、李易峰—蜜蜂、易烊千玺—千纸鹤、黄景瑜—护鲸团、江映蓉—萤火虫、钟汉良—良民、王源—汤圆、许魏洲—白粥、古力娜扎—维纳斯、迪丽热巴—爱丽丝、刘诗诗—小狮子、马天宇—羽毛、赵又廷—游艇、张若昀—昀朵、杨洋—羊毛、鞠婧祎—婧祎卫（锦衣卫）、陈学冬—暖冬、景甜—甜筒、杨紫—紫米、周冬雨—雨滴、马思纯—唇蜜、郑元畅—元宝、张韶涵—韶先队、范玮琪—模范生、冯绍峰—峰叶、范冰冰—冰棒、陈赫—薄荷糖、金莎—沙拉、孙燕姿—燕窝、安悦溪—溪水、刘惜君—细菌、周杰伦—轮胎、刘

恺威—威化（饼）、张一山—山楂、胡冰卿—蜻蜓、张碧晨—晨曦、汪苏泷—小泷包、杨蓉—绒绒球、袁姗姗—珊瑚鱼、后弦—仙鹤、许嵩—嵩鼠

（三）由联想明星的作品、外貌、喜恶等得出

这种构成方式使用的比较少，在所采集到的粉丝名称中只占 12.72%，但对这一类名称的研究却更加具体。其构成主要是通过联想明星的作品、外貌、喜恶等方面，选出其中具有美好象征意义的词。在这类粉丝群体名称中，以通过"作品"联想到的名称居多，因为这常常是该明星将喜欢自己的粉丝聚集起来的主要原因。这类粉丝名称一般创新性非常高，极少会出现相同的名称，并能直观地表达粉丝喜欢明星的原因，但这类名称的口耳相传度比较低，粉丝群体之外的人往往对其一头雾水。具体如下：

作品：姜潮—小乌龟（所演唱的歌曲）、陈乔恩—东方教徒（所饰演的角色）、陈伟霆—女皇（所演唱的歌曲）、蔡依林—骑士（出道时所演唱的歌曲）、王凯—靖王妃（所饰演的角色）、TFBOYS—四叶草（来源于歌词）、邓紫棋—渔民（因为其表演金鱼嘴的表情）

外貌：井柏然—Babyface（因为长着娃娃脸）、戚薇—小白兔（兔牙）、刘昊然—暖阳（笑容温暖如阳光）

喜恶：王俊凯—小螃蟹（喜欢的食物）、宋茜—香菜（最讨厌的食物）

其他：吴亦凡—梅格妮（常说的一句话的谐音：我喜欢你，每个你）、王嘉尔—嘎嘎（粤语发音为王嘎嘎）、华晨宇—火星人（行为、说话比较有特点）

（四）其他类

这一类名称不能明确地分类，甚至有些名称在粉丝内部也众说纷纭，在所收集到的粉丝名称中只占 14.57%。这列名称尽管来源不甚清楚，但仍对粉丝凝聚力的增强起到不容忽视的作用。具体如下：

黄子韬—海浪（由明星名字联想而来）

罗志祥—老婆、兄弟（为了体现和粉丝之间亲密的关系）

郭采洁—小花（明星本人的规定）

三、新媒体时代粉丝群体名称的类型

通过对粉丝群体名称的分类整理，笔者发现，粉丝群体在对其名称的选择方面表现出极大的倾向性，这体现了粉丝群体虽然内部成员多种多样、来自各行各业，但在对粉丝群体名称做出选择时却表现出高度的一致性，这也就对粉丝群体名称研究工作产生了极大的便利性以及挖掘出其内在规律的可能性。而笔者以所收集到的 110 个粉丝名称为样本，将粉丝群体名称做了如下几组分类。

（一）食物类

通过对所收集到的粉丝名称进行语义角度的分析，笔者发现，仅食物类的名称就占据了20%，这说明粉丝群体在对粉丝名称进行选择时，对"食物"表现出极大的倾向性。其中又可将其划分为如下四小类。

甜品：曾轶可—可爱多、景甜—甜筒、林允—冰淇淋、范冰冰—冰棒、马雪阳—雪糕、炎亚纶—布丁

主食：许魏洲—白粥、汪苏泷—小笼包、何炅—河粉、陈冠希—稀饭、王源—汤圆、杨紫—紫米、金莎—沙拉、孙燕姿—燕窝

水果、蔬菜：林依晨—草莓、罗晋—萝卜、杨乐乐—洋葱、宋茜—香菜

快餐、小吃：张翰—汉堡、陈赫—薄荷糖、吴昕—夹心糖、欧阳娜娜—拿铁、刘恺威—威化（饼）

我们可以对所分的类别进行语义方面的分析。首先是"甜品类"，这类名称所拥有的共同语义特征就是"甜""好吃"，它一方面表达了粉丝对自家偶像发自内心的喜爱之情，另一方面又是用这类甜品概括自家偶像的特征"甜美""冰爽"。其次是"主食类"，这类名称大多是我们日常生活中所常见的各种主食，它们的相同之处则是"管饱""营养""健康"，一方面表达出粉丝是明星最坚强的后盾，另一方面也是希望自家偶像能在娱乐圈占据一席之地并能健康发展。再次是"水果、蔬菜类"，这一类名称能够使人感到亲切，因为能为我们日常所见，并且一些名称还能反映明星本人的一些性格特征，如"草莓"象征林依晨的甜美，"洋葱"象征杨乐乐的煽情。最后是"快餐、小吃类"，这类名称更符合现代人的行为方式——快速、简洁，从另一个角度说明粉丝群体是一个需要很强行动力的群体。

（二）植物类

自然界中存在着各种各样美丽的花草，而各种花草又代表了不尽相同的美好寓意，因此许多粉丝群体不可避免地选择各种各样的植物来作为自己的粉丝名称。具体如下：

鹿晗—芦苇、TFBOYS—四叶草、田馥甄—仙草、冯绍峰—枫叶、郭采洁—小花、郁可唯—郁金香

在语义内涵方面，粉丝们往往会选择具有独特寓意的植物表达对自家偶像的某种感情，如"四叶草"象征"幸运"，"郁金香"象征"博爱、体贴"。

（三）动物类

自然界中除了人类还生存着各种各样的小动物，而每个民族都有不同于其他民族的喜爱的动物，如"狗"在中西方代表了不同的意义。粉丝群体名称中所选取的动物类名称也是多种多样。具体如下：

赵丽颖、江映蓉—萤火虫、杨幂、李易峰—蜜蜂、王俊凯—螃蟹、刘诗诗—小狮

子、姜潮—小乌龟、白敬亭—白鸽、胡冰卿—蜻蜓、戚薇—小白兔、袁姗姗—珊瑚鱼、后弦—仙鹤、许嵩—嵩（松）鼠

针对动物类名称的研究，可以概括出这类名称所具有的三种语义内涵：首先，体型娇小，喜欢群居，如：小白兔；其次，憨态可掬，惹人喜爱，如：松鼠；最后，有益人类，象征美好，如：蜻蜓。

（四）景物类

世间万物中存在着许多美好的景色，甚至有些景物仅仅是名字就颇具画面感，用景物来作为粉丝名称，更加形象生动、色彩鲜明。具体如下：

黄子韬—海浪、张若昀—昀朵、周冬雨—雨滴、安悦溪—溪水、张碧晨—晨曦

（五）人物身份类

这类名称主要分为两大类，一种是真实的人名，这类人名有共同的特征——"耳熟能详""寓意美好"，如"维纳斯"是希腊神话中的爱神、美神；另一种则是身份的代称，如"御林军""杨家将""锦衣卫"，寄托了粉丝群体对自身能够数量庞大并且拥有强大的团结力和凝聚力的美好期望。具体如下：

陈伟霆—女皇、华晨宇—火星人、古力娜扎—维纳斯、迪丽热巴—爱丽丝、邓紫棋—渔民、鞠婧祎—婧祎卫（锦衣卫）、Angelababy—杨家将、张韶涵—少先队、范玮琪—模范生、林心如—御林军

（六）附属类

这一类名称也极富特点，它们都是一些配料、配件，甚至只是动物或植物的一部分，如"胡椒""苏打粉"是做饭的配料，"轮胎"是车的配件，"羊毛""羽毛"都是动物身上的一部分，其共同特征都是"附属"，这表达了粉丝以明星为中心的态度，更加符合追随明星的目的。具体如下：

胡歌—胡椒、周杰伦—轮胎、苏打绿—苏打粉、陈柏霖—面粉、关晓彤—铜丝、郭德纲—钢丝、胡夏—虾米、马天宇—羽毛、杨洋—羊毛、杨蓉—绒绒球

（七）其他类

这类名称很难找出共同的特征，但都表达了粉丝对明星的某种感情、某种希望，通过这些名称我们也能看到明星与粉丝之间紧密的关系。具体如下：

易烊千玺—千纸鹤（手工品）　赵又廷—游艇（交通工具）
马思纯—唇蜜、杜海涛—海飞丝、安以轩—洗衣粉（日用品）
郑元畅—元宝（钱财）　刘惜君—细菌（微生物）

四、新媒体时代粉丝群体名称的特点

通过对110个粉丝群体名称在其概念、构成方式、类型等方面的研究，我们发现，粉丝名称在各方面都有极大的规律可循。但我们不能忽视的是，在新媒体时代这种新的背景下，粉丝群体名称的研究还是有很大必要性的，因此，通过对以上多方面研究，总结出粉丝群体名称背后所隐藏的语言特点。

（一）积极向上

通过对粉丝群体名称语义内涵的研究，我们发现，粉丝群体名称大都采用比较积极向上的词语，比如食物类当中不会出现"臭豆腐"这类比较具有争议性的食物，动物类当中也不会出现"苍蝇"这类惹人生厌的昆虫，这种选择取向体现了积极向上的特点。而背后的原因也极其简单，都是为了表达粉丝对明星的美好祝愿。与此同时，作为数量庞大的粉丝群体，在网络成员中占有极大的比例，这有利于消除网络语言的不健康因素。

（二）具体形象

粉丝群体名称几乎全部采用了意义具体的词语，一般在现实生活中能够找到实物，这就体现了粉丝群体名称的另一个重要特点：具体形象。这不同于网名，既可以是抽象词语，又可以是具体词语。探究其背后的原因，不得不提到粉丝群体的一项活动——应援。简单来说，就是为喜爱的明星加油助威。在此过程中，不可或缺的东西就是应援物，选择比较具体形象的词语更有利于应援物的选择与制作。另一方面，具体形象的词语有利于给粉丝寻找定位，比如粉丝群体名称如果为"小白兔"，粉丝就会更加倾向于表现得乖巧可爱。

（三）类别细化

在研究过程中，我们注意到另一种情况：那便是一个明星对应几个粉丝名称，例如鹿晗的粉丝名称有"鹿饭""芦苇""甜美系"等多个名称，且这几个名称在粉丝群体中都获得了认同，每个名称都有自己的拥护者，体现了粉丝群体名称的类别更加细化。这几个名称的具体意义也有所不同："鹿饭"是鹿晗粉丝的总称，只要你喜欢鹿晗，都可以称为"鹿饭"；"芦苇"是"鹿唯"的意思，即只喜欢鹿晗一个明星，对其他的艺人无感；"甜美系"则更进一步，是鹿晗的女友饭，就是以鹿晗的女朋友自居，因为鹿晗说过自己喜欢的女生类型就属于"甜美系"。这种情况在偶像团体中则更为普遍，例如TFBOYS的粉丝名称是"四叶草"，而每个成员又拥有自己独有的粉丝名称如"小螃蟹""汤圆""千纸鹤"，这一部分称为"唯饭"，还有喜欢其中两名成员的CP党，如"凯源党"。粉丝群体名称的类别越来越细化，大致有两个方面的原因：首先是粉丝群体的日益庞大。随着全民娱乐时代的到来，粉丝群体日益庞大，成为一支不容忽视的力量，我们经常可以看到的娱乐新闻便是"××粉丝破世界吉尼斯世界纪录""××粉丝一掷千金包下美国时代广场一周屏幕"等，对新闻背后粉丝行为的正确性我们暂且不予讨论，但粉丝群体的庞大我们却不容忽视。其次是粉丝群体成员的目的复杂。不同的粉丝可能会喜欢上同一个明星，但原因不尽相同，这就使每个人想通过粉丝名称传达的希望不同，于是就出现了具有不同目的"女友饭""妈妈饭""妹妹饭"等不同的粉丝群体，从而产生了多个不同的粉丝群体名称。

（四）缺乏个性

通过对粉丝群体名称的研究发现：在粉丝群体名称的日渐发展中，尤其是在新媒体时代的背景下，出现了多个明星同时对应同一个粉丝名称的现象，这体现了粉丝群体名称个性化的缺失。例如，杨幂和李易峰的粉丝名称都为"蜜蜂"，赵丽颖和江映蓉的粉丝名称都为"萤火虫"，许多人都对这种情况的出现表示不理解，这似乎并不符合粉丝群体一贯追求个性化的需求。究其背后的原因，首先是粉丝群体名称的构成方式单一。上文提到，目前使用最多的构成方式是使用明星名字中的同音字或谐音字加名词语素组成具有美好象征意义的词，而各个明星中姓名中的字难免重合，这就使得粉丝名称相同。其次是语义内涵要求相同。我们所采集到的粉丝名称大多都有积极向上性、具体形象性等特点，这就使得粉丝名称的选择范围进一步缩小。最后是明星本身有所区别。例如赵丽颖与江映蓉一个是演艺界，一个是歌唱界，并且火爆程度和受众不同，两者也就不会互相影响。另一种情况则是如杨幂与李易峰这样的情况，在选择粉丝群体名称时两人都不算太红，也不影响，但随着两人相继一夜爆红，两家粉丝都不愿意放弃这同一个名称以变相示弱，引得两个粉丝在各个平台一争高下。

通过对粉丝名称各个层面的研究与分析发现，粉丝名称的构成方式多种多样，语义内涵极其丰富，具有很高的研究价值，粉丝名称相较之前也有所发展。在新媒体时代的背景下，我们更应该用新的眼光去看待问题，去认识当代年轻人的行为方式与心理模式，粉丝群体中大量年轻人的存在使我们与年轻人的想法更进一步，而粉丝群体名称也会出现更多样的变化，我们将继续研究的步伐。

参考文献

[1] 曹炜. 现代汉语词汇研究［M］. 北京：北京大学出版社，2004.

[2] 黄伯荣，廖旭东. 现代汉语［M］. 北京：高等教育出版社，2007.

[3] 晏尚元."超女快男"粉丝名的认知解读［J］. 长沙大学学报，2008（6）.

[4] 陈丽君."粉丝"一词的语言现象分析［J］. 浙江旅游职业学院学报，2005（1）.

[5] 高奎莉."粉丝"自称名语言现象初探［J］. 世纪桥，2008（6）.

[6] 陈原. 社会语言学［M］北京：商务印书馆，2000.

[7] 刘芳."粉丝"名字研究［J］. 辽宁教育行政学院学报，2010（1）.

（高梦伟　首都师范大学2017级硕士生　指导教师：冯学民）

自媒体时代下的"三农"短视频与乡村传播
——基于"华农兄弟""李子柒"等案例分析

裴华秀

摘　要： 乡村传播需要通过一定的媒介传播加以实现，但我国"三农"信息传播长期处于边缘化。依托政策支撑、平台补贴以及创作素材等优势，近年来"三农"自媒体迎来发展的红利期。本文选取新浪微博、哔哩哔哩（简称B站）、西瓜视频、美拍和百家号这五个平台上排名靠前且稳定的12个"三农"自媒体账号，从传播内容、创作者与受众的交流渠道、传播效果等层面出发，以构建当前我国"三农"短视频的传播模式。从目前看来，我国"三农"自媒体的乡村传播效果还不明显，但仍有广阔的发展前景，当务之急应更多地落到实体经济的层面上来。

关键词： "三农"题材；自媒体；短视频；乡村传播

中国农村地域广阔，人口众多。根据国家统计局发布的《中华人民共和国2017年国民经济和社会发展统计公报》，截止到2017年年末，我国乡村人口数量为57661万人，占总人口比重的41.48%。乡村社会作为现代社会的对立面，是需要从乡村内部、城乡之间等多个维度来考察其社会现实情境的。就历史发展而言，中国近代社会的发展脉络中处处都有乡村传播[1]研究的踪迹：在乡村传播的视角下，从民国时期的大西北开发运动、农民运动讲习所，再到中华人民共和国成立后的知识青年上山下乡、农业学大寨运动，都是以改造乡村社会为目的，对促进乡村发展产生了深远影响。

乡村传播需要通过一定的媒介传播加以实现。除乡村广播、黑板报、墙报等原生性媒介以外，广播、电视等大众媒介也成为构建乡土景观的重要媒介。但由于历史原因，我国大众传媒在过去很长一段时间内都将关注点放在城市的发展上，对于农村、农业、农民（以下简称"三农"）等相关信息的传播则处于边缘化。"乡村-都市"的空间二元结构与"落后-进步""传统-现代"的时间二元结构交连在一起，信息传播逐渐形成差序格局。[2] 对数字技术的掌握能力的差距导致农村与城市之间的数字鸿沟越来越深，但毋庸置疑的是，随着去中心化的自媒体时代来临，微信公众号、网络直播、短视频等新兴传播形式为化解乡村与都市社会各阶层之间的信息传播沟壑提供了新的契机与可能。

---

[1] 乡村传播学：发端于20世纪五六十年代，借助对信息内容、信息传播渠道以及影响力的研究，主要关注乡村信息传播系统中传受双方的社会角色、个人和群体的权利问题，其著在目的是促进中国乡村社会的整体发展。

[2] 杨慧，雷建军．乡村的"快手"媒介使用与民俗文化传承[J]．全球传媒学刊，2018，5（4）：140–148．

一、"三农"自媒体发展的机遇

传播者的平民化、传播内容的个性化是自媒体时代的显著特征，因此，拥有着广大农民群体、丰富的旅游资源和民俗文化的农村不再是自媒体创作的贫瘠之地。依托政策支撑、平台补贴以及创作素材等优势，"三农"自媒体迎来发展的无限可能性。

在政府推动乡村振兴的背景下，尤其是进入2015年以来，"互联网+"浪潮及国家农业现代化、"互联网+现代农业"、"互联网+流通"等三农利好政策不断。2018年中央一号文件主题聚焦实施乡村振兴战略，是改革开放以来第20个、进入21世纪以来连续下发的第15个以"三农"为主题的中央一号文件。在政策推动下，以今日头条、西瓜视频为首的各大自媒体平台纷纷设立"三农"板块。2018年7月，今日头条发布了国内移动互联网首份《三农信息白皮书》，并宣布推出补贴三农信息的"金稻穗计划"，拟在一年内至少投入5亿元补贴三农创作者，并将平台流量分发给"三农"板块，农民群体的自媒体创业机会进一步显现。

一些原籍农村的城市打工族可能对创业早有兴趣，却受限于养老压力、城市生活成本等因素，如今"三农"自媒体平台的出现给了他们回返农村创业的机会，成本仅需一部手机或一台电脑。繁荣发展的"三农"自媒体也由此催生了农村"半商半农"内容创业，政府提供良好的公共服务环境，旨在宣传电商农产品，振兴乡村旅游业。此外，农村拥有丰富的原生态地理风貌、民俗文化、美食特产，自媒体内容创作不仅不会后继乏力，还会形成改变乡土的源源不断的力量。以视频直播为例，由农村群体用方言自述的形式展现乡村生活，既可赋予其地域贴近性与归属感，又具有较强的在场感和可信度，是进行乡村传播的一种有效方式。

二、"三农"短视频的传播模式分析

随着新型媒介在农村的逐步渗透，尤其是在农村的草根群体被烙刻了"亲互联网"基因之后，相继涌现出一批优质的自媒体UGC（用户原创内容）内容，其中"三农"短视频的发展形势尤为迅猛。一方面是由于拍摄短视频需要的技术成本低，既不需要高清摄像机和专业的剪辑技术，也不需要撰写文案，因此文化水平较低的草根群体一般会选择这种创作形式。另一方面，乡村生活的呈现重在真实与淳朴，视频社交比图片、文字报道的形式更具有在场感和可信度，对新用户而言是最具吸引力的领域。

如今的"三农"短视频自媒体人不在少数，但像"华农兄弟""李子柒"一样拥有较强变现能力的"现象级"创作者却不多，绝大多数"网红"只能在红利期昙花一现。那么，这些"三农"短视频究竟是由哪些群体发出，发布者一般使用哪些平台进行传播，他们又是通过什么样的镜头语言吸引观众的呢？在这个信息编码和解码的过程当中，是否达到理想的乡村传播效果，又是否能产生足够的经济效益以支撑他们坚持使用平台创作视频呢？笔者综合热度排名（粉丝数量）、短视频风格、人物性格特征等多个条件，对在新浪微博、B站、西瓜视频、美拍和百家号①这五个自媒体平台上排名靠前且稳定的"三农"短视频创作者进行筛选，并查阅相关访谈资料（主要为采访和报道的内容），选取了包括"华农兄弟""李子柒"在内的12个典型案例进行分析（见表1）。作为近两年活跃在各大主流平台上的短视频创作者，他们不仅本人生长在农村（或是居住在农村），传播的短视频内容也与"三农"领域紧密相关，因此，他们的"走红"路径具有一定的参考价值。

表1 "三农"短视频自媒体号案例十二则

短视频创作者	个人背景	目前主营的自媒体平台	开始运营日期（主营账号）	粉丝数量	视频主题	更新频率
华农兄弟	江西赣州（客家人），以养殖竹鼠为生	B站	2018-8-23	264万	农村生态和养殖竹鼠经验	2—3天更新一次
野食小哥	25岁杭州青年，毕业于土地资源管理专业，变现方式主要为广告植入	B站	2016-07-19	135.8万	制作野外美食	不定时更新
李子柒	四川绵阳人，在城市打拼后回到农村生活	美拍	2016-03-25	230万	农村生态和美食、传统技艺	每月4~5次
丛林之家V	广东广州人，婚庆摄影师转型视频自媒体人	美拍	2017-08-31	23.7万	农村生态和美食	不定时更新
乡野·丽江	丽江农村人	美拍	2016-02-13	13.3万	丽江风光和地方美食	不定时更新
巧妇9妹	广西灵山80后农妇，成名后以电商形式出售水果	西瓜视频	2018-05-19	323万	农村生态和美食	日更3条
姚三马	河北农村人	西瓜视频	2018-07-28	151万	农村风俗、奇闻逸事	日更1条
新农人川子	江苏连云港赣榆人	西瓜视频	2018-11-30	141万	海鲜制作视频	日更1条
宣庆小代	重庆武隆区茶台村，25岁	西瓜视频	2019-01-28	33万	农村生活日常	不定时更新
野居青年	青年三人，毕业于西安建筑科技大学美术系	新浪微博	2017-07-01	194万	农村生态和美食、宠物狗、手工改造院落	不定时更新
二米炊烟	客家女孩	新浪微博	/	12.7万	农村生态和美食	约每周一次
湘北曾姨	湖南农村人，50岁	百家号	2018-06-12	10.8万	农村风俗、奇闻逸事	不定时更新

---

① 据横向比对和分析，近几年这五个自媒体平台涌现出大量"三农"题材的内容，许多乡村网红就是在这些平台上传短视频然后开始"走红"的。

153

(一)"三农"短视频：被赋权的乡村想象

在传统的城乡二元结构中，农村与城市除了经济发展水平和制度保障存在差异之外，生活方式和文化观念也不断发生着碰撞。这种二元区隔并未随着时间逐渐消解，而是在大众媒体的影响下越发鲜明并对立起来。农村的媒介占比与其人口占比失衡，且大众传播中仅有的关于乡村的呈现也构成刻板印象，与真实的乡村生活相去甚远。因此，在很长一段时间内，农村和农民沦为城市人想象中的他者。尤其是20世纪90年代末人人都依赖广播、电视等大众媒介获取信息之时，"三农"题材的节目只限于展示农村建设成果、报道农民创业问题、科普农业知识——而这些往往是城市人较少关注的领域。此外，互联网时代里逐渐兴起的诸多商业媒体也大多是以城市的立场俯视农村，整个媒体环境里缺乏一种真正来自农村的视角。

直到自媒体时代来临，"三农"短视频在某种意义上已然成为描绘乡村图景的一种工具，将人们对农村形成的固有观念慢慢消解，为重塑乡村主体性提供更多可能性。当前"三农"短视频自媒体内容创作主要分为两类：猎奇导向与日常导向。前者以"李子柒""姚三马""湘北曾姨"为典型，将传统大众媒体很少触及的映像（譬如各地的民风民俗、特色资源、古老技艺等）通过镜头语言表达出来；还有的则主打诙谐搞笑，例如2017年开始流行的"农村套路深"系列搞笑短视频，令人耳目一新；"华农兄弟""野食小哥""巧妇9妹"等农村自媒体人则更多地融入场景中，通过分享竹鼠养殖经验、做农活、制作野食、饲养宠物等日常短视频，使得乡村生活以最自然的形态进入公众的视野。相比之下，"野居青年"发挥自己的专业能力把破房改造成卡通乡间别墅，更像是建构出一个脱离现实问题的"拟态环境"，赋予了乡村生活别样的美感。

(二)青年"草根群体"的自我表达

在以往的大众媒体报道中，农村的草根群体"'说话'的机会较少，更多的是被描述、被书写、被代言、被评价"①，且频频被打上"打工妹、保安、村妇"等低知化标签。对农村的自媒体人来说，创作"三农"短视频不仅是获取经济收益的途径，也是他们自我表达与欲望宣泄的一种方式。以"姚三马""重庆小代""湘北曾姨"为例，他们在分享乡村风俗和邻里趣事之余，细节之处也传达了对这些事件的个人态度，并期望引起观众的共鸣；"巧妇9妹""二米炊烟""乡野·丽江"则重在展示自己的厨艺、地方特色美食、自然风貌，更多地表达自己对乡村生活的热爱。而且，结合本文选取的十二则案例不难发现，如今"三农"短视频自媒体号的创作者并不都来自农村，"野居青年""野食小哥""丛林之家V"的运营者本身拥有高学历和良好的家庭背景，他们只是遵循自己的内心意愿而从城市走向农村。在这个场域下，他们的定位不再是农村的"主播"或"网红"，而是亟待发声并得到认可的独立个体。

---

① 董小玉，宛月琴. 文化生态视野的农民工形象变迁与话语建构——由媒体观察[J]. 改革，2013（2）：88-97.

新浪微博、B站、西瓜视频、美拍和百家号等自媒体平台秉持"基本不干预"的态度，为创作者和观众提供了自由发声和互相交流的一方公共空间。从"华农兄弟""李子柒"的案例可以看出，凡是有趣、有情怀的视频都有可能得到认可——这在一定程度上倒像是一个自由竞争的"市场"了。虽然这并不意味着所有人都会喜欢"三农"的自然形态，但媒体文化"通过主宰休闲时间、塑造政治观念和社会行为，同时提供人们用以铸造自身身份的材料等，促进了日常生活结构的形成"[①]，一些刻板印象已在潜移默化间发生转变。

即使"让不同社会文化背景的人在一个平台上以最自然的状态发声，无疑是会引发文化摩擦与文化冲突的"，但在促进乡村传播、消除城乡二元对立矛盾等意义层面上，显然这种对话和交流是极有必要的。如今，随着一线大城市的用户逐渐达到饱和，广大的二、三线城市成为短视频自媒体用户主力。与农村短视频创作者相似，城市人同样需要一个自我表达的空间。据数据显示，在华农兄弟的粉丝中的青年人占比高达94%（按青年联合会：18—40岁的人为青年）[②]，且在转发传播中作用突出的个人用户大多是城市网民，他们善用新媒体发声，也有更强的纾解压力的需求。"三农"短视频的传播者意在抒写乡村图景，表达个人立场，在外务工的农村群体从熟悉的画面中获得情感认同和归属感，城市人则在二次创作的过程中达到减压目的。视频社交形成的新型传受关系使得传统意义上的"弱势群体"不再处于内容创作的劣势端，青年"草根群体"借助自媒体平台进行自我呈现与身份建构，由此引发一场集体狂欢。

（三）社会效益与经济效益的二元矛盾

在乡村振兴的政策号召下，自媒体平台相继推出"三农"内容的补贴计划，为农民创业提供了机遇。西瓜视频、美拍等平台用户在观看视频时可以对主播打赏，或直接点击店铺链接购买农产品，由此带来的经济效益是农民群体坚持使用平台创作视频的主要动力。在利益驱使下，农村群体创作"三农"短视频的积极性被激发，越来越多的类似于"华农兄弟"和"李子柒"的意见领袖进行分众传播，再加上网民的重新解读并二次创作，将乡村风貌更大范围地传播开来。如今提到农村，很多人已不再联想到"贫穷、落后、破败"等字眼，也许会想到李子柒视频中的袅袅炊烟和雨后竹林，会说起"华农兄弟"的竹鼠生意、溪边美食。

但不容忽视的是，"三农"短视频创作背后的社会效益与经济效益的二元矛盾也开始凸显。一方面是由于农村群体中编导、拍摄、剪辑方面的专业人才匮乏，而他们又迫切需要经济收入，因此部分人不惜触碰道德法律红线，走抄袭或歪曲事实等捷径。尤其是在抖音、快手等直播视频类App盛行之初，许多自媒体人以网民的新鲜感为筹码，创作了一系

---

① ［美］道格拉斯·凯尔纳. 媒体文化——介于现代与后现代之间的文化研究、认同性与政治［M］. 丁宁译. 北京：商务印书馆，2004：6.
② 澎湃新闻网. 华农兄弟快速走红的"幕后推手"究竟是谁？［EB/OL］.［2018-09-30］. https：//www.thepaper.cn/newsDetail_forward_2488675.

列低俗、猎奇的"三农"题材作品，引起了短暂的"狂欢"并从中获利，"三农"自媒体生态却也因此呈现出同质化、低俗化特征，甚至歪曲了"三农"的形象，造成负面的传播效果。另一方面是短视频社交的局限性，使得原本完整的文化氛围、情感表达不可避免地受到压缩，乡村传播效果受到一定的限制。譬如民间手工艺制作、舞龙舞狮表演、农村婚礼仪式，这些原本连贯的过程在短视频中的呈现变得碎片化和松散化，再加上观众的片面解读，有可能造成误解。

（四）"三农"短视频的传播模式构建

笔者认为，"三农"短视频作为被赋权的乡村想象的工具之一，在符合政治需求与商业需求的同时，也确实有其广大的潜在受众。"用户下沉"这个关键词已成为众多短视频自媒体在运营上呈现的共同趋势：自媒体平台一方面积极招募农村群体成为内容生产者，扩大平台影响力，如走红之后的"华农兄弟""巧妇9妹"与西瓜视频签约并入驻；另一方面则利用平台流量大力推广"三农"内容，以吸纳三四线城市以及农村的更多用户。传播者和受众双方借助自媒体平台发声和交流，"三农"短视频创作呈现一片繁荣的景象，但这种"繁荣"主要体现在创作者的热情以及粉丝数量上。利益驱使下的种种"三农"短视频创作乱象削减了乡村传播的效果，目前似乎并未实现经济效益与社会效益的"双效合一"。综上，笔者将"三农"短视频的乡村传播模式总结如图1。

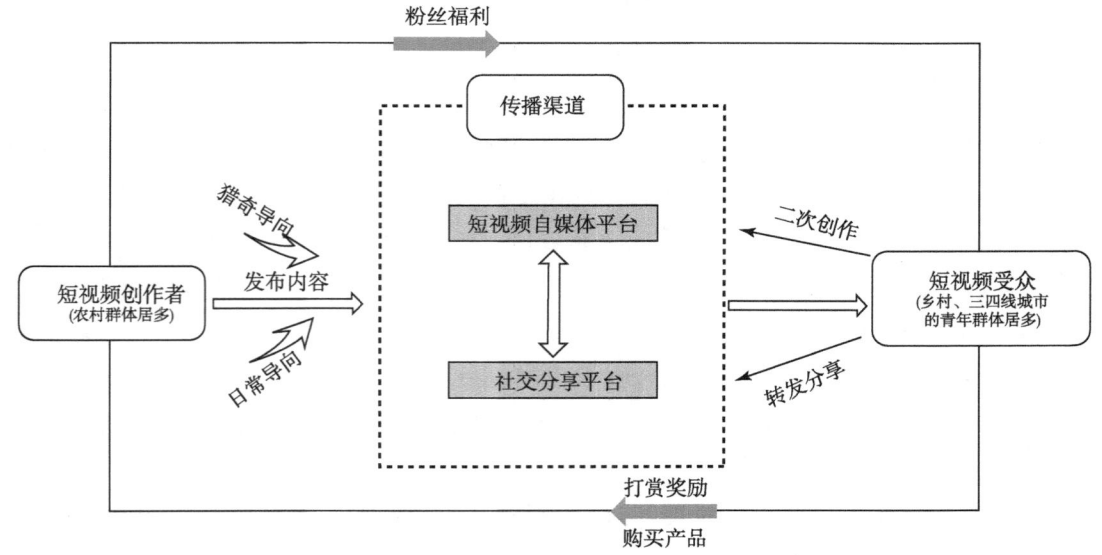

图1 "三农"短视频传播模式

三、关于"三农"题材短视频传播价值的思考

值得注意的是，尽管有各项政策与企业流量、民间资源的加持，当前我国"三农"短视频内容创作的整体生态仍略显浮躁，像"华农兄弟""李子柒"那样集内容、流量、价

值于一体的优质创作者并不多。"三农"题材短视频是否能实现其经济效益与社会效益的统一，真正成为乡村传播的一条有效途径？这是笔者想继续探讨的主要问题。

（一）思考一："三农"短视频是否应回归"自然生态"，如何做到？

2018年8月，有乡村自媒体"教父"之称的李传帅被《实地探访山东新媒体村，农妇做自媒体收入破万》一文卷入抄袭的风暴中心，该报道称李传帅和他的自媒体"帝国"其实是内容粗制滥造的"洗稿工厂"。自2017年"农村杀马特"视频引起网民围观，抖音、快手等App上涌现越来越多跟风的短视频，在一定程度上反而加深人们对农村所谓"底层残酷物语"的刻板印象。即使脱掉这件"农村"的外衣，这种恶俗内容依然有它的不合理性，不应广泛传播。上述自媒体乱象来源于创作者博取关注的迫切需求，却因创作能力不足、缺乏专业指导，选择以搞怪的方式来迎合部分观众的"审丑"心理。这不禁发人深省：农村自媒体究竟如何才能健康发展？文章的阅读量、视频的播放量能否转化为相应的传播价值？

笔者认为，"三农"短视频的创作要返璞归真，与博眼球的低俗题材内容划清界限。从前面列举的12个案例中不难看出，相比猎奇导向，具有朴实色彩的"三农"创作者更容易获得粉丝长期关注。"华农兄弟"走进大众视野，恰好印证了农村自媒体风格的一个转变趋势：曾经在快手占据大半江山的重口土味文化逐渐退场，"三农"创作逐渐回归了真实自然，或许今后也将长期维持这样的风格。针对抄袭、低俗恶搞等创作乱象，自媒体平台可对已签约的创作者提供技术指导，并加大UGC自审监管力度，严重的给予封号处罚，遏制低俗短视频的传播。另外，"内容为王"的命题在任何时候都成立，只有真正符合时代需求、积极向上的自媒体内容才能免于淘汰。平台可对优质短视频给予奖励，这也是鼓励原创的一种有效方式。只有进一步降低短视频生产的技术门槛，并让"三农"创作者意识到"原创"的重要性，才能生产出符合农村特色文化的内容。

（二）思考二：若"三农"短视频真实还原乡村图景，能否形成乡村文化认同？

"三农"短视频作为乡村传播的一条有效途径，是否能推动形成乡村文化认同？笔者的答案是肯定的。以李子柒为例，她拍摄的视频风格很统一：素净淡雅的妆容与服饰，再配上和缓的古典音乐、古朴的工序和炊具，古典气质的美厨娘缓缓出现。在传播乡村风土人情的同时，她以传承中国传统文化为己任，譬如进东源村拜师学习活字印刷术的古老技艺、与故宫美食签约共同宣扬正统的美食文化，目前李子柒天猫旗舰店的苏造酱、人参蜜等自制产品销售量都已突破十万。从观众心理来分析，置身于快节奏的都市生活，或许人们正需要以一种间接体验的方式来满足自己对田园牧歌式生活的向往，这一点从2016年逐渐兴起的《野生厨房》《亲爱的客栈》《向往的生活》等"慢"综艺当中也可窥见一斑。

另外，在观察B站弹幕以及其他平台上短视频的评论时，可以明显看出网民对"三农"短视频的评论往往并不存在攻击，大多是给予支持和鼓励，这与微博上其他博主的评论中意见分歧较大的现象是不同的。例如"姚三马""重庆小代"用镜头记录长辈、朋友、孩子和宠物的日常点滴，为这些琐碎日常赋予了更深的意义。观众则会在视频底下留下祝福的言论，表达他们的注视和认同。但是，为防止"三农"短视频沦为农村向城市"传话"的工具，还应在创作中融入更多的文化要素或情感诉求。例如李子柒本人热爱传统技艺、传统美食，"野居青年"三人远离城市隐居深山，将种菜、画画、盖房等各项技能运用到日常，他们将自己的人生态度和理想追求都通过镜头传递给了大众，并引起更多人的情感共鸣。

（三）思考三：以"三农"自媒体作为振兴乡村的契机，美好愿景能否实现？

回归乡村传播的本质目的，主要是为了促进中国乡村社会的整体发展，其中带动经济发展的目的尤为突出。"三农"自媒体看似为农民创业致富、振兴乡村旅游提供了新出路，但目前这仍是新兴职业，经营模式不成熟且盈亏不定，多数人仍在摸索一条稳定、可持续的谋生之路。首先，若缺少团队运作和资金支持，"三农"短视频的创作很有可能后继乏力——这也是许多自媒体账号生存周期短的主要原因。其次，即使自媒体人拥有一定粉丝基础，变现方式也很重要。李子柒选择与MCN机构签约并积极塑造IP，做属于自己的品牌；"华农兄弟"则入驻西瓜视频成为平台代言人，同时开启了广告变现的道路。但对于绝大部分"三农"创作者来说，他们没有足够的影响力，一般是依靠短视频的播放量换取相应的流量费，或者在平台上开设小店铺出售农产品赚取一些收入。从振兴农村经济的大局考虑，也许我们理想中的状态是：一部分人通过"三农"自媒体创业先富起来以后带动其他人一起致富；但事实上，大多数人会受小农思想束缚而选择"砌上围墙"，并不会主动分享创业经验。

笔者认为，尽管从目前看来我国"三农"自媒体的乡村传播效果还不明显，但其作为振兴乡村的一个契机仍有广阔的发展前景，比如更多地落到实体经济的层面上来。抖音对于城市推广最为直接的效应是带动了当地的旅游，譬如重庆的长江索道、洪崖洞，西安的钟楼、大雁塔等。因此，通过"三农"短视频的方式来展现乡村自然景观，扩大乡村旅游业也是有极大可行性的。这也需要政府和自媒体平台加大扶持力度，共同打造乡村"网红"景点，扩大影响力。笔者还注意到，"华农兄弟"在回复粉丝的时候说："我们这里不卖活的竹鼠，因为不能邮寄，竹鼠肉也要等冬天风干了才能卖。"相关部门若能为地方自媒体创业者开办企业、拓宽销售渠道和运输产品提供更多便利，"三农"自媒体或许能与电商产业发展有效对接。

结　语

在乡村传播的视域下，"三农"短视频的兴起为消除城乡二元对立矛盾、形成乡村文化认同、振兴乡村经济带来新的契机和可能。针对当前"三农"短视频内容的同质化、低俗化乱象，政府及自媒体平台应督促创作者充分发挥"三农"资源优势，以创新的方式生产有价值、积极正面的内容，如此农村自媒体才能健康发展。就目前来看，我国"三农"

自媒体的乡村传播效果还不明显，仍需更多地落到实体经济的层面上来：借助自媒体传播积累流量，同时培育乡村品牌，以此带动乡村旅游业发展，推动商品制造和销售与电子商务对接。总体而言，"三农"创作者仍是一门新职业，该领域的专业人才匮乏，且未形成长效、稳定的经营模式，未来发展仍需观望。

参考文献

［1］杨慧，雷建军. 乡村的"快手"媒介使用与民俗文化传承［J］. 全球传媒学刊，2018，5（4）.

［2］董小玉，宛月琴. 文化生态视野的农民工形象变迁与话语建构——由媒体观察［J］. 改革，2013（2）.

［3］［美］道格拉斯·凯尔纳. 媒体文化——介于现代与后现代之间的文化研究、认同性与政治［M］. 丁宁译. 北京：商务印书馆，2004.

［4］澎湃新闻网. 华农兄弟快速走红的"幕后推手"究竟是谁？［EB/OL］.［2018－09－30］. https：//www.thepaper.cn/newsDetail_forward_2488675.

（裴华秀　首都师范大学2017级硕士生　指导教师：包晓光）

从《可爱的中国》到《厉害了，我的国》
——试论爱国欲望的文化产业化嬗变

孙 琦

摘　要：得益于理解欲望的态度转向，本文试论从《可爱的中国》到《厉害了，我的国》中爱国欲望的文化产业化嬗变。如果以马斯洛的需要层次体系为参照，方志敏的狱中文稿即对应着自我实现与自我超越需要，而以《厉害了，我的国》案例为代表的今天被批量生产的爱国欲望则更多地对应着归属和爱与自尊需要。

关键词：爱国欲望；《可爱的中国》；《厉害了，我的国》；文化产业化

当我们把"爱国"与"欲望"两个词语接合在一起使用时，极其容易触发的效果便是对爱国作为一种欲望的种种质疑。为此，在论及从《可爱的中国》到《厉害了，我的国》这一文化产业化变迁过程之前，我们首先需要回答：什么是欲望？

一、理解欲望的态度转向

之所以把"爱国"与"欲望"放在一起会让人有些许不妥之感，是因为"弗洛伊德—拉康"哲学在某种程度上将"欲望"负面化了。众所周知，弗洛伊德第一次划分人类的心灵为"意识"和"无意识"两个部分，而"前者联结着个体与外部世界，后者则容纳了人类的种种本能的驱动和被压抑的欲望"[①]。以此而论，在弗洛伊德看来，个人与社会之间的隔阂是内生性的，纯粹的个人体内蕴含着与生俱来的本能需求，并在一切行为里遵循着某种"快乐原则"。但现实世界却不允许我们这样随心所欲，它通过社会不断地压抑或转化我们的自然需求，"使现实原则凌驾于在本我内部滋生蔓延的快乐原则之上"[②]，从而将每个个体书写为被社会体系所允许的肯定性内容物。不过，原初的"无意识"却并没有随之消失，反而会在我们的梦境里一遍遍地完成以妥协、折中为条件的回

[①] ［英］约翰·斯道雷. 文化理论与大众文化导论［M］. 常江译. 北京：北京大学出版社，2010：110.
[②] ［英］约翰·斯道雷. 文化理论与大众文化导论［M］. 常江译. 北京：北京大学出版社，2010：111.

归,因此他才把"梦的解析"视作一种与无意识进行对话的尝试。而在弗洛伊德之后,不管拉康的"大/小他者"对其发起了怎样的"俄狄浦斯式的挑战",在欲望背后对禁忌或社会羁绊的特别强调始终如幽灵般如影随形。以《意义的生产与消费:文化经济学新论》为例,本书著者在辨析"欲望"与"需求"时,就阐发出"欲望是过度的需求"这一观点,并进一步表示"需求是基于存在与发展的人的生理与社会的需要"①。很显然,过度与否的二元对立区分其实依然呼应着德尔菲的神谕——Nothing in excess(任何事情都不可过分),换言之,欲望就是在我们人类社会化的进程中须予以不断压抑的一种存在。

然而,精神分析学派的理论影响力也并非无远弗届,尤其是在科学学科领域。美国心理学家史蒂文·赖斯便在大量个案研究的基础上提出了人的16种基本欲望,借以阐述每个人应该如何通过满足自己的基本欲望来获得有价值的幸福感。不得不说,这是一次极为大胆的态度转向:在这里,"欲望"及其意味不再是立该被抑制的对象,恰恰相反,只有针对性地抒发它,才能拥有走出人生困局的"阿里阿德涅之线"。毫无疑问,赖斯的欲望观完全继承了人本主义心理学的传统——有别于以研究人(患者)的不正常行为(症状)为主的精神分析,该学派特别强调人的正面本质和价值。而作为人本主义心理学派的创立人,亚伯拉罕·马斯洛早在1954年便提出了自己对欲望迥然不同的理解。他认为,人的欲望是基本需要在特定文化环境当中的具体表达(事实上,法国思想大师亨利·列斐伏尔在1961年出版的《日常生活批判》第二卷中也从侧面认同了这一观点)。当然,为了提炼出这个更加中性的定义,马斯洛必然要对"基本需要"做一番阐释。对此他用"手段和目的"进行类比:"如果我们仔细审察日常生活中的普通欲望,就会发现它们至少有一个重要的特点,即它们通常是达到目的的手段而非目的本身……当分析一个人有意识的欲望时,我们往往发现可以追溯其根源,即追溯该人其他更基本的目的……它最终总是会导致一些我们不能再追究的目的或者需要,这些需要的满足似乎本身就是目的,不必再进一步地证明或者辨析②"。故而,马斯洛所总结的需要层次体系的理论根基就在于这种"具体的欲望在不同文化中的表面差异背后的相对统一性"。不过颇为遗憾的是,马斯洛的基本需要及欲望新论并没有彻底摆脱精神分析的影响,事实上,"生理—安全—归属和爱—自尊—自我实现"的需要层次体系中依旧能寻觅到弗洛伊德"本我—自我—超我"的影子,难怪马斯洛自己更愿意使用"类本能"一词来概括这五种基本需要。其微妙之处便在于:一方面,他将所有的基本需要都描述为无意识的具有某种动物本能式的先天存在;另一方面,他所总结的需要层次体系本身却又内含一个不折不扣的社会化渐进过程。即便如此,马斯洛对"欲望"树立正面价值的努力还是值得肯定的,而本文将要讨论的爱国欲望便得益于此态度的转向。

---

① 秦勇. 意义的生产与消费:文化经济学新论[M]. 北京:首都师范大学出版社,2017:47.
② [美]亚伯拉罕·马斯洛. 动机与人格[M]. 许金声等译. 北京:中国人民大学出版社,2007:5.

二、《可爱的中国》：对应着自我实现与自我超越需要的爱国欲望

《可爱的中国》是方志敏同志在狱中"以必死的决心，图谋意外的获救"过程中所撰写的数篇文稿之一。也正是这些其在经历从赴死不得——"被俘入狱之初，以为很快被杀"①，到逃生无着——"中央也不能知道我们的情形，这是我们最感苦闷的事情"② 的生死起落时留存下来的文本内容，让我们有机会去体认方志敏彼时彼刻油然而生的爱国欲望。

总体来看，方志敏的《可爱的中国》以及一系列手写文稿所表现出来的爱国欲望，实质上是对应着马斯洛需要层次体系中的自我实现和自我超越需要的。虽然马斯洛的原著里并没有明确提出"自我超越需要"的概念，但根据许金声先生的解读，我们的确能够从马斯洛关于认知需要的描述"一方面要使认识越来越细致入微，另一方面又朝着某种宇宙哲学、神学等方向发展而使认识越来越广阔博大"③ 中发现，在人的自我实现需要（实现自身潜能）之上是存在一种作用于形而上层面的"超越性需要"的。换句话说，马斯洛的需要层次体系是否应该仅仅局限于那五种基本需要，还是一个亟待深入探讨的问题。在这里，我们仅以方志敏的狱中文稿为例，对其爱国欲望关涉的基本需要所具有的超越性倾向进行分析。

首先，是对个人安危的超越。在被七倍于己的敌军重重围困时，方志敏没有想很有可能来到的生命终结，想到的却是"自杀非共产党员应取的行动"和"我们若能逃出罗网，我们要与你拼一死命"；在最终不幸被俘时，方志敏依旧没有去想离自己更进一步的生命终结，想到的则是"一九三五年一月二十七日以后，再不能继续斗争了"；在眼睁睁看到同志一个又一个被带走行刑时，方志敏仍然无暇顾及下一个是否就轮到自己，想到的却是"我们必须准备口号，临刑时，要高声的呼，用劲的喊，以表示我们的不屈"。其中最令人敬佩的是，即使身处囹圄、越狱无果，方志敏也没有消极度日，而是带着极大的悔意向党组织详细汇报了"这次失败的原因、经过"以及被俘、入狱等情况。《在狱致全体同志书》一文中，方志敏结合自己亲身经历的失败教训，为其他同志贡献出他入狱后细思得来的八项意见。这八项意见既包括对红军工作、群众工作、肃反工作、城市工作以及敌军士兵动员等工作开展情况的反思，也有在被迫深入敌军内部后所获取的第一手情报。然而，再翔实的总结、再精进的思考都不能真正消除被俘这个事实带给方志敏的痛苦："我是不能再与你们共同奋斗了，我是如何惭愧着和难过呵！……但我们的脑中，仍是不断地思念着同志们的奋斗精神，总祈祷着你们的胜利和成功！……请你们努力吧！我这次最感痛苦

---

① 方志敏. 可爱的中国 [M]. 北京：中国友谊出版公司，2014：184.
② 方志敏. 可爱的中国 [M]. 北京：中国友谊出版公司，2014：184.
③ [美] 亚伯拉罕·马斯洛. 动机与人格 [M]. 许金声等译. 北京：中国人民大学出版社，2007：33.

的，就是失却了为党努力的机会……我能丢掉一切，惟革命事业，却耿耿在怀，不能丢却！"① 每每读到这样的自白，为革命敬礼顿时让人觉得不再是一句空谈，相反地，死亡倒成了被噤声的那一个。

其次，是对资本主义精神的超越。一言以蔽之，资本主义精神的核心关键词就是竞争。不同于共产主义革命者所推崇的乌托邦共同体，资本主义更加强调务实，更为突出单打独斗的个人主义，因为它的主流价值观一直在宣扬着，在有限的生存环境内，只有懂得如何最大程度地利己，才配拥有一段成功的人生。而资本主义精神统摄下的主体性在方志敏的《狱中纪实》里也有所体现：军法处长用各种方法刻取囚粮之款，看守兵利用囚犯们的饥饿难耐和口干舌燥赚取不义之财，连看守所的牢房也被划分为优待号、一等普通号、二等普通号。与之形成鲜明对比的是，尽管方志敏由于身份的特殊后来也被有意地安排到优待号，甚至也曾被劝降者屡次利诱，但他却出淤泥而不染、从未动摇过自己的清贫之心，所思所想全部都是要尽最后的努力——越狱。虽然如我们所知，方志敏最后的努力没能换来惊喜的结果，但是就像他自己所指出的那样，其在狱中的所作所为充分证明了"清贫，洁白朴素的生活，正是我们革命者能够战胜许多困难的地方！"②

再次，是对阶级对立的超越。恩格斯曾有如下表述，"共产主义是超乎资产阶级和无产阶级之间的敌对的；共产主义只承认这种敌对在目前的历史意义，但是否认它在将来还有存在的必要……无产阶级面对他们的奴役者时愤怒是必然的，是正在开始的工人运动的最重要的杠杆；但是共产主义比这种愤怒更进了一步，因为它并不仅仅是工人的事业，而是全人类的事业"③。而这种超越阶级间紧张关系的"解放全人类"思想，同样也能在方志敏的身上得到体现。不管是在狱中结识国民党官僚胡咢人（胡逸民），并委托其在出狱以后将这些文稿送交至党中央，才使我们能够在今天有幸拜读它们；还是匿名致信嘱咐一对尚处于资产阶级的夫妇，"老爷、太太，是最可羞辱的名字，现在你们虽不能拒绝这个名字，但不可保存这个思想"；抑或是在狱中一刻不放弃向同样处于水深火热中的看守兵宣传进步思想，以致看守所的官吏们最后严格禁止看守兵与其接近。但就算在如此受限的条件下，方志敏依然成功宣传了十个人来参加革命，由此可表明，共产主义理论将全人类的发展命运扛在自己肩上的先进性，是经得起各社会阶级以及不同社会效忠从属关系的推敲的。

最后，是对现实的超越。在《死！——共产主义的殉道者的记述》中，方志敏记录了在一次提讯中与看守所副处长的对话：面对方志敏的坚决态度，这位副处长直言："据我看来，你们的主义，是不得成功的，就是要成功，恐怕也还得五百年……总之，不能在我们一代实现，那是一定的了。我们为什么要做傻子，去为几百年后的事情拼命呢？"④ 而

---

① 方志敏. 可爱的中国［M］. 北京：中国友谊出版公司，2014：112-113.
② 方志敏. 可爱的中国［M］. 北京：中国友谊出版公司，2014：161.
③ 马克思恩格斯全集［M］. 北京：人民出版社，1957：586.
④ 方志敏. 可爱的中国［M］. 北京：中国友谊出版公司，2014：154.

在《可爱的中国》里提及的那位忧国先生同样有异曲同工之妙,"几百几千架飞机,炸弹和人一样高;还有毒瓦斯,一放起来,无论多少人,都要死光。你想中国拿什么东西去抵抗它?"① 必须承认,以上言论是有其道理的,因为那些就是当时中国的现实情况。在这里,我们不想赘述1842年中国"天朝上国"梦境幻灭后所发生的诸多屈辱遭遇,也不想谈论西学东渐而引发的资产阶级革命与无产阶级革命到底孰是孰非,更不会把注意力转向十月革命后斯大林治下的苏俄究竟为待解放的中国提供了一个怎样的示范形象,我们只想承继方志敏及其革命同志的信仰,为未知的"可爱的中国"干杯。信仰的可贵,就在于对不可见之物抱有足够的相信,它的存在让资本主义题中之义的短视和功利像镜子一样反射了回去,而超然于物质、扎根于无形。正是因为心存这份信仰——"共产主义世界的系统,将代替资本主义世界的系统,而将全世界无产阶级和全人类,从痛苦死亡毁灭中拯救出来。全世界的光明,只有待共产主义的实现!"② ——方志敏才没有知难而退地等着做亡国奴,更没有在意看守所副处长"识时务者为俊杰"的建议。相反,他要照着心中的信仰去改造这不利的现实。《我从事革命斗争的略述》镌刻着方志敏改造现实路途上的筚路蓝缕,《可爱的中国》则将其对祖国母亲的赤子之心娓娓道来。如果对中国的爱欲不能超越现实中的贫穷、荒乱、愚昧以及麻木,不能超越敌我军事实力的巨大差距,不能超越工农红军正在经历最危急存亡的时刻,那么,我们必然就会成为另一个厌世主义者或识时务的"俊杰"。

罗曼·罗兰曾经说过,世界上只有一种英雄主义,那就是在认清生活的真相后依然选择热爱生活。我们是不是也可以对此进行一番改写:世界上只有一种爱国主义,那就是在认清国家的现实后依然选择热爱国家。方志敏无疑就是这种爱国主义的最佳注脚,因为他把全部生命都献给了自己所执念的共产主义信仰以及努力实现富裕、美丽、智慧、友爱的可爱中国的伟大事业当中。因此,对于他自身而言,可爱中国建成之时,才是其自我实现与自我超越需要得以满足之日。

三、《厉害了,我的国》:对应着归属和爱与自尊需要的爱国欲望

与《可爱的中国》一样,《厉害了,我的国》在这里也不单单指向某一具体文本,事实上,它更应该被视为一个品牌,凸显出爱国欲望在当前社会的嬗变路径,即爱国欲望正在被不断地文化产业化。

需要明确的是,当前我国还没有名为"爱国文化产业"的专属细分市场,不过,从明星国家主义的悄然兴起(明星频频在主旋律综艺节目中亮相,或在国家重要纪念日里通过社交媒体公开宣扬主流价值观)到主旋律题材影视作品市场表现飘红,再到红色文化资源

---

① 方志敏. 可爱的中国 [M]. 北京:中国友谊出版公司,2014:132.
② 方志敏. 可爱的中国 [M]. 北京:中国友谊出版公司,2014:102.

的活化能力不断提高（红色文化产业，不管是在学界还是业界都已具备较为成熟的体系，但不同于本文所指的爱国文化产业，红色文化侧重于对中国共产党历史地位及其贡献的宏大叙事），或多或少都属于以爱国欲望为主要消费点的文化产业形态。当然，我们更不能忽视"厉害了，我的国"作为一个品牌的重要地位，因为在笔者看来，它或许是截至目前最符合爱国文化产业特质的案例。

不难想象，"厉害了，我的国"其实发轫于一句网络用语。2017年，网民创造出了一个网络热词"厉害了，我的哥"，以表达他们对令人惊讶的人的赞叹。不久后，中央电视台在春节期间推出系列特别报道《厉害了，我的国》，以第一人称的口吻，对各行各业的普通人进行采访，并要他们从自己的生活出发讲述身边的大小变化，从而辉映于整个中国的发展成就。官方媒体这一对网络亚文化词汇的主动挪用，的确起到了意想不到的传播效果。与此同时，该新闻节目的成功也直接促进了"厉害了，我的国"彻底融入主流文化之中，不仅其他官方媒体纷纷效仿，连网民自己也开始接受这一宣传语来表达他们对祖国所取得成就的真诚赞美。

而真正让"厉害了，我的国"开始积聚品牌效应的，是央视财经频道对大型政论片《辉煌中国》所开展的一系列宣传推广活动。为了迎合新媒体时代背景下的参与式文化，该频道新媒体组设计了《厉害了，我的国》"节目+活动"这一运作思路。不仅在创作阶段就采用内容众筹的方式，联合多家网络征集平台，以面向全国征集十八大以来的五年里百姓身边发生的中国故事，还在2019年国庆期间推出"十一特别节目"，作为政论片《辉煌中国》暨《厉害了，我的国》主题活动的收官。不止如此，财经频道同步开发的H5手机应用受到热捧，观众和网友可以通过手机进行实时定位，在地图上点亮自己的坐标，并与全国观众一同将坐标汇聚到直播现场的大屏幕上；也可以点击进入"中国，你来写"活动，用手指写下"中国"两个字，一幅展现五年来巨大成就的水墨画卷就会自动生成在手机界面上。该主创团队还积极与相关公司合作，在共享单车、城市高铁、公交车、快递包裹上印上"厉害了，我的国"字样，形成流动的风景线。更让人叫绝的是，该主创团队还联系、组织了全国30多座城市，在其地标性建筑的墙体上共同进行了一场别开生面的主题城市灯光秀。这所有的一切都让"厉害了，我的国"成为当时大众传播中的绝对热点，就如财经频道的吴雪梅所说，"《厉害了，我的国》'节目+活动'本是《辉煌中国》政论片的'配角'，其作用在于为《辉煌中国》政论片播出充分造势，但是通过一系列活动，《厉害了，我的国》进行了多级放大，形成了品牌效应"①。这种品牌效应的巅峰毫无疑问就是取材于《辉煌中国》、由中央电视台和中国电影股份有限公司联合出品的大型纪录电影《厉害了，我的国》在全国院线的热播。最终，一份打破国内纪录片票房纪录的成绩单，也足以为这一系列的品牌运营画上圆满句号。

在福柯那里，文化产业化可以理解为"对身体抵制社会控制的反应的经济性开发"，

---

① 吴雪梅. 试析《厉害了，我的国》品牌效应及其维护［J］. 电视研究，2018（6）：66-68.

"作为对身体的抵制的明确反应,我们发现了一种新的投资模式——它不再以通过压抑进行控制的方式而是以通过激励进行控制的方式表现自身"①。而今天对爱国欲望的经济价值挖掘同样也不例外:一方面,爱国主义熏陶由原先说教色彩颇浓的单向传播模式转变为提供更具实质参与形式的民主模式(内容众筹);另一方面,以爱国主义精神为内核的文化产品开始沿着其他类型文本的脚步,在市场当中试水,并已取得一定的成绩(商业电影)。但如果按福柯所说,爱国文化产业并不存在本质论上的特殊性,那我们不禁要发问,究竟在其中被身体抵制的是什么?

其一,抵制的是越发原子化的社会。随着工业革命的"爆发",城市化率先为西方送来了现代性生活,之后又被其殖民者带到了非西方的土地上,也使得资本主义逐渐发展为延绵至今的模样。可以想见,以竞争为关键理念的日常生活必然会加剧人与人之间的疏离,共处于同一阶级的如此,相隔于不同阶级的更是如此。这种原子化的态势在如今互联网高度普及的助力下,可谓被推上了极点。当我们在抱怨彼此一直低头面对着虚无般的光亮而失去交谈的动力时,这恰恰说明我们每个人已经进入一种"孤立而不孤独"(戴锦华语)的无意识状态当中;当我们在网络空间里不时站在道德高地对一些所谓的触犯公众容忍底线的人或事展开抨击时,另一边现实社会的风平浪静似乎适时地提醒着我们"拟态环境"中多么恣意的抒发终归只是又一次替代式的参与。然而问题在于,我们真的不需要其他人了吗?

其二,抵制的是越发全球化的世界。应该说,全球化的成形可以追溯至殖民主义盛行的时代,而在今天,"全球化"早已不是一个新鲜的概念。关于全球化利大于弊还是弊大于利的争论始终不绝于耳,但这丝毫不能掩盖麦克卢汉预言的"地球村"已然落成的事实。直到当前以美国为首的新一轮逆全球化潮流出现,我们才陡然意识到国家层面的归属感依旧具有极其强大的作用,无论这一作用的受益方到底是意识形态还是国民自己。当然,即便是作为经济全球化目前最竭诚的倡导者,我国在文化领域却依然实行着相对保守的政策法规,对于国家文化安全的强调实际上从另一侧面印证了民众对自己国家的认同感的重要性。所以,当我们在回答我们是否真的不需要其他人时,答案不言自明:因为我们每个人都不可避免需要以同胞来为自己背书,尤其是身处于多元文化交流日益频繁的全球化时代。

那么,正是在抵制原子化的社会和全球化的世界这两股对个体而言难以有所作为的历史发展趋势时所产生的巨大合力将我们最终推向了爱国欲望,进而被文化产业予以开发。不过必须说明的是,此时此刻被文化产业大力开发的爱国欲望与方志敏及其狱中文稿所体现出的爱国欲望在性质上是不同的。如果说,后者的爱国欲望对应着自我实现与自我超越需要,那今天被批量生产的爱国欲望则更多地观照马斯洛需要层次体系中的归属和爱与自尊需要。即是说,国家现在之于我们往往可以化约为某种认同感、归属感以及在与其他文

---

① [法]米歇尔·福柯. 权力的眼睛——福柯访谈录[M]. 严锋译. 上海:上海人民出版社,1997:170.

化对话过程中格外重要的尊重感。而国家之于方志敏却很明显已经超越了这些。

参考文献

[1] [英] 约翰·斯道雷. 文化理论与大众文化导论 [M] 常江译. 北京：北京大学出版社，2010.

[2] 秦勇. 意义的生产与消费：文化经济学新论 [M]. 北京：首都师范大学出版社，2017.

[3] [美] 亚伯拉罕·马斯洛. 动机与人格 [M]. 许金声等译. 北京：中国人民大学出版社，2007.

[4] 方志敏. 可爱的中国 [M]. 北京：中国友谊出版公司，2014.

[5] 马克思恩格斯全集 [M]. 北京：人民出版社，1957.

[6] 吴雪梅. 试析《厉害了，我的国》品牌效应及其维护 [J]. 电视研究，2018（6）.

[7] [法] 米歇尔·福柯. 权力的眼睛——福柯访谈录 [M]. 严锋译. 上海：上海人民出版社，1997.

（孙琦　首都师范大学2017级硕士生　指导教师：秦勇）

空间建构、消费城市和东方"文化共同体"
——以三部中印合拍片中的印度形象为例

涂 画

摘 要：近年来，印度电影在中国电影市场的票房表现不俗，而2015年召开的中印电影合作交流新闻通气会，更是《大唐玄奘》（2016）、《功夫瑜伽》（2017）和《大闹天竺》（2017）三部电影项目的出发地。印度电影中的社会议题曾在中国掀起多番讨论，电影本身作为一种大众传播的有益工具，面对着中国日渐崛起的文化期待和需要，在塑造他国形象时却呈现出复杂而暧昧的语境。合拍片如何平衡两国间的历史、异域和当下，对积极塑造平等、友好的交往关系具有重要意义。

关键词："一带一路"；印度形象；合拍片

在全球化的语境下，各国之间的文化交流对话日趋紧密，如果从媒介的角度来探讨，如本尼迪克特·安德森（Benedict Anderson）曾在《想象的共同体》中指出"印刷资本主义"——小说和报纸等媒介在民族意识形成过程中占有重要的作用。那么对于当下的中国而言，2018年电影票房已突破600亿元，全国观影人次为17.17亿，观看电影的确作为一种文化消费占据着越来越重要的地位。而当下提倡建立的人类命运共同体，是在更高的层面凝聚起共同的政治意识，那么正如上文所言，如果说影像等媒介参与建构了一个民族的共同政治情感，那这种构建的姿态必然对应着现实中的迫切需求。

中国和印度从古至今就有许多交流，古有玄奘取经、佛教传播，今有"一带一路"文化交流项目。在2015年的中印电影合作交流新闻通气会上，三部表现中印友好题材的电影项目《大唐玄奘》《功夫瑜伽》《大闹天竺》宣布启动。印度作为中国重要的文化交流伙伴，也是中国丝路电影故事中的关键一员，国家的影像暗含着对自我的认同、想象，也构建着他者的位置关系，而这往往对应着现实里国家经济实力、综合国力、观念秩序的调整和重建。银幕如何呈现丝路故事并塑造印度形象，正体现出一个正在崛起的大国对于自己的参照和想象。讲述故事的时代决定了对故事的讲述，现实书写一直提倡建立人类命运共同体的需求，但是否能在影像中有效地完成一次历史话语的建构和新生？笔者借助近年来中印合拍的三部电影，从空间建构、消费城市和文化"共同体"三个角度浅析并进行论述。

一、建构的空间：传统文化古国和现代游戏场所

　　法国城市社会学家亨利·列斐伏尔（Henri Lefebvre）曾经批评过，"空间不仅是社会关系的建构和再生产过程，而且是社会秩序的塑造过程"①。社会关系置于全球化的语境下不是静止的，而是随着历史的进程而重新演变。从地理位置来看，中国的南部同印度有着相似的纬度和热带风光；站在历史的角度来看，中国和印度都作为四大文明古国，有着悠久流传的文化底蕴，并且两国最早的官方交往，历史记述是在西汉时期：张骞第二次出使西域，派遣副使分别赴大宛、康居、身毒等国展开外交活动，其中的"身毒"即是印度。两国有着相近的地理位置和相似的文化背景，相对于西方而言，中国和印度更接近东方历史的话语场域，而当下提倡的"一带一路"文化交流建设项目，则在东方话语场域博弈之中回溯了这份文化认同机制。

　　本尼迪克特·安德森曾在《想象的共同体》中提出了"民族身份"的概念，在他看来，民族心理的"想象"是一种认知过程，"是一种社会心理学意义上的'社会事实'，是一种与历史文化变迁相关，根植于人类深层意识的心理建构"②。中国和印度虽然分属于不同的民族，但"想象"却是一个地域集体的认知过程，尤其是对于当下的中国而言，通过分享共同的历史故事、宗教符号和人文景观，又在现代国家传媒，如新闻、电影的大规模生产传播之下，民族内心深处对某段（如唐朝）历史的集体"想象"和"记忆"得到强化。电影《大唐玄奘》里的真实形象尊重了《大唐西域记》和《大唐大慈恩寺三藏法师传》书写，里面记载了玄奘的真实身世和西行取经的过程，"下水，欲饮，袋重，失手覆之。千里之资，一朝所罄。四夜五日，无一滴沾，口腹干焦，几将殒绝，不复能进"③。在唐僧形象被多元拆解和拼贴的当下，《大唐玄奘》试图正本清源，塑造了一位意志坚定的僧人，经过艰苦卓绝的努力终于取回正统的天竺经文并传入唐朝，同时也构建出一个神秘祥和、有着悠久文化底蕴的古国形象。除此之外，电影《大闹天竺》其实是借用了西游记的原型设定，其中坏人兄弟——金角、银角兄弟，纱丽厂——盘丝洞，辣椒比赛——火焰山，拆迁小楼——花果山，这是西游神话重回印度的二次改编和嫁接，在经典桥段添加了许多笑料和恶搞，这些片段借用印度的地名和风俗，可以发生在包括印度在内的任何一处异域风情之地，印度在此时只是被打造成一处闯关探秘、冒险寻宝的游戏空间。两国在历史史料库之中，电影挖掘了英雄和神话故事的原型用来持续地复制和重新解释，在这种情境下"'原型'被视为'媒介'接连了影像与历史文化，那么，也使得经由

---

① 孙全胜．列斐伏尔"空间生产"的理论形态研究［D］．南京：东南大学博士学位论文，2015：47．
② ［美］本尼迪克特·安德森．想象的共同体［M］．吴叡人译．上海：上海世纪出版集团，2005：8．
③ 慧立，彦悰．大慈恩寺三藏法师传［M］．孙毓棠，谢方点校．北京：中华书局，1983：17．

影像中作为'媒介'的'原型'抚触集体心理意识或想象历史成为一种可能"①。盛世唐朝的宗教文化交流与当下中国"一带一路"项目的合拍片，在历史节点上遥相呼应的姿态，暗示了"当下"不仅追寻过去的历史足迹，更是塑造"当下"成为历史丰碑，在未来回望过去时将会是重要注脚。

但是值得关注的问题是，这些合拍片在塑造印度形象时，总是从史料中裁取一段，印度是一个神秘古老、偏远宁静的古国，同时又是等待继承、发扬光大的文化宝藏之地，并以此为基础构成了荧幕上冒险寻宝的故事。从深层文化叙事基因来看，这本身就包含着在某种凝视目光上，建构出当下东方式集体叙述下"边界－中心"的空间想象，在一定程度上削减了印度的主体论述和自我表达。那么，这种表述是否呈现出另一种外来的优越目光，如何更好地规避，以做到真正的"和而不同，美美与共"，是今后创作者需要审视和警惕的。

二、被消费的城市：文化景观的风景线

在李普曼关于现代社会的拟态环境的论述中，"他在客观因素——环境、主观因素——人性两个方面予以论证，区分了外部世界、媒体营造的拟态世界和人们头脑中关于外部世界的景象，指出和舆论有关的环境是通过许多渠道折射出来的"②。毫无疑问，电影中出现的异国风情的画面确实给人以视觉和心理的新鲜刺激，中国商业电影也往往会选此作为票房成绩的营销卖点，从视觉文化的角度，对异域风情凝视也带有一层消费的眼光和商业的滤镜。

爱森斯坦曾言，"风景有时被当做插入成分剪辑在影片中，有时是作为某场戏的开场，但更多的情况是，风景被直接纳入动作的展开，既起着绘画又起着戏剧的职能"③。《大闹天竺》和《功夫瑜伽》中的印度场景是夺人眼球的绘画，也是发生戏剧故事的场所。电影中的佛像石雕、色彩鲜艳的头饰和服装、人头攒动的祭祀典礼和市集，以及市集中穿插着的印度民俗：神仙索、耍蛇人、火圈、悬浮、蹈火节和洒红节，这是提到印度电影时会反复出现的人文地理景标和符号，这在很大程度上也构成了观众去影院消费之前的心理期待，而这份"默契"也将成为电影视觉消费里日渐成熟和固化的规则和训诫。

电影诞生之初，卢米埃尔公司就周游世界，采集某地的人文风情和著名景观，然后到下一个地点放映盈利，以满足观众的好奇和窥视。在此后美国电影席卷全球的商业浪潮中，"借用"或"征用"各地的异域风情充作好莱坞电影的明信片，早已成为成熟的商业手段和运作体系。"电影镜头中的风景并非地理状貌的简单复原，也不是提示地理信息的

---

① 张丹. 想象的共同体：1990年代以来两岸电影的近代中国女性记忆 [D]. 南京：南京艺术学院硕士学位论文，2013：9.
② 佟欣. 拟态环境与公众舆论——再读李普曼《公众舆论》[J]. 现代视听，2018（7）：77.
③ [俄] C. 爱森斯坦. 并非冷漠的大自然 [M]. 富澜译. 北京：中国电影出版社，1996：290.

'邮票'……可识别的本土景观经由好莱坞制作者缝入电影叙事文本之中,显然有助于如音乐般调动我国观众的情绪。"[1] 在国产片中对于印度的话语呈现,似乎陷入了商业叙事的桎梏中。《功夫瑜伽》也是基于大唐王玄策出使印度,不料遭遇"阿罗那顺"叛乱而展开探险夺宝的故事,《大闹天竺》更是借用《西游记》的情节的基础,讲述了一个争夺遗嘱、西行印度的故事。合拍片重现了这样的"空间借用",印度的风俗习惯、历史传说被缝合进探险寻宝的商业情节当中,而真正的民族历史和文化传统反而遮蔽在严密精确编排的故事之外,对于大多数未真正西行印度的观众而言,除了一堆十分熟悉的商业文化风景符号,其他的知之甚少,"他者"眼中的印度民族的历史记载被消费或无名处理,成为新的全球时代的文化景观。

"在这个电影共同体中,东方符号并不是一概而论,亦不是文化大国对于文化小国的一次'文化整合',各种文化符号的选择应本着亚洲民族倡导的'伙伴关系''平等原则'……坚持不同文明兼容并蓄、交流互鉴、取长补短。"[2] 在原本设想的东方文化交流中,各国处于平等交流、相互借鉴的位置,但在商业化的环境中,差异并存的多元文化想象和类型化了的商业文化符号却只能矛盾。如果在打造"文化共同体"的尝试中,继续停留在对异域表征的借用和文化景观的符号堆砌,在表达和而不同的文化内涵时,继续沿用同质化的传统商业模式,那合拍就远离最初的理念,只留下一道被消费的淡淡的文化风景线。

三、东方历史同源:一种新的文化共同体

《大唐玄奘》讲述了西行取经的故事,两国为解救亡人、普度众生的美好愿景自古有之;《功夫瑜伽》中的"功夫"和"瑜伽"分别是两国修身的符号,功夫讲究德行统一、君子操行,瑜伽追求梵我合一、宁静和谐。正如《大唐玄奘》中玄奘在无遮大会上的内心独白:"大乘不仅自渡,还要渡他人……包括一切不同的信仰,用大乘的关爱和包容,使世间免除暴力,愿世间更加美好。"佛教是中国和印度共同分享的历史交往经验,玄奘在《西游记》的改编中逐渐以民间视角呈现,中国的国家形象隐藏在这种历史交往的背后,是一种明显去政治化的表达,中国和印度从文化的根源来讲都是追求人类、社会与自然的和谐相处,这点与西方精神中提倡的锐意进取、探索征服自然的"骑士精神"背道而驰,赛义德在《东方学》一书中"有关世俗化了"的宗教章节中写道:"'……挫败西方文化的物质主义和机械主义(与共和主义)的是印度文化和宗教,从这一挫败中将复活、再生出一个新的欧洲',这一描述明显充满着圣经关于死亡、再生和救赎的意象。"[3] 在某种程

---

[1] 张勇. "借来的空间"——中国类型片中的域外场景研究[J]. 当代电影, 2013(8): 148 – 150.
[2] 张鑫. 浅谈"亚洲电影共同体"建构的符号意义[J]. 电影文学, 2018(22): 34 – 38.
[3] [美] 爱德华·W. 萨义德. 东方学[M]. 王宇根译. 北京: 生活·读书·新知三联书店, 2007: 149.

度上，中国和印度关于东方文化中救赎和皈依的共同部分，被有意识地重新"打捞"，建立对两国文化共同之处的联系和认同，共同构成了东方"文化共同体"。影片用唐代玄奘求取真经、普度众生的美好愿景，完成了对当下现实的隐喻和传达。

在《大闹天竺》这部电影中有着更明显的"地域联合"。天竺是唐代对印度的称呼，包含玄奘"西天"取经的官方历史记忆，拥有权威的正当性，而"大闹"则是关于西游记的民间立场的戏说表达，拥有更高的文化包容力和接受度。在影片结尾处，神秘人打开遗嘱说道，"此处印度之行，希望你们建立友情和信任，在未来的路上，兄弟携手，造福他人"。剧中的兄弟携手也是银幕外两国友好携手同行的暗示和隐喻。影片中的空间成了政治话语的场域，中国需要在文化输出中改变被建构、被书写的权力关系，提高文化自信、展现中国实力成为时代主题和关键历史时期的任务。电影作品故事讲述动人，其背后深层次的叙事核心动因往往是历史情境下的主动选择，在长期以来观影群体的深层次意识里得到感召和回应，才能建立起"想象"中的地域联合。

毫无疑问，《大唐玄奘》在真实历史记忆中溯源一个和平崛起、宽容博爱的国家形象，但值得注意的是，这部影片却用一个西方学者去图书馆求证作为开头，并且用英文开始讲述千年前的故事，在整体的观看过程中略为突兀和生硬。在国际流行的官方话语体系中，以白人世界主导的英语的流行曾一度造成其他国家和地区语言的衰落，语言是一种文化武器，福柯也曾说权力即话语，中国日渐崛起的背后其实隐藏着话语权力表达的焦虑，用英语讲述古老的中国故事，对于中国而言，在某种意义上意味着国际上的失语现象，只能以此在想象中获得权力主体认同的目光和对话的可能。"霍米·巴巴认为，殖民欲望对他者的渴望及随之而来的否定，呈现出矛盾复杂的心理时刻……这一过程的特点是既向前同时也在向后……"① 中国是东方大国，在国际舞台上崛起的时刻，伴随着证明自己文化地位的焦虑和渴望，在寻求自己原创的真实历史记忆和文化经验的同时，也在模仿中试图与不在场的欲望主体进行对话，从而建立一个整体的"东方文化共同体"来与西方对话，但这往往是以牺牲确认真实自我为代价。《大唐玄奘》的开头旁白已经证明，对被殖民一方来说渴望获得移植和转换，本身就包含着自恋与他恋的、超越了对抗式话语体系的混沌地带，揭示出更为广阔的复杂性和矛盾性。

结　语

在2013年上映的《中国合伙人》电影中，面对知识产权的知识纠纷，"新梦想"三人的据理力争和慷慨陈词，美国多年来对中国不变的旧式眼光，无法追逐一个日渐成长的"中国梦"的身影，"他者"是自我的镜像，讲述主体的中国在面对"他者"美国的演讲，正是回应了中国在国际地位上长期被压制的焦虑和反抗。

---

① 康孝云. 霍米·巴巴对殖民主义二元对立模式的解构及其意义 [J]. 国外理论动态, 2014（10）: 47-57.

"一带一路"和"人类命运共同体"正是中国应对复杂国际语境下的主体讲述,印度作为"一带一路"上的重要成员国,由于历史文化血缘上的亲近性,两国共同分享和平、博爱、包容等信念,也共同启动了电影文化项目。导演霍建起在谈《大唐玄奘》的创作的时候说道:"玄奘也许正好是一个代表性的符号,既伟大又普通,平和而没有任何侵略性。宣传推广这样的人物形象,跟中国和平崛起,成为一个大国的姿态本身是相契合的。"① 但是在实际创作和传播过程中,如何以更平等、贴切的姿态去尊重历史、回应当下,是需要仔细考量的。

参考文献

[1] [美]本尼迪克特·安德森. 想象的共同体 [M]. 吴叡人译. 上海: 上海世纪出版集团, 2005.
[2] 慧立, 彦悰. 大慈恩寺三藏法师传 [M]. 孙毓棠, 谢方点校. 北京: 中华书局, 1983.
[3] 张丹. 想象的共同体: 1990年代以来两岸电影的近代中国女性记忆 [D]. 南京: 南京艺术学院硕士学位论文, 2013.
[4] 康孝云. 霍米·巴巴对殖民主义二元对立模式的解构及其意义 [J]. 国外理论动态, 2014 (10).
[5] 邹静之, 霍建起等. 大唐玄奘 [J]. 当代电影, 2016 (5).
[6] [俄] C. 爱森斯坦. 并非冷漠的大自然 [M]. 富澜译. 北京: 中国电影出版社, 1996.
[7] 张勇. "借来的空间"——中国类型片中的域外场景研究 [J]. 当代电影, 2013 (8).
[8] 张鑫. 浅谈"亚洲电影共同体"建构的符号意义 [J]. 电影文学, 2018 (22).
[9] [美]爱德华·W. 萨义德. 东方学 [M]. 王宇根译. 北京: 生活、读书、新知三联书店, 2007.

(涂画 首都师范大学2018级硕士生 指导老师:于丽娜)

---

① 邹静之, 霍建起等. 大唐玄奘 [J]. 当代电影, 2016 (5) 33.

中国古典花木兰形象与迪斯尼影片《花木兰》形象对比

陈永欣

摘　要：中国文学史上的花木兰形象是古代女性形象中的一朵奇葩，她最早出现于北朝乐府民歌《乐府诗集·木兰诗》中。后代根据这一原始形象，在小说、戏曲、说唱和其他话语形式中，塑造出了不尽相同的花木兰形象。1998年迪斯尼电影公司根据中国古典形象花木兰，继承并发展了经典的花木兰故事，制作了电影《花木兰》，并引起了很大反响。本文通过对花木兰形象的形成和演变的探究，并以《木兰诗》中的花木兰形象为主，与电影《花木兰》中的形象进行比较，探讨两者形象的异同，并对其背后的民族文化内涵进行分析。

关键词：花木兰；形象对比；民族文化

花木兰是中国历史上为数不多的女性英雄形象，在北朝乐府民歌《木兰诗》中，我们看到了一个替父从军、坚韧不拔、坚强勇敢的花木兰。北朝之后许多作者采用与《木兰诗》相同的故事情节，创造了各式各样的花木兰形象。在花木兰身上有着中国传统文化的精神和民族灵魂，花木兰的故事千百年来一直被人们称颂，这一巾帼英雄形象也深入人心。

1998年迪斯尼动画片《花木兰》是首次将中国传统人物搬上银幕，影片受到了全球各个年龄段影迷的喜爱，并在播出后迅速取得了票房纪录。这部动画在传统的《木兰诗》的基础上，融入了西方的价值观和精神，刻画了一个不同于中国古典花木兰形象、极具西方特色的花木兰。两者形象的差异充分体现了中西文化的交流和融合，对于其背后不同的文化价值研究有着重要的意义。

一、中国花木兰形象的演变

最初使花木兰走入人们心中的是南北朝的一首民歌——《木兰诗》。《木兰诗》对花木兰形象的成功塑造，影响了历代文人学士，以花木兰为题材的剧作层出不穷。尽管不同作者塑造的花木兰形象并不相同，但是都采用了与《木兰诗》中相同的情节因素，如女扮男装、替父从军、英勇善战等。虽然《木兰诗》中的花木兰形象概括性很强，但是花木兰独特的艺术形象和她勾勒的故事框架对后人有很强的吸引力。关于她的故事，在古诗、戏曲、电视剧、电影中陆陆续续跨越了近1500年。

（一）花木兰形象的起源

花木兰是中国南北朝时期一个极具传说色彩的巾帼英雄，她的故事也是一首悲壮的英雄史诗，其形象最早见于《乐府诗集·木兰诗》中。《木兰诗》是北朝民歌中最为杰出的作品，关于此诗的作者和产生的时代问题，自北宋以来众说纷纭。正如郭茂倩《乐府诗集》记载，"歌辞木兰一曲，不知起于何代"①。不过，目前学术界一般认为，释智匠《古今乐录》已著录此诗，故其产生的年代不会晚于陈代。②

《木兰诗》成功地塑造了花木兰这个不朽的艺术形象。虽然在这首叙事诗中，花木兰的姓氏、籍贯等都没有明确的记载，但是通过对人物行动和其广阔生活背景下花木兰形象的展示，我们可以看到一个栩栩如生的花木兰形象。"唧唧复唧唧，木兰当户织"，花木兰是一个心灵手巧的闺中少女，而"昨夜见军帖，可汗大点兵。军书十二卷，卷卷有爷名。阿爷无大儿，木兰无长兄"，由于国家的需要和家庭的实际情况，她代父从军，女扮男装。"万里赴戎机，关山度若飞。朔气传金柝，寒光照铁衣。将军百战死，壮士十年归"，她在沙场驰骋十多年，立下了汗马功劳。因此，她又是一个金戈铁马的巾帼英雄。她热爱祖国和家庭，是人民理想的化身，在她身上集中了中华民族善良、勇敢、孝顺等优秀品质。

在《木兰诗》之后，这个深深扎根于中国北方广大土地上的有血有肉、有人情味的英雄形象，给后世人民留下了深刻的印象，花木兰的故事开始广泛流传，对后世人民产生了强烈的吸引力。

（二）花木兰形象的发展和演变

1. 中国古代的花木兰形象

继《木兰诗》之后，历朝历代又出现了许多有关花木兰的作品。明代徐渭组剧《四声猿》中的《雌木兰替父从军》，与《木兰诗》中的叙事时限基本吻合，主要的故事情节在该剧中也依然如故。现广为流传的花姓就来自徐渭的《雌木兰》。由于剧本容量的扩大，必然会对《木兰诗》进行很大的改造。其中交代了木兰的姓氏和家门，说明了发生战争的原因，描述了战争的场面，并讲述了木兰从军归来后的婚姻情况。情节的改动和增加，以及作者叙述年代的不同，导致了花木兰形象与《木兰诗》中形象的差异。《雌木兰》中花木兰参加的战争的性质是平叛战争，是"官兵打土匪"的故事。之前花木兰的"孝义"形象在这里转化成了更加强调以国家正统为主的"忠孝"。③花木兰在此剧中彰显出了一

---

① 郭茂倩. 乐府诗集 [M]. 卷二十五，横吹曲辞五. 长春：吉林出版集团，2016.
② 袁行霈. 中国文学史第二卷 [M]. 北京：高等教育出版社，2005：83.
③ 赵彤. 改造"花木兰"——一个女性故事在版本流变中的衍化 [J]. 当代电视，2010（3）：10-16.

定的女性自尊意识,"休女身拚,缇萦命判,这都是裙钗伴。立地撑天,说什么男子汉!"在一定程度上肯定了女性的才能和地位,作者通过花木兰表达了自己对于封建社会的批判。

清人褚人穫《隋唐演义》中的花木兰形象与《雌木兰》中的形象类同。他笔下的花木兰说:"难道忠臣孝子,偏是带头巾的做的来,有志者事竟成,儿此去管教胜过那些脓包男子。"表现了对女性的肯定和对男性的贬抑,对当时的男权社会一种大胆的质疑和反叛。但是,明清时期这种独立的女性意识只是处在萌芽时期,花木兰最后也没有走出封建"贞节"的束缚。《雌木兰》中花木兰最后嫁与王郎为妻,《隋唐演义》中的花木兰因不肯嫁给可汗当妃子,自刎而死。

在明代还有许多描写花木兰的传奇,如王会昌的《鬓姝姗》、鹿阳外史的《双环记》、王骥德的《双环记》等。同样,在清传奇中也有众多作品,如爱新觉罗永恩《双兔记》、陈栩《花木兰》、徐爔《双环记》等。

2. 中国近现代的花木兰形象

花木兰的故事在近现代依然经久不衰,深受人们的喜爱和欢迎。众多电视剧、戏曲、电影中都以花木兰的故事为依据,创造了不一样的花木兰,使花木兰的故事和形象以各种形式流传,蜚声海外。

1926 年,梅兰芳根据《木兰诗》改编了京剧《代父征》。这是梅兰芳早期的戏剧作品,影响深远,后代许多京剧及其他剧种都以此为基础加以改进。胡姗主演的《花木兰从军》李旦旦主演的《木兰从军》以及陈云裳主演的《木兰从军》都是早期中国电影中的优秀作品。她们为中国影坛带来了令人难忘的花木兰形象。1956 年豫剧舞台剧影片《花木兰》上演,其中"刘大哥讲话理太偏,谁说女子享清闲"的唱段红遍大江南北。20 世纪 90 年代出现了许多有关花木兰的电视剧,台湾版《排山倒海花木兰》、1998 年袁咏仪版《花木兰》等,质量不一,有的已背离花木兰故事的初衷。1998 年和 2004 年的迪斯尼影片《花木兰》是"中西合璧"的作品,塑造了一个完全不同于中国古典花木兰形象的女性形象。

进入 21 世纪后,杂技版、舞剧版、歌剧版的《花木兰》层出不穷,各种戏曲形式如豫剧、粤剧、越剧、评剧、秦腔等"木兰从军"的故事也异彩纷呈,可谓百家争鸣。在这发展演变的过程中,花木兰已从中国化走向了国际化,其"阳刚之气"慢慢地变得更加有女人味。

二、迪斯尼动画影片《花木兰》中的花木兰形象

1998 年的《花木兰》,是迪斯尼公司首次尝试中国古装动画片的制作,也是其第一次真正走向亚洲。这个故事有着中国化的外衣,其实内在的结构和所体现的价值观是西方的。其独特的迪斯尼动画创作模式和对花木兰故事的改编,都体现了其赋予花木兰形象自

身的文化特性。

（一）动画对于传统花木兰故事的改编

1. 花木兰相亲

不同于《木兰诗》中开始描述的"木兰当户织"的情景，影片一开始便交代了花木兰的家人，展现花木兰去相亲的场景。她把"三从四德"写在手臂上来应付媒婆的拷问，在媒婆点到她的名字时，按理说她应该根据社会对女性的传统要求保持缄默，可她却大声回答："我在这儿。"以及后来在相亲中的表现，都显示出她与普通传统女性的不同。她活泼可爱，敢于打破传统，十分有个性，与《木兰诗》中开头所表现的温婉贤惠的闺中女子花木兰十分不同。

2. 花木兰军场上的表现

《木兰诗》中对于花木兰出征前配置鞍马的描写十分具体，运墨如泼，征途中也同样不惜笔墨，表现花木兰温柔、善良的心性和对父母的拳拳深情。而战场上的描写，则以"朔气传金柝，寒光照铁衣。将军百战死，壮士十年归"数语一带而过，可谓惜墨如金。动画《花木兰》中对于花木兰在军场的表现，先是展示了她跟随军队一步步训练、逐渐强大变得武艺高超的过程，随后又详细地展示了两场战役——雪山鏖战和皇城救驾。在这两场战役中，花木兰起了关键的作用。雪山鏖战，敌我力量悬殊，在即将失败时，花木兰灵机一动，把剑射入雪山导致雪山崩塌掩埋了匈奴，才拯救了大家。同样，在京城救驾时，她勇敢无畏，发挥女性的智慧，在关键时刻打败了匈奴拯救了皇上。这里的花木兰全然是一个独立勇敢、追求个性解放、充分体现了女性价值的形象。

3. 花木兰女性身份的暴露

在《木兰诗》中，直到花木兰返回家乡时，同行的伙伴才知道花木兰女性的身份。"开我东阁门，坐我西阁床，脱我战时袍，著我旧时裳。当窗理云鬓，对镜帖花黄。出门看火伴，火伴皆惊忙：同行12年，不知木兰是女郎"，花木兰在军队隐藏身份长达12年。而在影片中花木兰在雪山鏖战受伤后，在军医的治疗过程中被发现了女性身份。将军李翔代表的男性权威否定了花木兰身为女性能保家卫国的价值。当她因此被赶出军营时，她并没有返回家乡做回父母的女儿，而是在知道单于要过攻京城时，选择去京城救驾。花木兰以自己女性的身份拯救了整个皇宫，而不是像《木兰诗》中那样为了不暴露引来欺君之罪苦苦隐瞒12年。这体现了影片中的花木兰对于男尊女卑社会的反抗，体现了女权主义思想。这里的花木兰是一个拯救了苍生的英雄，实现了自我价值的英雄。

4. 花木兰最后的结局

《木兰诗》中的花木兰最后拒绝了皇上的赏赐，返回家乡，变回了自己的女性身份，不出所料她会过着和以前并无差异的生活。而影片中的花木兰，在拯救了皇城之后，得到了皇上的拥抱和致谢，所有老百姓对她磕头表示感谢。这在传统的中国男尊女卑的社会中是不能被理解的。花木兰接受了皇上的金牌返回家乡，给祖先们和家庭带回来了荣耀，同时也带回了自己的爱情。她大胆地对有好感的李翔示好，救他于危难之中，勇敢追求自己的爱情，最后也收获了爱情。《木兰诗》中的花木兰隐藏自己的女性身份12年，大好的青春耗在了战场上，自己的终身大事也耽误了。影片中的花木兰已经成为一个具有现代色彩的女性形象，她敢于藐视传统，大胆追求爱情，具有勇气和炽热的感情。

（二）迪斯尼动画的独特模式

1. 歌舞

迪斯尼动画影片十分喜欢用歌舞的方式来进行叙事，它采用了音乐剧的因素，但是具有更加自由的创作空间。迪斯尼公司著名的动画导演威尔弗雷德·杰克逊曾经说过："当代的迪斯尼动画音乐旋律性很强而且线条十分简单，甚至你能用口哨吹出来，或是哼唱。音乐整体有着和谐的结构。"歌舞的存在是为了更好地展现人物的内心世界，表达人物的感情，同时通过音乐的形式更能引起观众的共鸣。《花木兰》中采用了迪斯尼比较传统的歌曲形式，舞蹈形式减弱。花木兰在相亲失败后，有自己一大段内心独白，便是以歌曲的方式呈现出来，"我眼中的自己，每一天都相信，活得越来越像我爱的自己。我心中的自己，每一秒都愿意，为爱放手去追寻，用心去珍惜，只有爱里才拥有自由气息……"在因为自己无法用相亲给家庭带来荣誉时，花木兰十分苦恼，思考起了自身的价值，并通过这首歌表达了自己内心的真实想法。这是影片中最著名的桥段，也是最著名的一首插曲。花木兰希望可以活出自己，而不是被任何东西束缚，她向往自由，向往可以实现自己的价值。这首内心独白很好地表达了她的内心，并体现出了花木兰的性格。

2. 幽默感

美国的卡通和漫画具有批判、幽默、讽刺的特征，其中最大的特点就在于浓厚的幽默感。滑稽可爱的木须无论从造型上还是语言上都带给了我们很多欢乐，它是一条龙却有着很小的身躯，说话像连珠炮一样，又极易生气。它一路上保护花木兰，也给花木兰带来了很多欢乐。当雪掩盖匈奴时，它还拿了个铠甲冲浪，实在让人忍俊不禁。和花木兰一同训练的战友们也是形象各异，有瘦有胖、有高有矮，花木兰洗澡他们后来居上，花木兰躲躲藏藏的情节以及训练的场景都十分有趣。影片中通过夸张的人物造型、有趣的情节和幽默的人物对话使得故事本身变得充满趣味，一扫《木兰诗》中那种厚重感，一下子变得轻松可爱起来。

3. 小动物的设置

迪斯尼许多动画影片中都是以动物的角色进行制作，而许多影片中的主人公也都有动物的陪伴。《花木兰》中设置了木须龙和蟋蟀两个动物角色，红色的木须龙是地道的中国式形象，蟋蟀也是中国的吉祥物。木须和蟋蟀都是人格化的形象，尤其是木须，它可以看作花木兰的一个影子，它为了证明自己，得到祠堂守护神的位置，才一路保护花木兰、支持花木兰。两个动物的设置给影片增加了许多乐趣，也使花木兰的从军之路有人陪伴，有人支持，花木兰与他们之间的感情也十分亲密，让人感觉温暖。《木兰诗》中的花木兰，一路孤单一人，没有人可以诉苦，又因自身的女性身份必须遮遮掩掩，压力可想而知。比起她来，《花木兰》中的花木兰要幸福得多。

三、两者形象差异以及蕴含的民族特点

动画影片《花木兰》是依据《木兰诗》中花木兰的故事进行了改编，对传统的中国故事进行了继承和发展。所以，两者在一定程度上存在相同点。但是，由美国迪斯尼公司制作的影片在发展的过程中融入了西方的价值观和思想观念，使得两者在很大程度上又存在着差异。这些差异的背后都蕴含着不同的民族特点。

（一）两者形象的相同点

影片《花木兰》继承了花木兰故事的框架，与《木兰诗》一样，花木兰替父从军、男扮女装、奋勇杀敌、凯旋而归。两者都是为了年迈体弱的父亲踏上从军之路，可见两人都十分孝顺。同时，敢于冒着欺君之罪男扮女装，在战场上又奋斗拼搏，体现了两人英勇善战、充满勇气的特点。面对赏赐，两人并没有索取什么功名，而是选择立刻回到家乡，可见两人同样思乡心切、怀念父母。对传统花木兰故事基本情节的继承，一定意义上赋予了两者相同的特点。

（二）两者形象的差异及原因

1. 从从军目的看

《木兰诗》在开头便交代了花木兰从军的原因，战争爆发、可汗点兵、父亲年迈而家中又没有长兄，所以花木兰决定替父从军。可见，花木兰从军是因为家庭内部和战争外部两方面的原因，她只是想要践行孝道，替父亲排忧解难，并无其他目的。如果没有这样的形势，她不会从军，而会安心做好女儿、将来做好妻子的角色。诗歌后面又描写到："旦辞爷娘去，暮宿黄河边，不闻爷娘唤女声，但闻黄河流水鸣溅溅。旦辞黄河去，暮至黑山头，不闻爷娘唤女声，但闻燕山胡骑鸣啾啾。"可见她对父母的思念和孝顺，更加凸显了她为孝从军的动机。

而影片《花木兰》中花木兰的从军动机，一方面出于孝心，而更多地则是为了证明自己。在相亲失败后，她便开始思考自身的价值。正在此时，皇帝的招兵令下达，是这两方面的因素促成了她替父从军的行为。在自身女性身份暴露后，她坦言："或许不仅仅是为了父亲，我这么做只是想证明我自己有本事，这样往后照镜子，就会看见一个巾帼英雄。"可见，花木兰从军的真正目的是要证明自己的价值，实现自己的"美国梦"。即使没有战争，她也会找寻机会来证明自己。

古代中国是以小农经济为基础的封建国家，生产劳动以家庭为基础，家庭作为最小的单位可以独立生产。许多生产劳动需要人与人之间的协作才能完成，所以古代中国强调集体和家族观念。整个国家的人民就像一个大家庭一样，君主是一国之父。因此，在农业基

础上建立起来的宗法道德以忠来维护帝王统治,以孝来维护封建家庭的关系。[①] 古代中国以儒家文化为根本,而孝道在儒家文化中占有崇高的地位,孟子曰:"孝之至,莫大于尊亲。"子曰:"色难。有事弟子服其劳,有酒食,先生馔,曾以为孝乎?"所以,古代中国十分强调"忠"与"孝",花木兰从军便是忠孝的表现。

而西方文化中有着强烈的个人主义倾向。美国把个人主义演变为了美国本土的"美国梦",强调不管是谁,要通过自身的劳动和工作取得成功。美国的历史不久,其文化体系是以古希腊为源头的,古希腊就强调个人的力量。所以,他们主张个人主义原则,主张人人平等,家庭观念比较薄弱。美国人追求自我,追求自我价值的实现。因此,《花木兰》中花木兰从军的动机中加入了西方的个人主义观念,体现了"美国梦"的思想,这样才更能被世界范围内的观众所接受。

2. 从体现女性地位看

《木兰诗》中花木兰从头到尾都不是以一个女子的面目替父从军的,这种"性别倒置"是对男性霸权不自觉的迎合。她从军12年,对自己的身份隐藏了12年,可见当时社会男尊女卑的情况是不允许女性上战场的,也不认为女性有英勇善战的能力,女性只是相夫教子的角色。正因为当时女性地位的低下,所以花木兰必须隐藏自己的身份。无论花木兰在战场上多么风光,最后还是回归了家庭。中国封建社会历史长达两千多年,传统的农业社会对于男女有着明确的分工——男耕女织。在传统的封建社会,强调女子要守妇道,要遵从三从四德。《木兰诗》中花木兰勤于女工、温婉贤淑、孝顺父母、回归家庭的设定,都体现了当时社会对于女性的道德要求。

而影片中花木兰最后女性身份暴露,是以女子的面目,发挥自己的智慧,才拯救了皇上和黎民百姓。同时,影片中是士兵打扮成女子才得以进宫救驾,体现了对古代中国女性受压迫的反讽。影片处处体现了对女性价值的肯定,花木兰成了救世英雄,体现了西方现代文化中的女权意识。西方女权意识强调男女平等,女性应该凭借自己努力奋斗实现自身的价值和解放。花木兰活泼开朗、大胆泼辣、不拘一格、充满主见,是带有现代女性特点的形象。她对封建传统道德的不屑,勇于追求自身价值都打破了中国传统花木兰的形象,体现了西方的现代女性特点。花木兰单枪匹马救国家于危难之中,又一次传达了"美国梦"的概念:平凡人通过自己的努力,可以取得非凡成就,成为英雄。

3. 从体现的爱情观看

《木兰诗》中的花木兰是一个传统贤惠、隐忍克己的女性形象,她隐瞒女子身份12年,可见她与男性相处时的小心翼翼。在当时的传统封建社会,对女性的身心束缚以及花木兰本身特殊的身份,都决定了她不会自由地去追求爱情。她渴望着身份的解脱,等待着父母给她安排的婚姻,从此相夫教子,恪守本分过一生。中国历史悠悠千年之长,封建社会的压抑、沉重的枷锁,网住人的躯体和心灵,使女性成为男性的附属,男尊女卑的观点

---

① 郑伟玲. 木兰故事在迪斯尼动画电影中的变异 [D]. 安徽大学硕士学位论文, 2010: 16.

存在已久。女性长期处于被压迫和被剥削的地位，传统的道德封建制度束缚了女性的思想。女性无法自由地追求爱情，只能接受父母之命、媒妁之言。

影片中的花木兰则大大不同，电影在对传统花木兰故事改编时就加入了爱情的描写，这也是迪斯尼动画永恒的主题。花木兰对将军李翔有好感，便主动靠近他，救他于危难之中，最后也收获了自己的爱情。这完全不同于《木兰诗》中花木兰的身心压抑，而是随心而动，随情而动。西方人重视恋爱，重视爱情的力量，在爱情中的特点就是主动、热情、奔放。爱情观中认为爱情是两个人的事，任何人都不得干涉。西方人属于唯求富强的外倾性海洋商业文化，形成了工笔素描式的直线性思维，随性张扬，表达感情直接，用行动来表示自己的爱意。

结　语

根据中国传统花木兰故事改编的迪斯尼动画影片《花木兰》，给迪斯尼带了巨大的商业价值，也展现了美国的文化价值。在继承传统花木兰故事框架的同时加入了西方的价值观和民族特色，塑造了一个与众不同、极具特色的花木兰形象，与《木兰诗》中的传统贤惠的花木兰形成强烈的对比。迪斯尼公司对中国传统故事的改编创造，体现了中西文化的交流和融合，也体现了自身的创新意识和成就。同一文化文本在不用文化体系中的解读，有助于增强我们对异国文化的了解，并对自身进行一定的思考。

参考文献

[1] 袁行霈. 中国文学史第二卷［M］. 北京：高等教育出版社，2005.
[2] 赵彤. 改造"花木兰"——一个女性故事在版本流变中的衍化［J］. 当代电视，2010（3）.
[3] 郑伟玲. 木兰故事在迪斯尼动画电影中的变异［D］. 合肥：安徽大学硕士学位论文，2010.
[4] 褚人穫. 隋唐演义［M］. 上海：上海古籍出版社，1981.
[5] 徐渭. 四声猿［M］. 上海：上海古籍出版社，1981.
[6] 鞠贵芹. 女性主义视阈下的花木兰形象演变［J］. 哈尔滨学院学报，2007（4）.
[7] 艾素萍.《木兰辞》与迪斯尼电影《木兰》的对比分析［J］. 中国西部科技，2011，10（33）.
[8] 王新舒. 木兰"出走"之后——谈迪斯尼影片《花木兰》的变与通［J］. 商丘师范学院学报，2010，26（11）.
[9] 黄玮莹. 电影《花木兰》折射出的中西文化差异［J］. 电影文学，2014（21）.
[10] 杨晓丽. 动画电影《木兰》的中西文化解读［J］. 电影文学，2013（9）.

（陈永欣　首都师范大学 2017 级硕士生　指导教师：梁静、史金生）